KB012720

崑崙霸仙

곤륜패선

윤신현 신무협 장편소설

WISHBOOKS ORIENTAL FANTASY STORY

곤륜패선 6

윤신현 신무협 장편소설

초판 1쇄 찍은 날 | 2020년 5월 18일
초판 1쇄 펴낸 날 | 2020년 5월 25일

지은이 | 윤신현
펴낸이 | 권태완 우천제

기획 | 위시북스
편집책임 | 한준만
편집 | 위시북스

펴낸곳 | ㈜케이더블유북스
등록번호 | 제25100-2015-43호
등록일자 | 2015. 5. 4
KFN | 제2-34호

주소 | 서울시 구로구 디지털로31길 38-9, 401호
전화 | 070-8892-7937 팩스 | 02-866-4627
E-mail | fantasy@kwbooks.co.kr

ⓒ윤신현, 2020

ISBN 979-11-293-5539-3 04810
979-11-293-4618-6 (set)

※ 파본은 구입하신 서점에서 교환하여 드립니다.
※ 저자와 협의하여 인지를 붙이지 않습니다.
※ 이 책은 케이더블유북스와 저작자의 계약에 의해 출판된 것이므로 무단 전재 및 유포, 공유를 금합니다.
※ 이 도서의 국립중앙도서관 출판시도서목록(CIP)은 서지정보유통지원시스템 홈페이지(http://seoji.go.kr)와 국가자료공동목록시스템(http://www.nl.go.kr/kolisnet)에서 이용하실 수 있습니다.

崑崙霸仙
곤륜패선
6
Wish Books

崑崙霸仙
곤륜패선

… 목차 …

… 제1장 …

무당에서 온 손님(2)

"혹시 내 제자들이 연관되어 있어?"

"예."

총관이 연회장에서 벌어졌던 일을 상세하게 설명하기 시작했다. 시비들이 많이 있었던 만큼 자초지종을 말하기에 어려움은 없었다.

"그 사부에 그 제자들이네. 아주 똑같아."

"잘했네."

"진주언가의 가주에게도 지금쯤이면 소식이 전달되었을 것입니다."

"내가 듣기에 제자들이 잘못한 것은 없는데?"

벽우진이 피식 웃었다.

시비를 건 것은 언기준이었지 서예지나 도일수가 아니었다. 게다가 먼저 주먹을 날린 것도 언기준이었고.

그렇기에 벽우진은 아무 문제없다는 듯이 말했다.

"저도 같은 생각입니다. 하지만 언가주의 생각은 다를 수도 있습니다."

"그렇겠지. 지 자식이 쳐 맞고 왔는데 좋아할 부모가 어디 있겠어. 그런데 말이야. 과연 나에게 따질 수 있을까?"

"그건 잘 모르겠습니다."

총관이 중립을 유지했다. 그의 입장에서는 이렇다 저렇다 말할 수가 없어서였다. 아무래도 중간에 낀 입장이기도 했고.

그런데 그때 당민호가 입을 열었다.

"못 할걸? 군남생이 그렇게 당하는 꼴을 봤는데 너에게 감히 따질 배짱이 있을까? 그렇다고 일수가 아무 이유 없이 두들겨 팬 것도 아니고. 정당방위라며? 쪽팔리고 화는 나겠지만 감히 찾아오지는 않을걸?"

"찾아와도 상관없고. 난 내 제자들을 믿으니까. 이유 없이 손을 쓸 애들이 아니다."

"사부나 제자나 이번에 제대로 신고식 했네. 아주 그냥 제대로 시선을 끌어모았는데."

어떻게 보면 사고를 친 것이나 다름없었지만 의외로 당민호는 흐뭇한 기색이었다. 나름 명문세가 출신이라 할 수 있는 언기준을 가볍게 손봐주었다고 하자 놀랍기도 하고 대견하기도 했던 것이다.

더구나 도일수는 전직 쟁자수 출신인 데다가 정식으로 무공을 배운 지 일 년도 채 되지 않은 상태였다.

'비천단이라는 사기적인 영단의 도움을 받았기에 가능한 것이기는 하지만. 그래도 기본기가 밑바탕 되지 않았다면 아무리 공력이 많아도 소용없지.'

상대방보다 공력이 많다면 유리한 건 사실이었다. 하지만 공력의 양이 승패에 절대적인 영향을 끼치지는 못했다. 결국 싸우는 것은 사람이었고, 육체든 공력이든 누가 더 효율적으로 사용하느냐에 따라 승패가 갈렸다. 그렇기에 당민호는 단순히 비천단 덕분에 도일수가 언기준을 이겼다고 생각하지 않았다.

'일수 녀석, 어마어마한 노력파니까.'

누구보다 열심히 노력하는 게 도일수라는 걸 알았기에, 그걸 직접 보았기에 당민호는 확신했다. 절대 운 따위로 언기준을 쓰러뜨린 게 아니라는 사실을 말이다. 그렇다고 횡포를 부린 것도 아니었기에 당민호는 크게 개의치 않았다.

"일부러 그런 게 아닐걸. 언기준이라는 놈팡이가 시비를 걸어서 그렇지."

"나도 알지. 일수 성격을 아는데. 근데 난 오히려 잘된 것 같아. 이번 일로 아이들도 확실하게 이름을 알렸잖아. 실력도 적당히 드러냈고. 안 그래도 네 제자라는 점 때문에 시선이 집중되었을 텐데."

"시작은 예지였다며. 뭐, 집중되는 게 당연하겠지만. 오화가 아무리 대단하다고 한들 우리 예지만 할까."

"아냐. 오화 애들도 장난 아냐. 문무겸전이기도 하고."

당민호가 고개를 저었다. 자기 제자이기에 자식처럼 챙기는 마음은 이해했지만 그렇다고 서예지가 천하절색이라고 하면 아직은 손색이 있었다. 적어도 그에 준하는 이들이 아예 없는 건 아니었으니까.

"우리 예지도 양쪽 다 잘하는데?"

"신선한 얼굴이라 관심을 받기는 했지만, 중원오화 애들도 만만치 않아. 아마 내일이면 확인할 수 있을 거야."

"소윤이는 포함 안 되지?"

"지금 약 올리는 거지?"

당민호의 얼굴이 굳어졌다.

자고로 가족과 제자는 건드리지 않는 법이었다. 더구나 손녀는 그에게 있어 하나뿐인 보물이었기에 눈매가 날카로워졌다.

"흠흠!"

거기에 당문경도 가세했다.

당민호에게는 손녀였지만 그에게는 하나뿐인 딸이었다. 아들이야 딱히 신경 쓰지 않지만 딸은 달랐다.

"내 제자를 깎아내리는 건 잊었지?"

"끄응! 객관적인 평가를 내려준 거 아냐."

"너한테 부탁 안 했다."

"그래, 네 제자 잘났다."

"암. 잘났지. 내가 키웠지만 정말 쑥쑥 자라고 있거든."

벽우진이 대놓고 우쭐한 표정을 지었다.

아닌 말이 아닌 게 그 짧은 시간에 이 정도로 키운다는 건 정말 말도 안 되는 일이었다. 절정과 초일류급 고수를 이렇게 빨리 만드는 건 그 어떤 곳도 불가능했다.

"근데 자칫 잘못하면 말이 나올 수 있어."

"마공을 익혔다고?"

"응, 아니면 사술을 익혔다거나. 솔직히 말도 안 되는 성장세잖아. 마교의 마공도 이 정도는 아니야."

당민호가 조금은 걱정 어린 표정으로 입을 열었다. 지금이야 패선이라는 존재로 인해 쑥덕거리는 수준이지만 분명히 나중에는 말이 나올 터였다.

"그럼 증명하면 되지. 내가 찔리는 게 있는 것도 아닌데."

"증명이야 쉽겠지만, 중요한 건 그렇게 해도 믿지 않는 자들이 분명히 존재할 거라는 거다. 자기가 믿고 싶은 것만 믿는 이들이 있으니까."

"떠들 줄만 아는 놈들이 뭘 할 수 있을까. 정작 내 앞이나 아이들 앞에서는 한 마디도 못할 텐데."

"너무 경시하는 것도 좋지 않아. 이제는 잃을 게 많아졌잖아. 너무 과격하게 대응하는 것도 좋지 않다."

곤륜파는 더 이상 몰락한 문파가 아니었다. 벽우진의 등장과 함께 빠른 속도로 제자리를 찾아가고 있는 만큼 세인들의 시선 역시 이제는 신경 써야 했다. 마음 가는 대로 막 할 수 있는 시기는 지난 것이다.

"그래서 나름 점잖게 지내고 있잖아. 원래 내 성격이었으면 군남생은 오늘 회의실에서 걸어 나가지 못했어."

"내가 그래서 잘했다고 했잖아. 다만 좀 더 유해질 필요가 있다는 거지. 어쨌든 진주언가의 후계자 말고 다른 일은 없었다는 거지?"

"그렇습니다."

총관이 나지막하게 대답했다.

곤륜파 제자들에게 있었던 일은 방금 전에 소상하게 설명한 게 다였다. 그 이후에는 딱히 소란이 없었다.

"알았어. 일 봐."

"예, 그럼."

보고를 마친 총관이 조용히 방을 나섰다. 당문경과 벽우진에게 차례대로 인사한 후 퇴실했던 것이다.

"청춘은 청춘이야. 부럽다."

"근데 왜 내 얼굴을 보면서 말하냐?"

"너도 외모만은 청춘이잖아."

"난 너랑 달라. 넌 춘향이를 첩실로 들이고 청춘을 맘껏 즐겼지만 난 아니라고. 청춘의 청 자도 난 즐기지도, 느끼지도 못했어."

"지금부터 즐기면 되지. 안 그래도 너 노리는 이들이 많다고 하던데."

"응?"

"모르는 척하긴. 너에게 직접적으로 묻는 이들도 꽤 되지 않아?"

"뭘?"

벽우진이 아무것도 모르는 척 반문했다. 그러자 당민호가 음흉하게 웃었다. 다 알면서 모르는 척하는 게 그의 눈에는 훤히 보였던 것이다.

"모르는 척하기는. 다 알면서."

"정말 몰라."

"너도 민망하기는 한가 보구먼? 하긴. 나이가 일흔다섯이 넘었는데. 곧 일흔여섯이 되고."

"벌써 노망들었냐?"

벽우진이 피식 웃었다. 어째 나이를 먹었는데 먹은 것 같지 않아서였다. 십 대 후반과 비교해도 딱히 달라진 것 같지 않은 친구의 모습에 벽우진은 고개를 절레절레 저었다.

"평범한 촌부라면 진즉에 들 나이이기는 하지. 그래도 난 아직 아냐. 아직은 정정하니까. 새 장가를 가도 될 정도로 말이지."

"그럼 너나 가."

"춘향이 이후로 나에게 더 이상의 여자는 없다."

당민호가 단호하게 말했다.

사랑했던 춘향이를 보내는 날 그는 맹세했다. 더 이상 여자를 가슴에 품지 않기로 말이다.

"퍽이나. 못하니까 그렇게 자기 합리화하는 거면서."

"아니거든? 나 좋다는 여인들이 아직도 어마어마하다!"

당민호의 얼굴이 딱딱하게 굳어졌다.

비록 늙기는 했지만 그의 인기는 여전했다. 마음만 먹으면 젊디젊은 여인을 처로 들일 수 있을 정도로 말이다. 기준을 거기서 조금만 더 높이면 말했던 대로 수십 명은 충분히 되었다.

"그럼 만나. 나 부러워하지 말고."

"……젊음이 부럽구나."

"그렇게 말해도 더 이상 줄 거 없으니까 기대하지 말고."

"에잉! 매정한 놈. 근데 허리춤의 그 검은 뭐야? 지난번에 보지 못한 검인데."

말하면 말할수록 자신이 말리고 밀리는 듯한 느낌에 당민호가 화제를 돌렸다.

그런데 그 말에 조용히 차를 들이켜던 당문경도 관심을 보였다. 안 그래도 벽우진이 검을 사용한다는 말을 들은 적이 없는데 허리춤에 검을 차고 있자 궁금하던 차였다.

"새 장문령부. 율석이가 혼신의 힘을 다해 만들었지."

"보여줄 수 있나?"

"못 보여줄 것도 없지."

스르릉.

부드럽고 청아한 마찰음과 함께 한 자루의 검이 모습을 드러냈다. 달빛을 닮은 은백색의 검신에는 은은한 푸른빛이 서려 있었다. 벽우진이 딱히 공력을 흘려 넣지 않았음에도 검날을 따라 옅은 푸른빛이 번뜩였다.

하지만 그럼에도 일파의 장문령부라고 하기에는 지나치게 수수한 모습이었다.

"호오."

"무난한데요?"

"들어봐도 되나?"

살짝 실망스러운 기색을 띠는 당문경과 달리 당민호는 눈을 빛냈다. 단순히 외견만으로 무상검을 판단하지 않았던 것이다.

"얼마든지."

벽우진이 내미는 무상검을 당민호가 조심스럽게 받았다. 다른 곳도 아니고 곤륜파의 장문령부인 만큼 함부로 다루지 않았던 것이다.

"오오오!"

무상검을 조심스레 든 순간 당민호가 탄성을 터뜨렸다.

양손으로 검을 드는 순간 그는 느낄 수 있었던 것이다. 그야말로 완벽한 균형감을 말이다.

"왜 그러세요?"

"설명보단 한번 드는 게 더 빠를 거다. 괜찮지?"

"물론. 우리가 남도 아니고. 한번 든다고 검이 닳는 것도 아닌데."

"들어봐."

벽우진의 허락에 당민호가 신줏단지 다루듯이 무상검을 아들에게 건넸다.

무상검을 받아든 당민호의 표정이 일변했다. 어째서 부친이 탄성을 내질렀는지 무상검을 든 순간 알 수 있어서였다.

"진정으로 완벽한 균형감이군요."

"신검이나 보검은 아니지만, 적어도 명검의 반열에는 오른 검이다. 그야말로 명장이 혼신의 힘을 다해 만든 검이랄까. 그래서 아쉽구나. 좀 더 좋은 재료로 만들었다면 어쩌면 이 이상의 검이 나왔을 텐데."

"과욕이야. 이 정도만 해도 대단한 거다. 만약 삿된 욕심이 들어갔다면 이 검은 완성되지 못했을 거다."

"그것도 그렇군."

당민호가 순순히 인정했다.

특별한 기운은 서려 있지 않지만 그는 느낄 수 있었다. 이 무상검이야말로 곤륜파의 무공을 펼쳐내기에 최적화된 검이라는 사실을.

"돌려 드리겠습니다."

"만져보니 다르지?"

"예, 그저 감탄만 나옵니다."

사천당가에도 공방이 있었다. 하지만 사천성에서 내로라하는 대장장이들을 모아두었음에도 이만한 검을 만들 자신은 들지 않았다.

이런 검은 만들고 싶다고 해서 만들 수 있는 검이 아니었다. 노력도 노력이지만 때와 운이 맞아떨어져야 완성이 되었다.

"참 신기하단 말이야. 딱히 신경 써서 받아들이는 것도 아닌데 거둬들인 이들이 하나같이 대단한 성과를 내는 걸 보면."

"그게 바로 안목 있는 자와 없는 자의 차이지. 물론 본인이 가지고 있는 재능을 개화시켜 주는 것 또한 능력이고."

"안 민망하냐? 그렇게 자화자찬하면?"

"사실인데 뭐가 민망해?"

벽우진이 당당하게 콧대를 세웠다.

어찌 됐든 이 결과를 만들어낸 것은 바로 그였다. 그 점만은 분명했다.

“대단하다. 여러 가지 의미로. 그리고 축하한다. 새 장문령부가 생긴 걸.”

“아아.”

흠집 하나 없는, 누가 봐도 새것임을 알 수 있는 무상검을 벽우진이 조심스럽게 다시 검집에 넣었다.

그리고 그 모습을 당민호와 당문경이 살짝 부러운 표정으로 쳐다봤다. 실력 있는 대장장이는 많으면 많을수록 좋았기에 부러움을 금치 못했던 것이다.

하지만 차마 영입하고 싶다는 말은 하지 못했다.

“하나만 더 충고하자면, 너무 적을 만들지 마. 적당히 가자, 적당히.”

“영원한 아군은 없어. 그렇다고 지금 아군인 것도 아니고. 난 이만 간다.”

잔소리가 시작될 것 같은 낌새에 벽우진이 몸을 일으켰다.

안 그래도 평소에 길게 하지 않던 회의에 오랫동안 붙들려 있었기에 좀이 쑤시던 찰나였다. 진구도 한번 둘러봐야 했고. 그렇기에 벽우진은 득달같이 일어나서 방을 나섰다.

“여전하시네요.”

“너무 건재해서 문제지. 부디 잔치가 끝날 때까지 조용히 있어야 할 텐데.”

“그건 아무래도 쉽지 않을 것 같습니다. 그보다 아버님.”

“왜?”

"주혁이 일로 상의하고 싶은 게 있습니다."

당민호의 두 눈에 의문이 떠올랐다. 지금 이 시점에서 손자의 일로 논의할 게 있나 싶어서였다.

하지만 이어진 말에 당민호의 표정이 진지해졌다.

두 명의 노도사가 소담스러운 길을 거닐었다. 명문세가의 품격을 보여주겠다는 듯이 길 하나조차도 허투루 만들어진 게 없었다.

둘 중 상대적으로 젊은 노도사가 앞서 걸어가는 이의 눈치를 살폈다.

"진짜 찾아가시게요?"

"이미 가고 있잖느냐."

"그래도 하인을 통해서 말이라도 해놓은 다음에 가는 게 낫지 않겠습니까? 이렇게 다짜고짜 찾아갔다가 문전박대라도 당하면 어쩌시려고요?"

"쳐들어갈 기세는 너였는데?"

"끄응!"

사백의 말에 혜량이 앓는 소리를 냈다.

확실히 안절부절못한 쪽은 그였다. 하지만 그도 이렇게 막무가내로 찾아갈 생각은 없었다. 몸이 달아오르기는 했어도 한 줄기 이성은 유지했던 것이다.

"차 한잔하자고 찾아갔는데 매몰차게 거절하겠느냐? 그렇다고 바쁜 일정을 보내는 것도 아니라고 하던데."

"성격이 좀, 그래서요."

"네가 보기에도 그렇게 괄괄하더냐?"

"그 이상이었습니다."

무당권제라 불리며 호북성을 넘어 천하에 무명이 드높은 혜량이었지만 그조차도 지금 앞서 걸어가는 이에게는 한낱 아이에 불과했다. 무공도 마찬가지였고 말이다.

솔직히 혜량은 아직도 사백이 자신과 함께 사천당가에 온 이유를 알지 못했다. 뜬금없이 같이 가자고 했기에 모시고 온 것이었다.

"확실히 평범한 도사는 아닌 모양이야."

"도사라기보다는 그냥 무인 같았습니다. 도복만 입고 있었을 뿐 산보다는 속세가 어울리는 성격이라고나 할까요. 그리고 소문대로 엄청 젊어 보였습니다. 이제 막 약관이 되지 않을까 싶을 정도로요. 만약 패선이라는 걸 알지 못했다면 후기지수로 봤을 겁니다."

"그게 꼭 좋지만은 않을 것 같구나."

"전 부러웠습니다. 적어도 육체적인 부분에서 전성기가 어마어마하게 남은 것이니까요."

혜량이 얼굴 가득 부러운 기색을 띠었다.

아무리 경지가 높아진다고 한들 노화만은 막을 수 없었다. 그저 늦추는 것이 한계였다.

하지만 벽우진은 달랐다.

'몇 번의 환골탈태를 해야 그 정도로 젊어질 수 있을까.'

그 역시 환골탈태를 이루기는 했으나 너무 늦은 나이였기에 큰 효과가 없었다. 물론 몇 번 더 하면 더욱 젊어지기는 하겠지만, 실질적으로 그렇게 될 가능성은 희박했다.

"저곳이더냐?"

"예."

"우리가 머무는 별채와는 또 다른 느낌이로구나."

"제가 먼저 가서 말을 해놓겠습니다."

한 폭의 그림 같은 별채의 풍경에 사백이 감탄하는 것을 보며 혜량이 입을 열었다.

이미 늦었지만 그래도 일단 가서 말이라도 해볼 생각이었다. 거절을 당해도 사백이 당하는 것보다는 자신이 당하는 게 나았으니까.

"그럴 필요 없다. 이미 알고 있으니."

"예?"

… 제2장 …

패선(霸仙) 대 검선(劍仙)

운정의 말에 혜량이 두 눈을 껌뻑거렸다. 무슨 말인가 싶었던 것이다. 하지만 이내 밖으로 나오는 인영을 보고는 사백의 말을 이해했다.

"무당에서 오셨다던 선배님이시군요."

"빈도에 대해 알고 있소이까?"

"당가의 태상가주에게 들었습니다. 아시는지 모르겠지만 태상가주가 제 친구입니다."

"아아."

운정이 고개를 주억거렸다. 지나가는 식으로 혜량에게 들은 것 같아서였다. 하지만 여유로운 운정과 달리 혜량은 어색하게 웃으며 벽우진에게 포권을 했다.

"허허. 갑자기 찾아와서 죄송합니다. 원래는 연락을 먼저 하려고 했는데……."

"혜랑이는 잘못이 없소이다. 빈도가 가자고 해서 따라온 죄 밖에는 없소."

"괜찮습니다. 안 그래도 저 역시 심심하던 찰나였습니다. 들어오시겠습니까?"

"그럼 염치 불고하고 들어가겠습니다."

"편하게 들어오시지요."

설백을 떠올리게 만들 정도로 선풍도골의 풍모를 지닌 운정을 벽우진은 자연스럽게 인도했다. 그러고는 3층의 자신의 방으로 두 사람을 이끌었다.

"차를 한 잔 드릴까요?"

"감사히 마시겠소."

"말씀 편히 하시죠. 저보다 나이는 물론이고 배분도 높은 걸로 아는데."

"이게 편하외다."

벽우진이 어깨를 으쓱거렸다. 당사자가 거절한 마당에 더 권하기도 애매해서였다. 대신 그는 회의 때와는 달리 안절부절 못하는 혜랑을 쳐다봤다.

"편하게 앉아. 똥 마려운 강아지처럼 그러지 말고."

"너무 늦은 시간에 찾아온 것 같아서……."

"괜찮아. 우리가 잠이 많은 것도 아니고. 그렇다고 우리 애들이 일찍 자는 건 또 아니거든."

"흠흠!"

벽우진의 말에 혜랑이 어색하게 앉았다.

하지만 그의 시선은 빠르게 방 안을 훑고 있었다. 그 역시 곤륜파와 마찬가지로 한 채의 별채를 배정받았는데 이곳과는 상당히 달랐다.

'좀 더 좋은 것 같은데.'

사천당가에서 준비한 별채답게 무당파가 배정받은 숙소도 결코 나쁘지 않았다. 그런데 혜량은 이상하게도 곤륜파의 별채가 더 좋은 느낌이 들었다. 아무리 무당파보다 곤륜파의 인원이 많다고 하더라도 말이다.

'친구 사이라서 그런 건가?'

혜량이 쓸데없는 상념에 점점 깊게 빠져드는 사이 벽우진은 운정과 대화를 나누고 있었다.

"차향이 좋구려."

"곤륜산에서 재배한 약차입니다. 약초를 잘 말려서 우려낸 차이지요. 무당산에서 키우고 만든 차와는 향이 많이 다를 겁니다."

"그런 것 같소이다."

운정이 기분 좋은 표정을 지었다. 맛도 맛이지만 향이 일품이어서였다.

"늦었지만 정식으로 인사드리겠습니다. 곤륜파의 청류라고 합니다. 도명보다는 본명으로 더 많이 알려져 있지만요."

"운정이라고 하외다. 그리고 너무 예의를 차리지 않아도 되오. 빈도야 야인이지만 장문인은 일파의 수장이지 않소이까. 딱 선배 정도로만 예우해 주면 되오이다."

"알겠습니다."

벽우진이 고개를 주억거렸다. 그러면서 그는 조용히 차를 음미하는 운정을 주시했다. 단순히 자기소개를 하자고 여기까지 찾아온 것이 아님을 그는 알아서였다.

그런데 문제는 무엇 때문에 자신을 찾아왔는지 짐작이 가지 않는다는 점이었다.

'비무를 하러 왔다고 보기에는 전의가 전혀 느껴지지 않는데. 그냥 내가 궁금해서 찾아온 건가? 근데 왜 굳이? 내일 민호의 생일연 때 대연회장에서 마주치지 않을 리가 없는데.'

벽우진은 여전히 정신을 차리지 못하고 있는 혜량을 힐끔거렸다. 아까 회의실에서는 그렇게 투지를 불사르더니 지금은 그러한 기색이 전혀 없었다. 마치 그랬던 적이 전혀 없었던 것처럼 말이다.

"의문이 많은 것 같소이다."

"없다면 그게 더 이상하지 않겠습니까. 혜량 진인의 말마따나 늦은 시각이니까요."

어느새 새카맣게 변한 창밖의 하늘을 바라보며 벽우진이 입을 열었다. 단순히 얼굴을 보자고 이 시간에 찾아올 리는 없어서였다.

"직접 만나보고 싶었소이다."

"저를 말입니까?"

"그렇소. 궁금하기도 했고, 의심이 들기도 해서."

"흐음."

알쏭달쏭한 말에 벽우진이 말을 아꼈다. 일단은 들어볼 작정이었다.

"내일 볼 수도 있지만 지금처럼 조용히 얘기를 나눌 수는 없을 것 같아서 말이오."

"대화라. 어떤 대화를 말씀하시는 건지요?"

"그전에 한 번 어울려 보는 것 어떻겠소?"

"어울려 보자고 함은?"

운정이 빙그레 웃었다. 그러면서 손으로 자신의 낡은 송문고검을 툭 건드렸다.

"우리는 도인이되 무인이지 않소. 허허허."

"대련이라. 좋습니다."

벽우진이 흔쾌히 대답했다.

안 그래도 그의 존재감을 느끼고 마중을 나왔었기에 벽우진은 마다하지 않았다. 어떻게 보면 무당파의 최후 보루와도 같은 이가 운정이었고. 세인들은 무당권제라 부르며 혜량을 추켜세웠지만, 그 대단한 혜량도 운정과는 비교할 수 없었다.

"혜량이 관전해도 되겠소이까?"

"흐음."

"두 분이서 대련하시려고요?"

이번에는 벽우진도 선뜻 대답하지 않았다. 자신과 운정의 대결이라면 혜량이 얻는 게 적지 않을 것 같아서였다.

"그래."

"어……."

그런데 벽우진이 고민할 때 혜량이 얼굴 가득 아쉬운 표정을 지었다. 왜냐하면 그 역시 벽우진과 한번 겨뤄보고 싶어서였다. 그래서 그는 복잡한 표정으로 사백과 벽우진을 번갈아 쳐다봤다.

"좋습니다. 대신 저도 제자들을 부르고 싶습니다."

"좋소이다."

이번에는 운정이 일말의 고민도 없이 대답했다. 벽우진이 허락했는데 그가 불허할 수는 없기도 했고, 크게 보면 중원무림에 이익이었다.

"저까지 부탁드리는 것은 역시, 안 되겠지요?"

"오늘만 날이 있는 건 아니니."

"감사합니다."

조심스레 입을 열었던 혜량이 화색을 띠었다. 다행히 자기까지는 기회가 있을 것 같아서였다. 더불어 오늘 자신을 끌고 온 사백에게도 고마운 마음이 들었다.

"뒤쪽 마당으로 가시죠. 담벼락도 있고, 크기도 적당하니 대련을 하기에 모자람이 없을 겁니다."

"알겠소이다."

벽우진이 전음으로 아이들을 부르며 몸을 일으켰다.

이윽고 벽우진을 위시로 운정과 혜량이 방을 나섰다.

"이 밤에 무슨 일이지?"

"갑자기 이렇게 호출하신 적이 없는데."

"다 이유가 있느니라."

"호법님!"

자신들에게 일제히 뿌려진 전음에 아이들이 의아한 얼굴로 방을 나설 때 진구 역시 모습을 드러냈다. 위층에서 느껴지는 심상치 않은 기도에 혹시 몰라 나온 것이었다. 그런 그의 옆에는 심소혜가 있었다.

"아까 손님이 찾아오신 것 같던데."

"손님이요?"

"태상가주님을 제외하면 사부님이랑 친분이 있는 분이 계신가?"

서예지의 말에 남매가 서로를 돌아봤다. 하지만 나오는 대답은 없었다.

"보면 알게 될 테니 따라오너라."

"사부님!"

"어?"

계단을 내려오며 말하는 벽우진의 모습에 아이들이 반갑게 소리쳤다. 하지만 서예지만은 정말 깜짝 놀란 표정을 지었다. 유일하게 그녀만이 혜량을 알아봤던 것이다.

"왜 그러세요?"

"궈, 권제서. 무당권제."

"예에?"

회색빛 눈썹과 수염을 가진 혜량이 한쪽 눈을 찡긋거리며 내려가자 서예지가 막혔던 숨을 토해내며 입을 열었다.

그런데 그 말에 아이들이 대경했다. 다른 이도 아니고 무당권제가 방금 전에 지나갔다는 말에 정말 깜짝 놀란 것이었다.

"진짜로요?"

"응, 확실해. 근데 같이 오셨던 분은 누구신지 모르겠어."

심대혜의 말에 대답하며 서예지가 미간을 좁혔다. 혜량과 함께 있던 노도사는 아무리 생각해 봐도 누구인지 감이 잡히지 않아서였다.

"일단 내려가자. 장문인께서 따라오라고 하시는 듯하니."

"예."

모두가 놀란 표정을 감추지 못하고 있을 때 진구가 앞장서서 걸어갔다. 무당권제의 이름이 아무리 드높다고 하나 그하고는 상관없었다. 어차피 사천당가를 떠나면 다시 볼 일이 없는 인물이기도 하고.

"같이 가요, 호법님!"

계단을 내려가는 진구의 손을 잡으며 심소혜가 소리쳤다.

그런데 그 순간 진구의 한쪽 입꼬리가 꿈틀거렸다. 억지로 미소를 참는 듯한 표정을 지었던 것이다.

"근데 별말씀이 없으시네요."

"뭐를요?"

"오늘 저녁에 연회장에서 있었던 일요."

맨 뒤에서 계단을 내려가던 도일수가 미간을 좁히며 말했다. 분명히 소식을 전해 들었을 텐데 일언반구도 없는 게 이상해서였다.

"딱히 신경 쓸 일이 아니라고 생각하시는 게 아닐까요? 우리가 잘못한 것도 아니고."

"그렇긴 합니다만."

"일단 가죠. 세 분의 분위기가 심상치 않던데."

"네."

고민한다고 벽우진의 속내를 알아낼 수 있는 것도 아니었기에 서예지는 아이들과 함께 어느새 별채 밖으로 나와 있는 벽우진을 따라 발걸음을 옮겼다.

그런데 벽우진과 두 노도사가 향하는 곳은 뒷마당이었다. 연무장으로 써도 될 정도로 넓은 뒷마당으로 세 사람이 걸어갔던 것이다.

"어떻습니까?"

"적당한 것 같구려. 흘러나오는 기운은 혜량이가 잘 막아줄 터이고."

운정이 혜량을 바라보며 슬쩍 웃었다.

그러나 그 시선에 혜량은 당혹스러운 표정을 지었다. 이런 말은 전혀 없어서였다. 심지어 벽우진과의 대련에 대해서도 그는 들은 바가 없었다.

"괜찮겠네요."

"그럼."

신뢰가 가득 담긴 눈빛으로 혜량을 지그시 바라보던 운정이 먼저 걸음을 옮겼다. 뒷마당의 중앙으로 천천히 이동했던 것이다.

"무슨 상황인지는 설명하지 않아도 알아차렸을 거라고 생각한다. 흔치 않은 기회이니까 모두 잘 봐둬. 지금 당장은 얻는 게 없을지 몰라도 나중에는 정말 큰 도움이 될 테니까."

"집중해서 볼게요."

"너무 부담감을 가지진 말고. 보고 있다고 해서 다 알 수 있는 건 아닐 테니까. 호법님. 아이들을 잘 부탁드립니다."

"걱정 마시오."

믿음직스럽게 대답하는 서예지를 향해 미소를 지어 보인 벽우진은 진구를 돌아봤다. 혹시 모를 사태에 대비하고자 했던 것이다. 무당권제라 불리는 혜량이 있지만 그래도 혹시 몰랐다. 안전장치는 많으면 많을수록 좋기도 했고.

"꼭 이기세요, 사부님!"

"응원하고 있을게요!"

"아자 아자!"

심대현과 심소천, 그리고 심소혜로 이어지는 응원에 벽우진이 특유의 자신감 넘치는 미소를 지어 보이며 고개를 끄덕였다. 그러자 아이들 역시 환하게 웃었다.

"참으로 맑고 착한 아이들이구려."

"운이 좋았습니다."

"그 운을 잡는 것 또한 능력이외다. 허허허."

먼저 자리를 잡고 있던 운정이 진심으로 부러운 눈으로 제자들을 하나하나 훑어봤다. 천생 무골이라고 할 정도로 뛰어나지는 않았지만 모두가 올곧고 굳건했다. 의지 역시 박약해 보이는 이가 하나도 없었고 말이다.

'미래가 밝아.'

벽우진이라는 대단한 무인 아래에서 말 그대로 쑥쑥 자라나고 있는 제자들의 모습을 보니 운정은 자연스레 곤륜파의 미래를 예상할 수 있었다. 바닥을 치면 올라갈 일밖에 없다는 말처럼 곤륜파는 벽우진을 중심으로 무섭게 성장하는 듯했다.

'참으로 대단하신 분이구나. 이렇게 완벽하게 안배를 해놓을 줄이야.'

안배는 아무리 완벽해도 결국 반반이었다. 성공하거나 실패하거나. 안배하는 이가 완벽하게 준비를 한다고 한들 후인이 제대로 소화하지 못하면 아무런 소용이 없었다.

그런 점에서 곤륜파의 안배는 완벽하게 성공했다.

'나 역시 잘 되었으면 좋겠는데…….'

벽우진의 제자들을 하나하나 모두 살펴본 운정의 시선이 마지막으로 혜량에게 향했다.

사실 이 모든 게 다 무당과 혜량을 위한 것이었다. 당사자는 정작 아무것도 모르고 있었지만.

"저는 준비되었습니다."

"허허. 빈도가 너무 여유를 부린 모양이오."

"아닙니다. 저도 준비할 시간이 필요했거든요."

"그리 말해주니 고맙구려."

스르릉.

자신의 체면을 세워주는 벽우진의 말에 운정이 빙그레 웃으며 검을 뽑았다. 그러자 세월의 풍파가 고스란히 느껴지는 낡은 송문고검이 달빛 아래 모습을 드러냈다.

스릉.

그 모습을 조용히 응시하며 벽우진 역시 무상검을 뽑아 들었다. 다른 이라면 모르겠지만 운정이라면 그의 검을 받을 자격이 있었다.

'생각지도 못한 개시인가. 그런데 첫 상대가 선배님이라면, 나쁘지 않지.'

우우우웅.

무상검에 잘게 진동했다. 첫 상대가 운정이라는 사실에 무상검도 반가워하는 듯했다. 대신 양팔에 착 달라붙어 있는 일월쌍환은 거칠게 투정을 부렸다. 왜 자신들을 사용하지 않느냐고 벽우진에게 소리 없이 따졌던 것이다.

'아직은 안 돼. 일러, 이 녀석들아.'

웅웅! 웅웅웅!

떼를 쓰듯 투정을 부리는 일월쌍환을 어르고 달래며 벽우진은 검을 편하게 늘어뜨린 운정을 지그시 쳐다봤다. 그저 단순히 검을 늘어뜨린 것뿐인데도 이상하게도 빈틈이 전혀 보이지 않았다. 자세만으로도 운정은 자신의 무경을 벽우진에게 보여주었던 것이다.

'검? 검이라고? 패선은 무투가 아니었나?'

한편 운정의 지령 아닌 지령을 받은 혜량은 검을 뽑아 든 벽우진을 보며 고개를 연신 갸웃거렸다. 그가 듣기로 벽우진은 주로 손을 사용했지 검을 사용한 적이 없어서였다.

한데 그때 그의 시선에 벽우진의 제자들이 눈에 들어왔다. 정확하게는 허리춤에 매달려 있는 검들이.

'어라?'

혜량이 두 눈을 껌뻑였다.

만약 벽우진이 무투가라면 제자들 역시 권법이나 장법, 금나수 등을 익히는 게 맞았다. 사부가 익힌 무공을 고스란히 물려받는 게 바로 제자였으니까. 그런데 여덟 명의 제자들 중에 검을 차지 않은 이는 한 명뿐이었다.

'원래부터 검사였다고?'

혜량의 동공이 격렬하게 흔들렸다.

만약 진신절기가 검이라면 지금껏 세상은 벽우진을 잘못 알고 있었다. 그 말은 달리 말하면 벽우진은 지금까지 전력을 다하지 않았다는 소리이기도 했기 때문이다.

'말도 안 돼. 그럴 리가 없어.'

흔들리는 두 눈으로 혜량이 벽우진을 뚫어져라 쳐다봤다.

하지만 벽우진은 그런 그의 시선을 느끼지 못했다. 모든 신경이 정면에 서 있는 운정에게 쏠려 있어서였다.

휘이이잉.

한겨울 밤의 서늘한 바람이 두 사람 사이를 가르고 지나갔다.

하지만 이미 진즉에 수화불침의 경지에 오른 둘이었기에 차가운 바람은 아무런 영향을 끼치지 못했다. 오히려 두 사람의 집중력을 더욱 날카롭게 만들어주었다.

'역시 대단하군.'

벽우진이 운정의 자세를 보고 감탄한 것처럼 그 역시 벽우진을 보며 속으로 감탄했다.

천기에서 보았던 대로 역시나 굉장한 기도를 가지고 있어서였다. 내심 자만했던 마음이 쏙 들어갈 정도로 말이다.

'욕심을 다 버린 줄 알았는데, 아직 아닌 모양이야, 허허허!'

운정이 쓴웃음을 지었다. 가슴 가득 부러운 감정이 치솟자 역시 자신이 공부는 그리 대단치 않다는 것을 알 수 있어서였다.

하지만 언제까지 이러고 있을 수만은 없었다. 그에게는 시간이 그리 많지 않았으니까.

파아앗!

거기까지 생각이 닿은 순간 운정이 움직였다.

심연처럼 잔잔한 눈으로 벽우진을 응시하던 그가 땅을 박찼다.

저녁에 있었던 회의 내용을 아들에게 알려주던 남궁진이

순간 고개를 돌렸다. 그리 멀지 않은 곳에서 어마어마한 기의 폭풍이 휘몰아치는 걸 느낄 수 있어서였다.

"왜 그러십니까?"

"아니다."

깜짝 놀란 듯이 갑자기 고개를 돌리는 부친의 모습에 남궁혁이 의아한 표정을 지었다. 행동뿐만 아니라 표정 역시 심상치가 않아서였다.

"무슨 일이 생긴 겁니까? 혹시 안 좋은 일이……."

"그런 거 아니다. 네가 신경 쓸 필요도 없고."

"알겠습니다."

"네가 신경 써야 할 것은 한 가지뿐이다. 더 높은 경지에 오르는 것. 후기지수 중 최고가 되는 것만 생각하면 된다. 난세는 끝나지 않았다. 어쩌면 이제 시작한 건지도 모른다."

남궁진이 무거운 얼굴로 말했다. 위기의 순간 결국 스스로의 목숨을 지켜주는 건 본인의 무력뿐이었다. 그렇기에 스스로의 경지를 높이는 것이 무엇보다 중요했다. 하지만 말은 그렇게 하면서도 그의 신경은 줄곧 별채로 향해 있었다.

'또 늦은 건가.'

무시무시한 기운의 폭풍에 남궁진이 마른침을 삼켰다. 누군가가 중간에서 폭발하는 기운을 차단하고 있었지만 그 정도 되는 무인이라면 모를 수가 없었다.

그 정도로 솟구치는 기운은 어마어마했다. 제왕검이라 불리는 그조차도 소름이 끼칠 정도로 말이다.

'솟구치는 기운으로 보아 무당 쪽 같은데. 권제는 아닌 것 같고. 설마 검선(劍仙)이신가.'

무당파는 최소한의 수행원만을 데리고서 사천당가를 방문했다. 그리고 그중에는 전대고수라 할 수 있는 검선이 있었다.

지금 세대는 잘 모르지만 무당권제 이전에 무당파를 지키던 이이자 강남 무림을 대표하던 고수가 바로 검선이었다. 그렇기에 남궁진은 지금 벽우진과 겨루는 이가 검선이 아닐까 짐작했다.

'보고 싶지만, 안 되겠지.'

남궁진이 자기도 모르게 주먹을 쥐었다가 폈다가를 반복했다. 폭풍처럼 휘몰아치며 격렬하게 뒤섞이는 기운을 느끼지 피가 들끓었던 것이다.

더구나 저번에 소림무제로 인해 기회를 놓쳤었기에 그는 내심 벼르고 있었다. 이번에는 반드시 벽우진과 붙어보겠다고 말이다. 그런데 이번에도 선수를 빼앗기고 말았다.

'하지만 이번에는 절대 포기하지 않는다.'

지난번에는 시간적 여유가 없었기에 포기할 수밖에 없었다. 또한 왼팔을 잃은 지 얼마 되지 않아 몸 상태가 정상도 아니었고.

그러나 지금은 달랐다. 적어도 왼팔을 잃기 전의 수준까지는 완벽하게 회복되었기에 남궁진은 꼭 벽우진과 겨뤄보고 싶었다.

"더욱더 노력하겠습니다."

"곤륜파의 제자들은 어떻더냐?"

"무서웠습니다."

"어떤 점이?"

들끓는 호승심을 가라앉히며 남궁진이 물었다.

안 그래도 사천당가를 방문하기 전 그는 곤륜파의 제자들에 대해서 경고했었다. 절대 만만하게 보면 안 된다고 말이다. 그런데 아들은 경계심을 넘어 무섭다고 말하고 있었다.

"알아보니 서 소저를 제외하면 무공에 입문한 지 얼마 되지 않았다고 합니다. 한데 그런 것 치고는 실력이 너무나 뛰어났습니다. 저게 과연 1년도 안 돼서 이룩한 경지인가 싶을 정도로요. 지금도 저 정도인데 만약 시간이 흐른다면 어떻게 될지 생각해 보니 두려웠습니다."

"맞는 말이다. 황하의 수적들을 상대로 보였던 활약을 생각하면 정말 말도 안 되는 성장세이지. 하지만 네가 알아야 할 것이 있다. 처음부터 어느 정도까지는 빠르게 성장할 수 있지만 어느 순간이 되면 발전이 정체된다는 것을 말이다. 그리고 승부는 그때부터다."

"맞습니다. 하지만 사부가 천하의 패선이지 않습니까."

"으음."

남궁진이 침음을 흘렸다.

다른 이도 아니고 패선이었다. 보는 순간 전율이 일었던. 그렇기에 안일하게 생각할 수는 없었다.

"더불어 안목에 놀랐습니다. 무공이라는 게 단순히 재능만으로 이룩할 수 있는 게 아니지 않습니까."

"맞아. 재능에 노력이 합쳐져야 결실을 맺을 수 있는 게 무공이지."

"그래서 궁금해졌습니다. 패선이라는 무인이 어떤 사람일지가요."

"내일이면 보게 될 거다. 아마 보는 것만으로도 너에게는 많은 공부가 되겠지. 반대로 아무것도 느끼지 못할 수도 있고."

"기대됩니다."

남궁혁이 눈을 빛냈다. 내일이면 그토록 대단하다는 패선을 만날 수 있어서였다. 더불어 친분까지 맺으면 더할 나위 없이 좋을 터였다.

'사천당가를 견제하기 위해서라도 말이지.'

당주혁과는 좋은 친구 사이였지만 동시에 경쟁 관계이기도 했다. 그렇기에 남궁혁은 단순히 벽우진을 보는 것을 넘어 그 이상까지도 생각했다.

무당파의 비전절기인 제운종(梯雲縱)을 펼치며 운정이 검을 휘둘렀다.

하지만 그의 검격에는 강렬한 기세도, 그렇다고 날카로운 기운도 서려 있지 않았다. 그저 끊임없이 이어졌다.

"흠!"

극한의 부드러움이 담긴 듯한 운정의 공격에 벽우진의 눈빛이 침중해졌다. 언뜻 보기에는 한없이 가벼워 보이는 검식이었지만 그 안에는 태산조차 무너뜨릴 거력이 흐르고 있음을 알 수 있어서였다.

'태극검(太極劍)이되 태극검이 아니로군.'

무당파의 기본검공이자 모든 검법의 뿌리가 바로 태극검이었다. 그런데 지금 운정이 펼쳐 보이는 태극검은 태극검이되 태극검이 아니었다. 단순히 태극검이라고 치부하기에는 그 이상의 묘리가 담겨져 있었다.

'극유(極柔)를 끊는 것 또한 극강(極剛)이지.'

유능제강(柔能制剛)이라는 말이 있다. 부드러움이 강한 것을 제압한다는 뜻이었다.

하지만 그게 꼭 절대적이지만은 않았다. 때로는 강한 것이 부드러움을 부수기도 했다.

쿠르르릉!

벽우진이 검을 들어 올린 순간 무상검에서 우렛소리가 토해졌다. 막대한 벽우진의 진기에 무상검이 울부짖은 것이었다.

하지만 그건 시작에 불과했다.

쿠아아앙!

무상검의 검극이 끊임없이 태극을 그리는 운정을 향한 순간 푸른빛 용두(龍頭)가 모습을 드러냈던 것이다. 바로 곤륜파의 절기이자 한때 소실되었던 태청용형검(太淸龍形劍)의 발현이었다.

꽈아앙!

포효하듯 입을 쩍 벌리고서 뻗어 나간 용두는 단숨에 운정을 들이박았다. 벽우진의 성격대로 거침없이 날아갔던 것이다. 그와 동시에 굉음과 함께 뒷마당이 크게 흔들렸다. 높게 솟은 담벼락이 순간적으로 진동하며 짙은 흙먼지를 토해냈던 것이다.

"흐읍!"

그러나 무지막지한 일격에도 운정의 검세는 변함이 없었다. 끊임없이 태극을 그리며 벽우진이 뿌린 용두를 막아냈던 것이다.

때로는 밀어내고, 혹은 흘려내면서 운정은 절대 태청용형검을 정면으로 상대하지 않았다. 본능적으로 정면 대결은 유리하지 않다는 것을 알아챈 것 같았다.

스스스스. 스스스스.

벽우진의 화려함과는 거리가 먼 단순하기 그지없는 검초였지만 놀랍게도 운정이 그리는 태극은 태청용형검을 효과적으로 받아냈다. 어떻게든 흐름을 끊어내려는 용두를 운정은 부드럽게 흘려냈던 것이다.

그러나 그는 결코 방어만 하지 않았다. 지금껏 그려두었던 태극이 허공에 고스란히 남아 벽우진에게 쇄도했던 것이다.

'기운을 이 정도로 섬세하게 유지하고 다룬단 말이지.'

그야말로 공방일체와 마찬가지인 운정의 검세에 벽우진은 내심 감탄했다. 이 정도로 공격과 방어의 균형이 완벽한 무인을 그는 아직껏 보지 못했다.

하지만 그렇기에 벽우진은 흥이 났다.

쿠르르릉!

어느새 사방을 점유해서 빠르지도, 느리지도 않게 쇄도하는 수많은 태극을 주시하며 벽우진이 재차 검을 들어 올렸다. 그러자 그의 검극에서부터 시작되는 용두가 머리 위로 올라왔다. 동시에 머리뿐이던 용두에 서서히 몸체가 만들어지기 시작했다.

터터터텅!

벽우진을 보호하려는 듯 똬리를 튼 용의 몸체로 운정의 공격이 쏟아졌다. 수많은 변화를 품고 있는 태극의 기운이 쉴 새 없이 쏟아졌던 것이다.

하지만 그 어떤 공격도 용의 몸을 뚫고 벽우진에게 닿지 못했다.

꿀꺽!

그리고 그 광경을 혜량은 휘둥그레진 눈으로 쳐다봤다. 지금 공방을 주고받고 있는 두 사람의 검세에는 검강을 아득히 뛰어넘는 거력이 서려 있음을 그는 단번에 알아차렸던 것이다.

동시에 그는 머릿속으로 자신을 벽우진, 혹은 사백의 자리에 넣었다.

'……필패다.'

어느 쪽이든 그로서는 승리를 장담할 수 없었다.

무당파의 장문제자에게만 전수되는 최고이자 최후의 검공인 태극혜검(太極慧劍)을 익힌 그였지만 사백의 검을 막아낼 자신이 없었다. 운정이 펼치는 태극검을 태극혜검으로도 막아낼 자신이 없었던 것이다. 게다가 신기한 점은 운정의 태극검이 태극혜검과 너무나 닮아 있다는 점이었다.

'그 이유는 같은 뿌리에서 시작되어서겠지.'

태극검은 무당검의 가장 기본이자 기초가 되는 검법이었다. 그런 만큼 태극검의 극의에 닿은 운정의 검이 태극혜검과 닮은 건 전혀 이상하지 않았다.

'장삼봉 시조께서 말씀하셨다고 했던가. 태극검, 태극권만 제대로 익혀도 천하를 평정할 수 있다고.'

혜량은 문득 어린 시절, 갓 대제자가 되었던 시절 사부가 해주었던 말이 떠올랐다. 그때 사부가 했던 말을 운정이 증명하고 있어서였다.

꽈아악!

그 기억이 생각나자 혜량은 자기도 모르게 주먹을 불끈 쥐었다. 태극혜검을 비롯해서 무당파의 비전절기를 익히고 있음에도 고작 이 정도까지밖에 오르지 못한 자신이 한심해서였다.

'더욱더 노력해야 해. 지금에 안주하지 말고 더더욱.'

혜량이 마음을 다잡았다. 잠시나마 안주했던 자신을 자책하며 새로운 목표를 설정했던 것이다. 그리고 그 목표는 바로 운정이었다.

태극검으로 저 정도의 경지에 오른 운정을 경외하며 혜량은 다짐했다. 반드시 저 이상의 경지에 오르겠다고 말이다.

콰콰쾅!

한편 식어 있던 열정을 다시 불태우는 혜량과 달리 아이들은 두 눈을 반짝이며 벽우진이 말했던 대로 둘의 비무를 순수하게 관전했다. 아직은 두 사람의 경지를 제대로 볼 수 없기에 일단은 육안으로나마 공방을 지켜봤던 것이다.

하지만 혜량만큼 경악하는 이는 없었다. 이미 북해빙궁주와의 일전을 지켜봤었기에 감탄하기는 해도 놀라지는 않았던 것이다.

"우, 우와!"

"진짜 다시 봐도 감탄만 나오네. 극성에 이른 운룡대팔식은."

혹여나 벽우진과 운정에게 방해가 될까 싶어 아이들은 최대한 목소리를 죽이고 속닥거렸다. 그마저도 안심이 안 돼서 아예 손바닥으로 입을 막은 아이들도 있었다.

"잘 봐둬. 이게 다 공부니까."

"맞아. 그래서 사부님이 보라고 하신 거니까 단 하나도 놓치지 말고."

"네."

서예지와 양일우의 말에 아이들이 눈을 부릅떴다. 단 한 순간이라도 놓치지 않기 위해서였다.

퍼퍼퍼펑!

벽우진의 신형이 허공에서 여덟 번 움직였다. 땅을 딛지 않고서 방향을 여덟 번이나 틀었던 것이다.

그런데 이동하는 범위는 물론이고 각도가 상상을 초월했다. 허공답보라도 펼치는 것처럼 너무나 크게 넓게 허공을 자유자재로 노닐었다.

쿠르릉!

거기에 태청용형검이 함께 펼쳐지니 운정의 얼굴은 시간이 갈수록 굳어졌다. 처음부터 쉽지 않은 대결이라고 생각하기는 했지만 직접 붙어보니 예상보다 더한 것 같아서였다.

분명 그의 태극검은 완벽했다. 음양의 조화에는 삼라만상이 담겨 있었고, 면면부절(綿綿不絕)한 검식은 벽우진의 검격을 거의 완벽하게 막아냈다. 그 증거가 현재 그의 의복이었고.

하지만 운정은 느끼고 있었다. 시간이 갈수록 자신이 밀린다는 사실을 말이다.

'상생만으로는 한계가 있다.'

아직까지는 치명적인 피해를 받지 않았다. 제대로 흘려낸 덕분에 치명타만은 피해냈던 것이다. 하지만 이대로 흘러가면 벽우진이 유리했다. 노구인 그에 반해 벽우진의 육신은 파릇파릇한 이십 대였다.

'승부를 내야 할 때다. 시간을 끄는 건 의미가 없어.'

시작하기 전에는 한 가닥 기대를 했었다. 아무래도 경험적인 면에서는 부족할 수밖에 없다고 생각해서였다.

하지만 일검을 맞댄 순간 운정은 자신이 착각하고 있었음을 깨달았다. 벽우진은 절대 경험이 부족한 무인이 아니었다.

'애초의 목표가 이기는 게 아니기도 했고.'

승리하면 좋겠지만 패배해도 상관없었다. 단순히 이기기 위해서 이 자리를 만든 게 아니었으니까. 그는 목적만 달성하면 되었다.

콰우우우!

운정의 기세가 일변했다. 한없이 부드럽고 잔잔했던 기운이 창졸간에 달라졌다. 강맹하고 사나운 기세가 그의 검과 전신에서 분출되었던 것이다.

"호오."

그 모습에 벽우진이 눈을 빛냈다. 분명 근본은 똑같은 태극검이지만 성질이 확연히 달라졌음을 느낄 수 있어서였다.

'조화로웠던 음양의 기운을 충돌시켜 폭발시킨 건가.'

좀 전까지의 태극검이 음양의 조화와 상생에 근본을 두었다면 지금은 오직 파괴 일변도였다. 상극인 음양의 기운이 거칠게 충돌하며 무시무시한 기운을 토해냈던 것이다.

하지만 벽우진은 그로 인해 지금껏 단단히 숨겨져 있던 운정의 진짜 모습을 볼 수 있었다.

"으음!"

벽우진이 침음을 흘렸다. 어째서 자신에게 비무를 하자고 했는지, 혜량을 관전하게 시켰는지 지금 이 순간 알 수 있었다. 또한 어떤 마음가짐으로 태극검을 펼치고 있는지도 말이다.

"걱정하지 마시오. 아직은 시간이 남아 있으니."

"……최선을 다하겠습니다."

"그거면 되었소, 허허허."

이제는 다 알게 되었다는 벽우진의 표정에 운정이 푸근한 미소를 지어 보였다. 더없이 초탈한 웃음을 흘렸던 것이다.

하지만 그 모습에 벽우진은 오히려 검을 더욱더 강하게 움켜쥐었다.

"후배가 먼저 가겠습니다."

"오시구려. 나 역시 준비가 다 되었으니."

벽우진이 검을 들어 올렸다. 그러자 그 검로를 따라 강기로 이루어진 푸른 용이 꿈틀거렸다. 검극의 움직임을 따라 용이 움직였던 것이다. 동시에 벽우진에게서 막대한 기운이 솟구쳤다.

스윽.

운정의 마음가짐을 알았기에 벽우진은 허투루 검을 움직이지 않았다. 물론 지금까지 건성으로 검을 뿌린 건 아니었지만 이번은 아예 마음가짐이 달랐다.

"갑니다."

생사결이 아닌 무를 겨루는 것이었기에 벽우진은 예의를 다했다. 어쩌면 이 비무가 운정과는 처음이자 마지막이 될 것이 분명했기에 그는 이번 일검에 전력을 다했다. 대성을 넘어 극성에 이른 태청용형검을 펼쳤던 것이다.

쿠아아앙!

찬란한 푸른빛과 함께 머리 크기만 1장 가까이 되고, 길이는 3장이 훌쩍 넘어가는 거대한 용이 포효하며 운정에게 쇄도했다.

동시에 운정의 검에서도 어마어마한 기운이 폭사되었다. 그의 검이 그리는 태극에서 태산조차 단숨에 쪼개 버릴 것 같은 기운이 뿜어져 나왔던 것이다.

꽈아아앙!

귀청을 멀게 하는 굉음과 함께 지축이 뒤흔들렸다. 혜량이 감당할 수 없는 수준이었기에 그 여파가 사방팔방으로 뻗어 나갔던 것이다. 그나마 진구가 뒤늦게 일정 부분을 감당해 주지 않았다면 뒷마당은 물론이고 별채가 통째로 날아갔을 터였다.

"미, 미친……."

두 사람의 마지막 일격에 혜랑이 아연실색한 표정을 지었다. 무당권제라는 별호가 얼마나 허황되고 보잘것없는지 처절하게 느낄 수 있어서였다.

동시에 자신이 얼마나 오만했는지도 동시에 깨달았다.

"난리 났군."

한편 혜랑을 도와 충돌의 여파를 최대한 줄어보려고 했던 진구가 입맛을 다셨다. 역시나 곳곳에서 여기로 달려오는 기척을 느낄 수 있었다. 막말로 이만한 폭발이 일어났는데 고수들이 모른다는 게 말이 되지 않았다. 그래서 그는 속편한 표정을 지었다.

"어떠셨습니까."

"만족했소이다. 물론 저 아이가 제 뜻을 알아차렸을지는 모르겠지만 말이오."

"일단 말은 해줘야 하지 않겠습니까."

"오늘 말할 생각이외다. 그리고 도와주어서 고맙소이다."

"별말씀을."

벽우진이 그 어느 때보다 진지한 얼굴로 정중히 고개를 숙였다. 실력의 고하를 떠나 운정은 그에게 존경받을 만한 가치가 있는 무인이었다. 더구나 마지막 일격을 주고받은 후 운정은 벽우진에게 많은 것을 알려주었다.

"잘 부탁하오이다."

"저로서는 그리할 수밖에 없다는 거, 아시지 않습니까?"

"부디 조금만 더 세상을 굽어살폈으면 좋겠소이다."

창백한 안색으로 고개를 숙이는 운정을 벽우진은 묘한 얼굴로 바라봤다. 하지만 대답을 하지는 않았다. 그저 복잡한 표정으로 마주 고개를 숙일 뿐이었다.

"사백님!"

"우리는 이만 가자꾸나. 너에게 할 말도 있으니."

"그전에 운기요상부터 해야 하시는 거 아닙니까? 제가 호법을 서겠습니다."

"기운이 날뛰는 것뿐 내상을 입은 건 아니다. 숙소로 돌아가서 해도 늦지 않아."

"그래도……."

혜량이 걱정 가득한 얼굴로 운정을 쳐다봤다. 본인은 괜찮다고 하지만 그의 눈에는 아니어서였다.

더구나 운정은 100세에 가까운 나이에 노구를 지니고 있었기에 후속 조치가 무엇보다 중요했다. 운정의 몸은 그 혼자만의 몸도 아니었고.

"여기 있으면 더 번거로워진다. 어서 가자."

"아, 그걸 생각 못 했군요."

퍼뜩 정신을 차린 혜량이 고개를 주억거렸다.

그러는 사이 운정은 벽우진에게 정중히 포권을 했다. 뒷마무리를 벽우진에게 부탁할 수밖에 없어서였다.

"부탁드리오."

"걱정 마십시오, 선배님. 제가 잘 정리하겠습니다."

"감사하오."

"가시오."

운정에 이어 짧게 포권을 한 혜량이 그를 이끌고서 담벼락을 넘었다. 시끄러워지기 전에 몸을 뺀 것이다.

그리고 두 사람이 몸을 날린 것과 동시에 당민호가 뒷마당에 도착했다.

"무슨 일이야?"

"네가 느낀 그대로? 마침 잘 왔다. 네가 해줘야 할 일이 있어."

아들과 함께 득달같이 달려온 당민호의 얼굴에 황당한 기색이 떠올랐다. 자초지종을 설명하기는커녕 일부터 시키니 어이가 없었던 것이다. 그리고 그건 함께 온 당문경도 마찬가지였다.

"설명도 안 해주고?"

"다 알면서 시치미는. 자, 지금부터 너의 역할이 아주 중요해."

스스슥!

벽우진의 말이 끝나기 무섭게 담을 넘는 인영들이 속출했다. 소림무제를 위시로 제왕검과 개왕, 금강신니, 구절서생이 일제히 모습을 드러냈던 것이다.

그런 그들의 얼굴에는 하나같이 경악이 짙게 서려 있었다.

큰 소란이 있었던 어젯밤이 마치 거짓말이었다는 듯이 사천당가 내원의 아침은 활기찼다. 이른 아침부터 하인, 하녀들이 바삐 움직였던 것이다.

특히나 주방에서는 새벽부터 온갖 음식 냄새가 풍겨 나왔다. 찾아온 손님들이 한둘이 아닌 만큼 어마어마한 양의 음식을 준비했던 것이다.

"확실히 규모가 있어."

"정말 엄청난 수준인 거 같아요. 사천성 사람들은 다 손이 큰가 봐요."

"게다가 매운 것도 좋아하고 말이지."

"심각할 정도로요."

심대혜가 고개를 절레절레 저었다. 매콤한 수준이라면 맛있게 먹겠지만 기본적으로 거의 대부분의 음식들이 매웠다. '이게 바로 사천 음식이다!'라고 말하는 것처럼 말이다. 그래서 식사 때마다 물은 필수였다.

"나도 매워. 근데 맛있어, 언니."

"사부님 앞에서는 사저라고 해야지."

"에헤헤! 아직도 입에 안 달라붙었어."

심소혜가 귀엽게 웃으며 목을 움츠렸다. 실수할 때마다 나오는 그녀의 습관적인 행동이었다.

"아침부터 저녁때까지 연회라니. 삼시 세끼 내내 먹겠네요."

"다른 이도 아니고 태상가주의 생일연인데 그 정도는 되어야지. 보여주기식인 것도 있고. 봉문 후 최초로 여는 대규모 행사니까."

"근데 정작 당 대협은 생신연인데도 딱히 기뻐하지 않는 것 같아요."

객잔에서 일해봤었기에 오늘 하루 종일 고생할 주방 인원들을 생각하며 심대현이 말했다. 떠올리는 것만으로도 기가 질렸던 것이다.

"생일잔치만 몇 번째인데. 아마 정치적인 목적이 아니었다면 소소하게 했을걸."

"참, 사부님은 생신이 언제세요?"

스윽.

때마침 생각났다는 듯이 묻는 심대현의 말에 제자들의 시선이 집중됐다. 생각해 보니 다들 벽우진의 생일에 대해서 들어본 적이 없어서였다.

"내 생일이라……. 언제였더라?"

"예?"

벽우진의 중얼거림에 제자들 모두가 놀랐다. 말투를 듣자하니 정말 모르는 것 같아서였다. 그래서인지 제자들의 눈이 하나같이 동그래졌다.

"잘 몰라. 난 고아였거든. 가장 어렸을 적의 기억은 다리 밑에서 비슷한 처지의 아이들과 구걸을 하거나 그 동네에서 제법 인심 좋다는 집에 찾아가서 밥을 빌어먹던 기억밖에 없어."

"아……."

서예지와 심대혜가 깊은 탄식을 흘렸다. 설마하니 벽우진에게 그런 과거가 있을 줄은 몰라서였다.

"그러다가 운 좋게 사부님을 만나서 곤륜산에 왔지. 지금은 그 다리 밑이 어디인지 기억도 나지 않아. 가보면 알기는 하겠지만 청해성 내라는 것 말고는 기억이 없어. 생일을 따로 챙겨본 적도 없고. 아니, 챙길 수가 없었지."

벽우진이 오랜만에 생각난 시공간의 진을 떠올리며 이를 갈았다.

최소 58년 동안 갇혀 지내면서 그가 먹은 것이라고는 벽곡단과 물이 전부였다. 그런 형편에 생일을 챙기는 건 어불성설이었다. 잔칫상을 차리고 싶어도 차릴 게 없었으니까.

"그럼 지금까지 단 한 번도 생일을 안 챙기신 거예요?"

··· 제3장 ···

주인공은 나야 나

서예지가 안쓰러움이 가득 담긴 눈빛으로 벽우진을 쳐다봤다. 그리고 그건 다른 제자들도 대동소이했다.

"이 나이 먹고 챙기는 것도 이상하잖아?"

"그래도 한 번 정도는 제대로 챙겨야 하지 않을까요?"

"됐어. 내가 생일을 챙기는 사람도 아니고. 기억도 안 나는데 뭘 챙겨. 그냥 새해가 밝으면 한 살 먹었다고 생각하면 되는 거지."

"그래도……."

서예지가 말끝을 흐렸다.

동시에 심대혜는 벽우진의 손을 잡았다. 아무리 그래도 생일을 안 챙기는 건 아니라고 생각해서였다. 그렇다고 벽우진이 혼자인 것도 아니고 말이다.

"앞으로는 저희가 챙겨 드릴게요."

"저도요!"

비어 있는 벽우진의 왼손을 잡으며 심소혜도 거들었다. 늘 받기만 하던 차에 잘 되었다는 생각이 들어서였다.

"안 그래도 된다니까."

"그럼 새해 첫날로 잡을까요? 안 그래도 곧 새해잖아요."

"괜찮다니까. 번거롭게 뭘 해. 됐어."

"사부님은 장문인이시잖아요. 당 대협도 이렇게 성대하게 하는데 사부님은 더 크게 하셔야죠. 저희가 건재하다는 것도 알릴 겸."

"말 잘했다."

서예지가 심대혜의 말에 동조했다. 안 그래도 그녀는 사천 당가가 준비하는 것을 유심히 살펴보고 있었다.

도문(道門)이기는 하지만 전통과 역사가 있는 대문파가 곤륜파였다. 그런 만큼 언젠가는 큰 행사를 치를 게 분명했고, 그 예시로 서예지는 오늘의 연회를 주시 중이었다.

"저도 지금부터라도 챙기는 게 맞다고 생각합니다."

"저도요."

"그게 맞는 것 같아요, 사부님."

서예지에 이어 도일수와 양일우, 양이추 형제가 거들었다.

정확한 날짜를 모른다지만, 그건 중요하지 않았다. 중요한 것은 지금부터라도 챙겨야 한다는 점이었다.

"앞으로는 저희가 매년 챙겨 드릴게요, 사부님!"

"안 그래도 되는데."

"어떻게 안 그래요. 저라도 꼭 챙겨 드릴게요!"

심소혜가 앙증맞은 손으로 주먹을 불끈 쥐어 보이며 소리쳤다.

그런데 그 모습을 진구가 사뭇 부럽다는 얼굴로 쳐다봤다. 제자들 사이에 파묻혀 있다시피 한 벽우진의 모습을 보니 그렇게 부러울 수가 없었던 것이다.

물론 그 기색은 금세 사라졌지만 가슴속에는 여전히 깊은 파문을 남기고 있었다.

"진짜 괜찮다니까?"

"저희가 안 괜찮아요, 사부님."

"거참."

갑자기 단체로 꽂히기라도 한 것처럼 생일에 매달리는 제자들의 모습에 벽우진이 뒷머리를 벅벅 긁었다. 이상한 것에 집중하는 것 같아서였다.

"앞으로는 저희가 꼭 챙겨 드릴게요."

"부담 갖지 마세요, 헤헤!"

심대혜와 심소혜의 협공에 벽우진은 도망도 칠 수 없었다. 두 사람이 벽우진의 손을 하나씩 꼭 붙들고 있어서였다.

"사부님은 가만히 즐겨주시면 돼요."

"맞아요!"

"허어."

자신이 허락하지 않았음에도 이미 결정을 내린 듯한 제자들의 모습에 벽우진이 고개를 절레절레 저었다. 어째 하지 말라고 해도 할 것 같아서였다.

"죄송합니다. 제가 좀 늦었네요."

"응?"

"제가 좀 더 서둘렀어야 했는데. 죄송합니다, 장문인."

"자네가 왜 왔어?"

당민호의 생일잔치가 있을 대연회장으로 걸어가는데 당설우가 앞에 나타났다. 뛰어왔는지 옷자락이 크게 휘날리는 상태로 말이다.

"다른 이라면 모를까, 벽 장문인이시지 않습니까. 태상가주님께서 어젯밤 저를 직접 불러 지시하셨습니다."

"애한테 왜 쓸데없는 일을 시켜. 내가 길을 모르는 것도 아니고."

벽우진이 혀를 찼다. 쓸데없이 고급 인력을 낭비하는 것 같아서였다.

하지만 그 모습에 당설우는 오히려 웃었다.

"본가에서 그 정도로 벽 장문인을 중요시한다고 생각해 주시면 될 것 같습니다."

"중요시는 무슨. 혹시나 사고 칠까 봐 그러는 거 아냐? 미연에 방지하려고."

"그 부분에 대해서는 들은 바가 없습니다."

뜬금없이 툭 치고 들어오는 질문에도 당설우는 요리조리 잘 빠져나갔다. 맞는 말이었지만 지금 이 자리에서는 동의할 수 없어서였다.

"역시 총관이야. 눈치가 빨라."

"지금부터는 제가 모시겠습니다."

"무당파의 선배님은 어떠신가? 자네라면 들은 게 있을 것 같은데."

"검선께서는 괜찮으신 것으로 알고 있습니다. 아마 대연회장에 도착하면 만나게 되실 겁니다."

"검선이라. 확실히 신선 같은 분이시긴 하지. 나 같은 말코 도사와는 완전히 다른 정통도사."

벽우진이 고개를 주억거렸다. 별호는 처음 듣는데, 듣는 순간 고개를 끄덕거리게 되었다. 한 자루 검을 들고 있는 선풍도골의 모습과 너무나 잘 어울려서였다.

"사부님도 엄청 멋지셨어요."

"저도 그렇게 생각해요."

"원래 검도 잘 쓰신다는 건 알고 있었지만 어제는 진짜 달랐어요."

"태청용형검은 진짜! 완전 감동이었어요."

아이들이 떠들썩하게 입을 열었다. 말을 못 해서 그렇지 어제의 비무는 아이들에게 정말 큰 감격과 충격을 주었다. 곤륜파 무공의 진수를 봤었기에 다들 하나같이 얼굴이 상기되어 있었다.

"근데 전통도사 같지는 않았지?"

"도사 같으셨어요. 청년도사 느낌이랄까요?"

"흠. 역시 그런가."

솔직한 서예지의 평가에 벽우진이 입맛을 다셨다. 확실히 백염백미가 선풍도골이라는 말을 연상케 하는 데 가장 중요하다는 사실을 다시 한번 깨달아서였다.

"그래도 진짜 멋지셨어요. 많은 걸 배울 수 있었고요."

"그거면 되었다. 그럼 다 얻은 거야."

벽우진이 흡족한 얼굴로 고개를 끄덕였다.

무당파 쪽도 얻은 게 많겠지만 곤륜파도 만만치 않았다. 때문에 벽우진은 웃을 수 있었다.

"어젯밤 일로 태상가주께서 정말 동분서주하셨습니다. 가주님도 마찬가지고요."

"그래도 나름 조용히 넘어갔잖아? 부서진 것도 없고. 사람들이 좀 놀란 것 말고는 없지."

"궁금해하는 이들이 정말 많습니다. 다만 두 분께서 엮이신 일이라 다들 쉬쉬하고 있지만요. 아마 대연회장에 도착하시면 조금 시달리실 수도 있습니다."

당설우가 조심스럽게 벽우진의 눈치를 살폈다. 만약의 사태에 대비해 미리 언질을 해두는 것이었다. 벽우진의 성격상 관심을 좋게만 받아들이지는 않을 테니까.

더구나 사천당가의 경우 벽우진에 대해 그 어떤 곳보다 잘 알고 있었다.

"아아."

"들어가시죠."

건성으로 대답하는 벽우진과 진구, 제자들을 이끌고서 당설우가 앞장섰다. 출입구에 신분을 확인하기 위해 녹의대원들이 길게 늘어서 있었지만 누구 하나 당설우의 앞을 제지하지 않았다.

잠시 후 벽우진 일행은 사천당가에서 각별히 준비한 대연회장에 들어섰다.

"우와."

"진짜 화려하네."

"제대로 칼을 간 느낌인데."

규모도 규모지만 어느 것 하나 소홀히 하지 않고 신경 쓴 태가 나는 대연회장 내부의 모습에 제자들이 감탄사를 터뜨렸다. 너무 화려하지는 않았지만 누가 봐도 고급스러움이 물씬 느껴지는 장내의 모습에 특히나 여제자들이 눈을 빛냈다. 그야말로 하나의 작품을 보는 듯해서였다.

"괜히 공방이 있는 게 아니네."

"그럼 우리도 할 수 있지 않을까? 필교 어르신도 있고, 혁문이 할아버지도 계시니까."

"공간도 부족하지 않고."

사천당가의 장원이 요새를 방불케 할 정도로 넓다고 하나 곤륜산에 비할 바는 아니었다.

그렇기에 양일우가 고개를 주억거렸다. 마음만 먹는다면 충분히 따라 할 수 있을 것 같아서였다.

"아서라. 그런데 쓸 돈 없다. 저거 다 돈이야. 인력은 또 얼마나 필요했겠어?"

상상의 나래를 펼치는 제자들에게 벽우진이 찬물을 끼얹었다. 보기에는 좋지만 곤륜파에서 하기에는 너무 과한 것 같아서였다. 그렇다고 자신이 하고 싶은 것도 아니었고 말이다.

"하지만 언젠가는 해야 하지 않을까요? 지금 당장은 아니더라도요."

"그건 그때 가서 생각하는 걸로."

"오셨습니까."

서예지의 말에 손을 휘휘 저으며 대답한 벽우진이 고개를 돌렸다. 당설우의 앞으로 당주혁이 나타나서였다. 소가주인 그가 버선발로 달려와 공손히 인사하는 모습에 벽우진은 다시 한번 손을 휘저었다.

"그렇게 딱딱하게 할 필요 없다. 모르는 사이도 아니고. 근데 아침인데도 사람 엄청 많네."

"정말 오랜만에 연 연회이니까요. 더구나 오독분과의 전쟁에서 본가가 큰 활약을 하기도 했고요."

"큰 활약은 가주가 했지. 민호는 집만 지키고 있었잖아?"

"하하하."

당주혁이 머쓱하게 웃었다. 뭐라 반박할 말이 떠오르지 않아서였다.

"저기 옆에 쌓여 있는 건 선물이야?"

"예, 각 지역의 특산물들이 제일 많습니다. 물론 귀한 것도 상당하고요."

"호오."

벽우진이 눈을 빛냈다.

단순히 준비하는 데 돈이 많이 들어가는 것만 생각했지 저렇게 부가 소득이 있을 줄은 꿈에도 생각하지 못해서였다.

“가시지요.”

당설우에 이어 당주혁이 앞장섰다. 그러자 주변에서 삼삼오오 모여 있던 이들의 시선이 벽우진 일행에게로 확 집중되었다. 당설우만 하더라도 총관이기에 그가 직접 모시고 들어오자 알게 모르게 힐끔거렸는데 이번에는 소가주인 당주혁이 직접 나서자 다들 눈을 빛냈던 것이다.

그리고 그런 이들의 대부분은 벽우진을 알아보지 못했다.

“구파일방이나 오대세가의 수장은 아직 안 보이네.”

“만반의 준비를 다 하고 오지 않을까 생각합니다. 피치 못한 일이 생겨 늦는 경우도 있고요.”

“술?”

“그런 경우도 많지요. 공력으로 주정을 배출할 수 있다고 하지만, 쉽게 안 취해서 더 과하게 들이붓는 경우가 많아서요.”

“쯧쯧!”

설명만 들어도 저절로 상상이 되었다.

벽우진은 자기도 모르게 혀를 찼다. 나름 곡차를 좋아하는 그였지만 그렇다고 죽도록 부어라 마셔라 하지는 않았다. 자고로 무엇이든 적당히가 가장 좋았다.

“누구지?”

“아는 사람 있어?”

“혹시 곤륜파 일행 아냐? 오대세가나 구파일방은 아닌데.”

“패선 정도는 되어야 사천당가의 소가주가 나서지 않겠어?”

당주혁을 따라 대연회장을 가로지르는데 여기저기에서 수군

거리는 소리가 들려왔다. 사천당가에 잘 보이고자 이른 시간부터 찾아왔던 군소방파의 사람들이 벽우진 일행을 힐끔거리고 쑥덕거렸던 것이다.

자기 딴에는 작게 말한다고 했지만 벽우진의 귀에는 다 들렸다.

"처음 뵙겠습니다, 남창목가의 목중선입니다. 생신 축하드립니다, 태상가주님."

"아아. 남창목가. 혹시 목일경의 아들인가?"

"맞습니다. 제가 현 남창목가의 가주입니다. 부친께서는 작년에 돌아가셨습니다."

"허어."

증정식 아닌 증정식을 받고 있던 당민호가 얼굴 가득 안타까운 표정을 지었다. 그러자 목중선의 눈시울도 붉어졌다.

"가끔 태상가주님에 대한 말씀을 하셨습니다. 참으로 호탕한 사람이었다고요."

"나도 기억하고 있네. 그런데 벌써 갔을 줄이야."

"금분세수(金盆洗手) 하시고 편안히 가셨습니다."

"다행이구먼. 선물은 감사하네."

"아닙니다!"

언제 눈시울이 붉어졌냐는 듯이 목중선의 얼굴이 밝아졌다. 다른 이들과는 달리 나름 당민호와 길게 대화를 나눈 것 같아서였다.

거기다 부친으로 인해 눈도장 역시 어느 정도는 찍었다고 생각이 되자 목중선은 더욱더 마음이 가벼웠다. 선물을 준비한답시고 지출이 적지 않았지만, 적어도 헛돈을 쓴 것 같지는 않았다.

"이따가 술 한잔하세."

"즐거운 마음으로 기다리고 있겠습니다, 태상가주님."

목중선이 희희낙락한 얼굴로 공손히 허리 숙여 인사한 후 몸을 돌렸다. 부친 덕분에 일이 더할 나위 없이 잘 풀린 것 같아서였다.

하지만 그는 보지 못했다. 그가 몸을 돌리기 무섭게 당민호의 얼굴에서도 미소가 사라졌다는 사실을 말이다.

"아침부터 고생하네."

"웬일이냐? 이 아침부터?"

멀어지는 목중선을 지켜보던 당민호가 익숙한 음성에 화들짝 놀랐다. 올 거라고 당연히 예상하기는 했지만 이렇게 이른 시간에 찾아올 줄은 몰라서였다.

"뭐야? 내가 언제 올 거라고 생각했던 거냐?"

"늘어지게 쉬다가 오후쯤에? 점심은 먹어야 할 테니까."

"그때는 왠지 제일 바쁠 것 같아서. 그래서 일찍 왔다. 일 끝내고 돌아가서 좀 쉬게."

"……선물만 달랑 던져주고?"

당민호가 그러면 그렇지 하는 표정을 지었다. 역시나 벽우진다워서였다.

"바로는 아니고. 조금 구경하다가? 이런 큰 연회는 나도 태어나서 처음 보니까."

"좀 크기는 하지. 봉문 후 최초로 공개하는 거라 나름 신경 쓰기도 했고. 내년 생일에는 이렇게 못 해. 보기에는 좋아도 여럿 쓰러져서 나갔다."

"그러기에 적당히 좀 하지."

"내가 하자고 안 했다."

당민호가 어깨를 으쓱거렸다.

이 모든 계획은 그가 세운 게 아니라 아들이 세운 것이었다. 물론 그 역시 동의하기는 했지만 말이다.

"대신 냉큼 허락했겠지."

"해서 나쁘진 않잖아? 죽기 전에 한 번 정도는 이렇게 거창하게 열면 좋잖아? 안 그래?"

"글쎄다. 난 딱히 생일을 챙기지 않아서."

"도문이라고 해서 거창하지 말라는 법은 없잖아."

은근한 어조로 당민호가 말했다.

사람이 적기는 하지만 그렇다고 못 할 것은 없었다. 오히려 벽우진이 연회를 연다고 하면 구파일방은 물론이고 오대세가의 수장들이 모조리 모일 것이다. 그리고 그들을 만나고자 군소방파의 주인들이 뒤따를 것이고.

"아직은 생각 없다. 지금은 시기상조야."

"나중에 해도 되니까 한번 진지하게 생각해 봐. 사실 개파식도 아직 안 했잖아."

"굳이 할 필요 없으니까. 본 파가 다시 일어난 거 다 알고 있잖아?"

"그래도 공식적으로 하는 게 좋지."

"안 해. 개파식을 하면 멸문했다가 다시 연 것 같아서."

벽우진이 단호하게 말했다.

곤륜파의 명맥은 끊어지지 않았다. 다만 위기가 있었을 뿐. 그가 없는 동안 청민과 청범이 곤륜파를 지켜왔고, 자신의 등장과 함께 제자리를 찾아가는 중이었다.

"너 하고 싶은 대로 해. 네가 장문인이니까."

"안 그래도 그럴 생각이다. 어쨌든 생일 축하한다."

"태상가주님 생신 축하드려요."

"생신 축하드립니다!"

"오래오래 건강하게 사세요!"

벽우진이 시작을 끊자 서예지를 시작으로 아이들이 일제히 축하 인사를 건넸다. 두 손을 앞에 모으고서 공손히 인사를 올렸던 것이다.

그 모습에 당민호가 환하게 웃었다.

"그래, 그래. 모두 고맙구나."

"이건 사부님께서 준비하신 선물입니다."

"혹시 설마?"

막내인 도일수가 품에 안고 있던 선물을 공손하게 내밀었다. 고급스러운 비단으로 포장되어 있는 작은 상자에 당민호가 눈을 빛냈다.

사실 그는 곤륜파에 원하는 선물이 있었다. 다만 염치가 없어서 먼저 말을 꺼내지 못할 뿐. 그래서 그는 잔뜩 기대한 얼굴로 도일수가 건네는 선물을 받았다.

"꿈 깨. 네가 기대하는 거 아니니까."

"……내가 뭘 바랄 줄 알고?"

"두 눈에 욕심부터 지우고 말을 해라."

"그렇게 티 나디?"

당민호가 겸연쩍게 웃으며 고개를 돌렸다. 살짝 민망해졌던 것이다. 그래서 그는 빠르게 선물을 풀었다.

"푼다고 묻지도 않고 푸네?"

"어차피 내 선물이잖아? 지금 푸나 나중에 푸나 똑같은데 뭐 어때."

"저거 풀어보는 것도 일이겠다. 처음이야 설레겠지만 저걸 다 풀어보려면, 어후."

벽우진이 산처럼 쌓여 있는 선물들을 보며 고개를 저었다. 한두 개야 설레겠지만 수십 개가 되면 선물을 확인하는 것도 일일 터였다. 게다가 중요한 건 아직 아침이라는 것이었다.

"오!"

"율석이가 정성 들여 만든 물건이야."

"확실히 균형이 좋아."

목궤에 들어 있던 한 쌍의 단검과 단도를 집어 든 당민호가 감탄사를 터뜨렸다. 무상검만큼은 아니더라도 균형이 확실히 잘 잡혀 있어서였다.

"그거 만든다고 율석이가 고생 좀 했지."

"근데 이건 율석이 선물 아냐?"

"율석이가 곤륜파 사람인데. 똑같아."

“하긴.”

“뭐, 네가 원한 건 다른 것이겠지만 그건 더 이상 안 돼.”

벽우진이 단호하게 선을 그었다. 욕심이 나는 게 당연하겠지만 더 이상의 외부 유출은 하지 않을 생각이었다.

“알고 있어. 그렇게 다시 한번 각인 안 시켜도 돼.”

“그럼 이따가 보자고.”

“찾아갈게.”

“오냐.”

뒤에서 순서를 기다리는 이들이 있었기에 벽우진은 적당히 물러났다. 선물을 주었겠다, 본격적으로 아침 식사를 하기 위해서였다.

“자리를 준비해 놓았습니다.”

“우리가 다 앉을 수 있어?”

“물론입니다. 태상가주님께서 앉으실 자리도 미리 만들어 두었습니다.”

듣는 이가 많았기에 당주혁은 조부를 태상가주라고 깍듯하게 호칭했다. 공적인 자리였기에 말조차도 조심했던 것이다.

“굳이 그렇게까지 할 필요 있어?”

“태상가주님께서 따로 한 자리 빼놓으라고 하셨습니다.”

“바빠서 올 틈이 있을까? 오더라도 내가 없을 것 같은데?”

“그래도 혹시 모르니까요.”

당주혁이 어색하게 웃었다.

어디로 튈지 모르는 성격의 벽우진이었기에 식사만 끝내고 사라질 수도 있었다. 당주혁 본인도 그럴 가능성이 크다고 생각했고. 하지만 그래도 그의 입장에서는 준비는 해놓아야 했다.

"뭐, 네가 어쩌겠어. 네 입장에서 까라면 까야지."

"그렇습니다. 아직은 힘이 없는 소가주라서요."

"그건 아닌 것 같고."

벽우진이 피식 웃었다.

그가 보기에 사천당가의 서열 3위가 당주혁이었다. 또한 그만한 역량을 보여주고 있었고.

"하하. 아직 갈 길이 멉니다."

"응? 여기라고?"

대화하는 사이 어느새 길게 늘어져 있는 원탁 중 하나에 도착한 벽우진이 황당하다는 표정을 지었다. 왜냐하면 그와 곤륜파에게 배정된 자리는 당문경이 앉아 있는 원탁의 바로 앞에 위치해 있어서였다. 즉 굳이 당민호의 자리를 따로 만들지 않아도 된다는 소리였다.

"예. 본가와 가장 가까운 곳이 곤륜파이지 않습니까. 가주님께서 직접 배정하셨습니다."

"……사고 치지 못하게 감시하려는 목적이 있는 거 같은데?"

벽우진의 말에 조금 떨어져 있던 진구가 고개를 주억거렸다. 그 역시 같은 생각이었던 것이다.

하지만 그는 몰랐다. 사고를 칠지도 모르는 사람 중에는 그도 포함되어 있다는 사실을 말이다.

"절대 아닙니다."

"차라리 먼 쪽이 나은 거 같은데. 사람들이 계속 드나들 거 아냐. 당가 쪽 원탁 바로 앞자리라."

"그렇기에 곤륜파의 위상을 알리기에 적당하지 않겠습니까? 또한 본가와 곤륜파와의 관계를 확실하게 알릴 수도 있고요."

"다들 이미 충분히 알 거 같은데."

벽우진이 인상을 썼다. 암만 봐도 시끄럽고 불편한 자리일 것 같아서였다.

더구나 줄지어 길게 늘어선 원탁들도 화려했지만 곤륜파에게 배정된 원탁은 조금 더 특별했다. 당문경이 앉아 있는 원탁과 마찬가지로 윤기 나는 붉은색 천이 덮여져 있었던 것이다.

"저희에게도 중요한 문제라서요. 또한 태상가주님의 지시이기도 합니다."

"난 이런 특별 대우는 원치 않았는데 말이지."

"이제는 익숙해지셔야 하지 않겠습니까?"

"흠."

벽우진이 고개를 주억거렸다.

확실히 틀린 말은 아니었다. 지금도 그렇지만 앞으로의 곤륜파는 많은 게 달라질 것이니까.

"앉으시지요."

"오늘은 일단 앉으마. 하지만 다음부터는 언질이라도 좀 해주었으면 좋겠다."

"명심하겠습니다."

지극히 공손한 어조로 대답하는 당주혁을 일별하며 벽우진이 어쩔 수 없다는 듯이 자리에 앉았다. 그러자 기다렸다는 듯이 시비들이 음식들을 가져오기 시작했다.

이윽고 원탁 위로 산해진미라고 표현해도 과언이 아닐 정도의 음식들이 빠르게 채워지기 시작했다.

“잔칫날은 잔칫날이네.”

“다른 성의 음식들도 있는 것 같아요.”

“아무래도 타 지역에서 오신 분들이 많으니까. 그 부분까지 신경 쓸 수밖에 없겠지.”

“우와아!”

말 그대로 두 눈이 휘둥그레지는 각종 음식들의 향연에 아이들이 정신을 차리지 못했다. 오죽했으면 진구 역시 두 눈이 동그래질 정도였다.

사천성 전통 음식뿐만 아니라 각 지역을 대표하는 음식들까지 있었기에 눈은 물론이고 코도 즐거울 지경이었다. 그래서인지 다른 자리에서는 벌써부터 술판이 벌어지고 있었다.

“구파일방과 오대세가도 슬슬 오는 것 같아요.”

“어제의 후기지수들끼리 모인 것 하고는 또 다르지?”

“예.”

서예지가 눈을 반짝였다.

사실 어제 구룡오화를 비롯해서 구파일방과 오대세가의 사람들을 만났을 때도 내심 놀라기는 했다. 아무래도 변방이라 할 수 있는 청해성에서 살아왔기에 이렇게 직접적으로 부딪칠

일이 단 한 번도 없어서였다.

하지만 지금은 어제와 또 비교할 수 없었다.

'저들이 중원 백도를 대표하는 고수들.'

소림무제와 제왕검을 비롯해서 개왕, 구절서생은 북해빙궁주와의 결전 당시 봤었기에 딱히 놀랍지는 않았다.

하지만 구파일방과 오대세가의 수장들이 다함께 몰려오니 느낌이 또 달랐다. 왠지 모를 무게감이 느껴졌던 것이다. 숫자로 보면 얼마 되지 않는데 한순간에 연회장이 가득 찬 느낌이랄까.

"머지않아 우리도 한 자리를 차지하게 될 거야."

"원래 저희의 자리였잖아요."

"그러니까 되찾아 와야지. 물론 그건 내가 할 거야. 너희들은 나 다음을 책임지면 돼."

"……금방 떠나갈 것처럼 말씀하시지 마세요."

서예지가 조금은 가라앉은 음성으로 말했다. 먼일일 게 분명하지만 벽우진이 떠난다고 생각하는 것만으로도 가슴이 먹먹해졌다.

"저희랑 오래오래 함께해 주세요."

"저도 사부님이랑 오래오래 같이 살고 싶어요."

"아직 멀었어. 벌써부터 감정 잡지 마. 나중에는 제발 그만 헤어지자고 할지도 모르니까."

"절대 그런 일 없어요!"

심대혜를 따라 입을 열었던 심소혜가 고개를 도리도리 저었다. 그런데 음식을 얼마나 넣은 것인지 다람쥐처럼 양 볼이 빵빵했다.

"지금은 아니라고 하지만, 나중 일은 모르는 거니까?"

"저는 사부님이랑 천년만년 같이 살 거예요!"

"저, 저도요."

심소혜의 말에 양이추가 슬그머니 손을 들었다. 음식이야 심소혜가 해준다고 하더라도 늙은 벽우진의 수발을 들 남자 한 명 정도는 필요하다고 생각해서였다.

"나도 할 거야."

"저도요. 제가 제일 어리니까 가장 오랫동안 사부님을 보필할 수 있지 않을까요?"

"이것들아, 내 걱정은 하지 말고 너희들 앞가림이나 신경 써. 나는 적어도 58년은 더 살다가 갈 거니까."

벽우진이 헛웃음을 흘리며 말했다. 벌써부터 노인 취급을 하는 게 어처구니가 없었던 것이다.

하지만 한편으로는 흐뭇하기도 했다. 어쨌거나 자신의 노후를 신경 써주는 것이었으니까.

"꼭 오래오래 사셔야 해요, 사부님?"

"걱정하지 마. 소혜 시집가서 아들딸 낳는 것까지 보고 갈 거니까."

"전 시집 안 갈 건데요?"

"다들 들었지? 소혜 시집가면 너희들이 증인이 되어줘야 한다?"

벽우진이 장난스럽게 웃으며 제자들을 번갈아 쳐다봤다. 그러자 다들 똑같은 미소를 지으며 고개를 끄덕였다. 좋은 놀림

거리 하나를 찾았다는 듯이 말이다.

"소혜 너 나중에 딴말하기 없기다?"

"진짜 안 갈 거거든! 오빠나 걱정해!"

"난 일단 스무 살 넘고 나서 생각해 볼게. 지금은 무공이 더 좋으니까."

한 살 차이 나는 심소천과 티격태격하는 모습을 보며 벽우진도 차를 들이켰다. 딱히 배가 고픈 게 아니었기에 음식에는 손을 대지 않았던 것이다.

그런데 그 모습에 주위를 바삐 배회하던 시비들이 안절부절못했다. 혹시나 음식이 마음에 들지 않아서인가 싶었던 것이다.

"장문인."

"응?"

이제는 제법 격식 있게 식사를 하는 제자들을 보며 벽우진이 배부른 표정을 짓고 있을 때 익숙한 음성이 들려왔다. 누군가가 그를 찾아왔던 것이다.

"목진자?"

"잠시 앉아도 될까요?"

"안 될 것도 없지. 그리고 늦었지만 장문인이 된 거 축하해."

"감사합니다. 사실 되고 싶어서 된 것은 아니지만요."

비어 있는 자리에 목진자가 조심스럽게 앉았다.

그러자 주위의 시선이 대번에 집중되었다. 두 사람의 사이가 썩 좋지 않은 것으로 알려졌는데 의외로 벽우진이나 목진자나 서로를 불편해하지 않는 것 같아서였다. 개중에 몇몇은 선수를 빼앗겨 살짝 분한 표정을 짓기도 했다.

"나랑 마찬가지네. 나도 어쩔 수 없이 장문인직에 앉았는데."

"저도 같은 이유였습니다. 원래 제가 앉을 자리가 아닌데, 또 저 아니면 마땅한 사람이 없어서요."

목진자가 씁쓸한 기색을 띠었다.

장로이기는 하나 무공은 그리 뛰어난 편이 아니었다. 나이도 장로 중에 가장 어렸기에 공동파의 비전절학을 연공한 시간도 그리 길지 않았고 말이다. 하지만 중요한 것은 비전절학을 제대로 전수받은 이는 그가 유일하다는 점이었다.

"그래도 우리보다는 낫잖아? 본 파는 청민 하나 남았었는데."

"그렇긴 합니다만."

"좋게 생각해. 최악은 면했잖아?"

"그 부분에 대해서는 특히 장문인께 감사한 마음입니다."

목진자가 다시 한번 고개를 숙였다.

과거 도움을 청했을 때 너무 매정하게 거절해서 살짝 서운했던 적은 있지만 그것을 입 밖에 꺼내지는 않았다. 역지사지라고 그가 만약에 벽우진의 입장이었어도 공동파를 도와주는 것에 망설였을 터였다. 어쨌거나 가장 중요한 것은 자신의 사문이니까.

"저번에도 얘기했지만 나에게 고마워할 거 없어. 공동파를 도와주려고 싸운 게 아니라, 살아남기 위해 북해빙궁과 싸운 것이니까."

"알고 있습니다. 하지만 저를 비롯하여 강북 무림이 큰 도움을 받은 것 또한 사실입니다. 만약 북해빙궁을 몰살시키지 않으셨다면 저희는 물론이고 다른 문파들 역시 이렇게 마음 편히 이곳에 오지 못했을 겁니다."

"이쯤 해. 고맙다는 말도 너무 자주 들으면 지겨워. 무릇 모든 일은 적당히 하는 게 가장 좋아."

"알겠습니다."

"자, 한 잔 받아."

벽우진이 차를 따라주었다. 공동파의 상황이 남 일 같지 않아서였다.

또한 목진자가 느끼고 있을 부담감 역시 벽우진은 누구보다 잘 알고 있었다. 그 역시 목진자와 비슷한 상황이었으니까.

"감사합니다."

"힘내. 그래도 상황이 아주 나쁜 것은 아니니까. 그리고 혼자만 뒤처진 것도 아니고."

"안 그래도 그 부분에 대해서 장문인께 드릴 말씀이 있습니다."

"해봐. 그거 때문에 날 찾아온 것 같은데."

목진자가 고개를 주억거리며 천천히 차를 들이켰다. 말을 하기 전 잠깐 생각을 정리하기 위해서였다.

"점창과 종남을 조심하십시오."

"왜? 담합이라도 했어?"

"……그랬을 가능성이 큽니다."

"뭐 어때. 약한 자들끼리 똘똘 뭉치는 게 하루 이틀도 아니고. 나름 살아남기 위해 아등바등대는 거잖아?"

조심스레 말하는 목진자와 달리 벽우진은 대수롭지 않다는 듯이 대답했다. 다른 문파가 곤륜파를, 그를 견제하는 건 아주 자연스러운 일이었기 때문이다. 또한 절대강자가 등장할 때마다 그 밑에 있는 이들이 뭉쳐서 견제 세력을 이루는 건 늘 있었던 일이기도 했고.

"그래도 조심하셔야 합니다."

"아아, 참고하지. 하지만 쓸데없는 걱정이라고 말해주고 싶군. 나라고 멍청하게 순순히 당할 생각은 없으니까. 근데 나보다는 본인을 더 신경 써야 할 것 같은데."

"노력해야지요. 본 파 역시 갈 길이 머니까요."

"그래도 신경 써줘서 고맙네. 쉽지 않은 결정이었을 텐데."

벽우진이 의외라는 표정으로 목진자를 쳐다봤다. 알게 되었다고 해서 굳이 말해줄 의무는 없는데 목진자는 일부러 직접 찾아와서 말해주었다. 그게 벽우진은 조금 놀라웠다.

"알고는 있으셔야 한다고 생각해서요. 겸사겸사 빚도 조금 지워 버릴 겸."

"좋아. 그 마음, 기억해 두지."

"이만 일어나 보겠습니다. 아무래도 보는 눈이 많아서요."

"그래."

목진자가 깔끔하게 할 말을 다하고 자리에서 일어났다.

그런데 그가 떠나기 무섭게 당민호가 찾아왔다. 선물을 받느라 한창 바쁠 당민호가 말이다.

"무슨 이야기를 그렇게 진지한 얼굴로 해?"

"그럴 만한 일이 있어서. 근데 얘는 왜 데리고 온 거야?"

벽우진의 시선이 쭈뼛거리며 서 있는 중년인에게로 향했다. 그러자 중년인이 순간 움찔거렸다.

"앞으로 자주 볼 사이인데 이왕이면 좀 풀고 가는 게 좋잖아? 안 좋게 생긴 감정의 골이 쌓이고 쌓이면 원한이나 악의로 변하잖아. 그래서 내가 좀 나섰지. 어쨌거나 내가 주최자잖아?"

"그 바쁜 주최자가 여긴 어쩐 일이야? 선물 증정식이 끝나려면 먼 것 같은데?"

"끝났어. 구파일방과 오대세가가 오면 마무리지. 엉덩이가 제일 무거운 사람들이 모여 있는 게 그들이니까."

"묘하게 말 되네."

벽우진이 헛웃음을 흘렸다. 그의 말마따나 더 이상 선물을 주기 위해 줄을 서 있는 이가 없었던 것이다.

"안녕하십니까."

"응?"

그런데 벽우진을 찾아온 이는 두 사람만이 아니었다. 누가 봐도 새것으로 보이는 의족을 단 개왕이 넉살 좋게 웃으며 세 사람에게 다가왔던 것이다.

"저도 앉아도 되겠습니까?"

"방주가 무슨 일로?"

"제가 조금은 도움이 될 것 같아서요. 여러 가지로 말입죠. 물론 장문인과 따로 얘기를 나눠보고도 싶었고요. 우르르 모여 있기만 했지 실질적으로 대화를 나눈 적은 없지 않습니까."

"아이야, 의자 좀 가져오너라."

예상치 못한 개왕의 등장에 당민호가 자연스럽게 지나가던 시비에게 의자를 하나 더 가져오도록 시켰다. 그러자 순식간에 원탁이 가득 찼다.

"네가 주인이다 이거냐?"

"물론이지. 자자, 앉자고."

벽우진이 거절하기 전에 당민호가 능글맞게 웃으며 자리를 권했다. 그러면서 은근슬쩍 자신과 벽우진의 사이에 여전히 쭈뼛거리는 군남생을 앉혔다.

지금은 낯설어도 계속 얼굴을 보다 보면 조금씩 나아질 터였다. 자연스레 대화도 많아질 것이고.

"아, 안녕하십니까."

"안녕 못 해."

"어허! 힘겹게 찾아온 후배한테 너무 쌀쌀맞게 대하는 거 아냐?"

"내가 원한 만남이 아닌데? 주선은 네가 한 거지."

"일단 한 잔씩 쭉 들이켜자고."

순식간에 싸늘해지는 분위기에 당민호가 서둘러 각자의 앞에 술잔을 놓았다. 그러고는 이 자리를 위해 특별히 공수한 금존청을 꺼냈다.

"헉! 설마 그, 그것은?"

"역시 개코라서 그런가? 한 번에 알아보네?"

"금존청 아닙니까?"

"맞아."

개왕이 특유의 돼지코를 벌렁거리며 흥분했다.

싸구려 곡주만 마시던 그에게 금존청은 말 그대로 하늘에 달린 별이나 마찬가지였다. 물론 사 먹고자 하면 못 사 먹는 건 아니었으나 수없이 많은 개방도들을 생각하면 감히, 언감생심 사 먹을 엄두를 내지 못했다. 하지만 지금처럼 얻어먹는 것이라면 얘기가 달랐다.

"크흐으!"

"원래는 우리 셋이서만 마시려고 했는데……."

"제가 좀 먹을 복이 있지요. 허허허!"

"일어나라고 해도 안 일어나겠지?"

"물론입죠! 언제 또 이런 기회가 찾아오겠습니까?"

개왕이 침을 뚝뚝 흘렸다. 뚜껑이 굳게 닫혀 있음에도 그의 예민한 코는 병 안에 담긴 금존청의 주향을 기가 막히게 맡고 있었다.

"넷이서 마시면 몇 잔 안 나오는데."

"그렇기에 더 감질 맛이 나지 않겠습니까. 기억에도 오래 남고요."

"말은."

청산유수처럼 듣기 좋은 말만 쏙쏙 해대는 개왕의 모습에 당민호가 결국 웃음을 터뜨렸다. 그러고는 천천히 금존청의 뚜껑을 열었다.

"크흐!"

"뭐야, 이 주향은?"

"이거 설마 금존청 아냐?"

금존청 특유의 주향에 여기저기에서 소란이 일었다. 자리의 위치가 위치인 만큼 금존청을 마셔본 이들이 제법 많아 단박에 주종을 알아맞혔던 것이다.

"자자, 한 잔씩 받아."

"흠."

"어이쿠!"

벽우진을 시작으로 개왕, 군남생 순으로 당민호는 술을 따랐다. 그러고는 마지막으로 자신의 잔에 금존청을 따른 당민호가 자연스럽게 술잔을 들어 올렸다.

"일단 한 잔 하자고."

"옙!"

개왕이 초롱초롱하게 눈을 빛냈다. 일단 시원스럽게 한 잔을 마시고 또다시 한 잔을 받을 생각인 것이었다.

금존청이 아무리 비싸도 사천당가가 감당하지 못할 정도는 아니었다. 그렇기에 개왕은 일단 최대한 많이 마실 작정이었다.

후르릅!

"역시 좋아."

"맛은 있네."

흡족한 미소를 짓는 당민호와 표정으로 모든 걸 말해주는 개왕과 달리 벽우진은 딱히 놀라지 않았다. 맛은 있지만 그렇다고 해서 엄청나다는 느낌은 들지 않아서였다. 딱 명주 정도?

그 정도가 다였다.

"괜찮지?"

"나쁘진 않네."

"자네는?"

"저도 괜찮습니다."

당민호가 자연스럽게 벽우진과의 대화에 군남생을 끌어들였다.

이 자리의 원래 목적은 바로 벽우진과 군남생의 오해를 푸는 것이었기에 당민호는 빠르게 둘의 신색을 살폈다. 정확하게는 벽우진의 얼굴을.

"모두 다 만족하니 기분이 좋구먼. 허허허!"

"어제 일은, 죄송했습니다."

"……?"

군남생이 옆에 앉아 있는 벽우진을 향해 정중히 고개를 숙였다. 진심을 담아 사과해 왔던 것이다.

"곰곰이 생각해 보니 제가 너무 날이 서 있었던 것 같습니다. 선배님의 입장에서는 충분히 그럴 수 있었는데."

벽우진이 살짝 당혹스러운 표정을 지었다. 설마하니 이렇게 뜬금없이 사과부터 할 줄은 몰라서였다.

"뭐야? 갑자기 왜 이렇게 달라졌어? 어제랑은 완전히 다르잖아?"

"어제는 제가 잠시 뭐에 씌었던 것 같습니다. 지금의 자리를 빼앗길지도 모른다고 생각을 하니까 아무것도 보이지 않았습니다."

군남생은 담담하게 어제의 감정을 털어놓았다.

그러자 당민호는 물론이고 개왕 역시 묵묵히 고개를 주억거렸다. 군남생이 느꼈을 압박감과 조급증을 그들 역시 간접적으로나마 느낄 수 있어서였다.

"빼앗긴 뭘 빼앗아. 그럴 생각도 없는데."

"알고 있습니다. 어제의 자리에서 충분히 느낄 수 있었으니까요. 그런데 저는 그게 가식이라고 생각했습니다. 일부러 생각 없는 척을 해서 저의 방심을 노리는 것이 아닐까 하고요."

"참 생각 많다."

벽우진이 피식 웃으며 술잔을 들었다. 귀신같이 당민호가 빈 잔에 술을 따라 주었기에 천천히 들이켰던 것이다.

그런데 그 모습을 개왕이 침을 꿀꺽 삼키며 쳐다봤다. 자신의 잔 역시 비어 있었지만 당민호가 꿈쩍도 하지 않았기에 그로서는 벽우진이 마시는 것을 구경할 수밖에 없었다.

"어쩔 수가 없었습니다. 운 좋게 구대문파의 한 자리를 차지하고 나니 정말 많은 게 달라졌거든요. 그래서 더더욱 그것을 놓치고 싶지 않았습니다."

"근데 어째서 생각이 달라진 거야?"

"회의가 끝나고 태상가주께서 저를 따로 찾아와 주셨습니다."

"호오."

"크흠!"

벽우진의 시선에 당민호가 어깨를 으쓱거렸다. 친구를 위해서 자신이 이렇게까지 했다는 듯이 우쭐한 표정을 지었던 것이다.

"물론 회의하는 동안의 분위기에서 많은 것을 느끼기도 했고요. 하지만 가장 큰 이유는 선배님과 적이 아니라는 것을 깨달아서입니다."

"적은 아니지. 그렇다고 동료도 아니지만."

"맞습니다."

매정하지만 사실인 말이었다. 공공의 적이 나타나면 힘을 합치기는 하지만 그렇다고 확실한 아군은 분명히 아니었다. 오히려 경쟁자에 가까웠지. 때문에 어제의 회의 때 그렇게 벽우진을 견제한 것이었다.

"하지만 나 역시 과하게 손을 쓴 것은 사실이니까. 단둘이 있는 것도 아니고. 그 부분에 대해서는 나도 사과하마."

군남생이 먼저 굽히고 들어와서 그런지 벽우진도 선선히 자신의 과한 부분을 사과했다. 아무리 그라도 먼저 사과하는 이에게 매몰차게 대할 수는 없어서였다. 게다가 어떻게 보면 강호 후배이기도 했고. 또한 실수하며 살아가는 게 인간이었다.

"아닙니다. 오히려 많이 참으셨다는 거 알고 있습니다."

"그나저나 대단하네. 이렇게 직접 찾아와서 사과하기가 쉽지 않았을 텐데."

"태상가주님과의 대화에서 깨닫는 바가 많았습니다."

"내가 이런 사람이야."

"의외이긴 하네."

여전히 거들먹거리는 당민호의 모습에 벽우진이 실소를 흘렸다. 이런 면모가 있을 줄은 정말 몰랐기에 벽우진은 살짝 놀랐다.

"사방이 적인데 우리끼리 으르렁거리는 건 시간 낭비잖아. 힘을 모아도 모자랄 판에."

"너에게 그런 거국적인 시야가 있었단 말이야?"

"……도대체 날 어떻게 생각하는 거냐?"

"한량?"

벽우진이 질문을 기다렸다는 듯이 대답했다.

그러자 옆쪽에서 박장대소가 터졌다. 금존청을 언제 주나 마냥 기다리던 개왕이 배를 붙잡고서 웃음을 터뜨렸던 것이다.

"야!"

"나 아직 귀 안 나갔다. 내 육신은 이십 대야. 작게 말해도 다 들려. 너하고는 다르게 말이지."

"허어!"

당민호가 답답하다는 듯이 가슴을 두드렸다. 입으로는 당해낼 재간이 없다는 걸 새삼 깨달아서였다. 그런데 문제는 무력으로도 안 된다는 점이었다.

"어쨌든 고맙네. 먼저 숙이기가 쉽지 않았을 텐데. 후배이긴 하지만 일파의 수장인데."

"아닙니다. 잘못은 제가 했으니까요. 시작도 제가 했고."

"앞으로 잘 지내보자고."

"예."

벽우진이 군남생의 어깨를 두드렸다. 잘 안 해서 그렇지 그도 다독이는 건 잘했다.

"마지막으로 한 가지 덧붙이자면 난 견제 안 해도 돼. 나보다 급한 곳이 세 곳이나 더 있으니까."

"그걸 제가 미처 생각하지 못했습니다."

"세 곳보다는 그래도 형산파가 좀 더 낫잖아? 우리야 뭐 신경 쓸 거 있나. 이제 막 기틀을 잡은 수준인데."

"대신 선배님께서 계시지 않습니까."

군남생이 어제와는 사뭇 다른 눈빛으로 벽우진을 쳐다봤다. 왜냐하면 다른 이들과 달리 그는 벽우진의 실제 힘을 직접 겪어봐서였다. 소문으로 듣는 것과 직접 체감하는 것은 엄연히 달랐다. 다들 실력이 실력이니만큼 어느 정도는 느꼈겠지만 그만큼 확실하게 알지는 못할 터였다.

"나에게 아부해도 떨어지는 거 없어."

"있는 그대로의 사실을 말한 것뿐입니다."

"대체 무슨 말을 했기에 애가 이렇게 확 바뀌어?"

"난 현실을 말해줬을 뿐이야. 현재 상황도 포함해서."

당민호가 어깨를 으쓱거렸다. 자신의 잘못은 없다고 온몸으로 반박했던 것이다. 하지만 벽우진은 여전히 미심쩍은 눈빛으로 당민호를 쳐다봤다.

"하하. 그래도 잘 풀려서 다행입니다. 앞으로 자주 볼 사이 아닙니까. 저야 발이 없어서 큰 도움은 되지 못하겠지만요."

"그래도 수련은 꾸준히 하는 것 같은데?"

"이가 없으면 잇몸으로 어떻게든 해야 하지 않겠습니까? 발이 하나 없다고 마냥 실내에만 있는 것도 성격에 맞지 않고요."

개왕이 침을 꿀꺽 삼켰다. 그러면서 은근슬쩍 당민호를 쳐다봤다. 정확하게는 그의 손앞에 놓인 금존청을 말이다.

"한 것도 없이 술만 마신 게."

"그래도 제가 있어서 분위기가 좀 부드러워지지 않았습니까? 하하핫!"

"웃고, 마시고, 떠든 것밖에 더 있어?"

"그게 쉬우면서도 가장 어려운 일이지요. 저처럼 자연스럽게 무리에 녹아 들어가는 것도 쉽지 않습니다. 저니까 가능한 거죠."

"대신 너로 인해 아이들이 힘들어 한다는 것은 알고 있냐?"

개왕이 흠칫했다. 그러고는 황급히 원탁에 앉아 있는 제자들을 훑어봤다.

"어……."

개왕의 얼굴에 미안한 기색이 가득 떠올랐다. 원탁 위에는 진수성찬이 차려져 있었지만 정작 음식에 손을 대는 아이는 하나도 없어서였다.

"좀 씻고 오지 그랬어. 아무리 거지들 우두머리라고 하지만 그래도 잔칫날인데 목욕 한 번은 해도 괜찮잖아? 꼭 개방주가 더러워야 한다는 법이 있는 것도 아니고. 매일 씻으라는 것도 아니고 오늘 같은 날 하루 정도는 괜찮다고 생각하는데."

"끄응!"

금존청이 눈에 아른거렸지만 그래도 어쩔 수 없었다. 지금 이 자리에서 그는 철저한 외톨이였으니까.

다른 자리라면 억지로라도 눌러앉았겠지만 지금 옆에는 천하의 그 패선이 앉아 있었다. 형산파의 장문인인 군남생을 오로지 기도만으로 제압한 남자가 말이다.

"이따 보자고."

"금존청은 남아 있지 않겠죠?"

"대신 다른 술이 있겠지?"

"으으!"

개왕이 정말 일어나기 싫은 얼굴로 힘없이 자리에서 일어났다. 그러고는 개방의 장로들이 모여 있는 자리로 터벅터벅 걸어갔다. 냄새 때문에 가장 구석에 배치된 원탁으로 말이다.

"자자, 우리는 다시 술자리를 이어가자고."

"아침부터 너무 달리는 거 아냐?"

"뭐가 아침이야. 정오가 다 되어가는데. 그렇다고 우리가 술 몇 잔 마신다고 취하는 것도 아닌데. 이 정도면 그냥 차지. 좀 비싸고 알딸딸한 차?"

"근데 잔치의 주인공이 이렇게 자리를 오래 비워도 되나? 너 보려고 수만 리를 걸어온 이들도 있을 텐데."

당민호의 너스레에 벽우진이 주변을 슬쩍 둘러봤다. 아닌 말이 아닌 게 당민호를 쳐다보는 시선들이 많아서였다.

"나만 주인공은 아닌 거 같은데?"

"뭐라고?"

"너를 노리는 이들도 적지 않다고. 안 느껴져? 너를 향한 뜨거운 눈빛들이?"

"네가 그렇게 생각하고 싶은 거겠지."

벽우진이 퉁명스럽게 대답했다. 자신이 아니라 당민호 때문이라고 생각해서였다.

하지만 당민호의 말이 아주 틀린 건 또 아니었다.

'확실히 시선을 많이 받기는 하지.'

나이에 어울리지 않게 티격태격대는 두 사람을 쳐다보며 군남생이 속으로 씁쓸하게 중얼거렸다. 제삼자기에 누구보다 명확하게 주변의 상태를 확인할 수 있어서였다.

오늘 연회의 주인공은 분명히 당민호였지만 벽우진의 존재감 역시 그 못지않게 컸다.

'다들 느낀 거겠지. 선배님과 곤륜파의 위상을.'

지금의 곤륜파는 더 이상 예전의 곤륜파가 아니었다. 그 사실을 어제의 회의에서 수장들은 확실하게 느꼈을 터였다. 또한 앞으로의 무림에서 벽우진의 영향력이 어마어마해질 것이라는 사실도.

'근데 나는 내가 보고 싶은 것만 봤으니 편협해질 수밖에.'

막말로 벽우진은 맨손으로 곤륜파를 지금까지 키워낸 것이나 마찬가지였다. 그런데 그는 그걸 응원해 주기보다는 질투하고 시기했다. 곤륜파가 형산파의 자리를 빼앗을까 봐 전전긍긍했던 것이다. 심지어 원래 그 자리에 있던 것은 곤륜파였는데 말이다.

"자네도 그렇게 생각하지?"

"예."

"거봐. 남생이도 그렇다고 하잖아."

여전히 옥신각신하는 두 사람을 쳐다보며 군남생은 술잔을 들어 올렸다.

쿵!

어린아이 키만 한 술독을 바닥에 거칠게 내려놓으며 언무강이 콧김을 내뿜었다. 아무리 술을 마셔도 가슴속의 울분이 좀처럼 꺼지질 않아서였다.

"후우!"

"분위기 좋네."

"그러니까. 어제 한바탕 했다고 들었는데."

거의 끝자락이라고 해도 과언이 아닌 원탁에 앉아 있던 이들이 어느 한곳을 보며 고개를 갸웃거렸다. 분명히 크게 부딪쳤다고 했는데 의외로 흐르는 분위기가 나쁘지 않은 것 같아서였다.

"나는 이왕이면 제대로 붙었으면 했는데."

"상대가 되겠어? 다른 이도 아니고 북해빙궁도 개박살 낸 패선인데. 형산파의 장문인 혼자서는 힘들지."

"그러니까 힘을 합쳐야지. 혼자서 안 되면 둘이서, 셋이서 힘을 모아야지."

"더 크게 박살이 나야 기회가 생기니까?"

"넌 아닌 척한다?"

친구 사이인 하후건과 악진광이 키득거렸다. 기존의 명문들이 흔들려야 그들과 같은 군소세가들이 치고 올라갈 기회가 생겨서였다.

"지금이 기회인 것은 분명하니까. 곤륜파가 멸문지화를 입자 그 덕을 누가 봤어?"

"형산파가 봤지."

"우리라고 그러지 말라는 법은 없잖아? 하북팽가와 황보세가가 반파된 것이나 마찬가지니까."

"안 그래도 모용세가의 움직임이 심상치 않더라고. 한때는 모용세가 역시 오대세가에 들어갔었잖아."

악진광이 은근한 어조로 말했다. 위기가 지나가면 기회가 온다는 말처럼 현재 중원무림에는 변화의 바람이 불고 있었다. 그 중심에는 패선이 있었고.

"구양세가도 만만치 않지."

"그건 우리도 마찬가지야. 그런데 언 가주. 술을 너무 많이 드시는 거 아닙니까?"

악진광이 뒤늦게 같은 원탁에 앉아 있던 언무강을 돌아보며 입을 열었다. 자리에 앉은 후 지금까지 단 한 마디도 없이 술독만 비우는 것 같아서였다.

"괜찮소."

"너무 과음하는 것 같소이다."

"아직 안 취했소이다."

언무강이 단호한 얼굴로 솥뚜껑만 한 손을 휘휘 저었다. 취기가 오르기는 했으나 그렇다고 많이 취한 것은 아니었다.

"그만 마시는 게 좋을 것 같소만."

"좀 더 마실 수 있소."

"안주라도 같이 드시는 게 좋을 것 같소이다."

"별로 생각이 없구려."

지금까지 술독만 무려 열 개를 비웠기에 악진광이 짐짓 걱정하는 말투로 말했다. 술을 잘 마신다는 사실을 알았지만 빈속에 너무 들이붓는 것 같아서였다.

"그래도 하나씩 먹으면서 드시구려. 속 버리겠소."

"참, 아들은 좀 어떻소? 같이 안 나온 것 같은데."

언무강의 얼굴이 딱딱하게 굳어졌다. 동시에 악진광이 팔꿈치로 하후건의 옆구리를 찔렀다. 딱 봐도 아들 때문에 힘들어하는 것 같은데 괜한 말을 물은 것 같아서였다.

하지만 하후건은 그런 악진광의 행동에도 아무렇지 않은 표정을 지었다.

"……괜찮소이다."

"다행이오. 전해 듣기로는 좋지 않다고 하던데."

눈치 없이 계속해서 아들 얘기를 이어가는 하후건의 모습에 악진광이 눈살을 찌푸렸다. 자고로 자식은 건드리는 게 아니라고 생각해서였다. 더구나 어제 일로 인해 힘들어하는 이에게는 더더욱 말이다.

"원체 튼튼한 아이라 하루 정도만 더 요양하면 될 것 같소."

대답을 마친 언무강은 더 이상 아들에 대한 이야기를 하고 싶지 않다는 듯이 고개를 돌리고서 다시 술독을 들었다.

부글부글 끓는 속을 다스리기 위해서는 술이 필요했다. 그렇기에 언무강은 방금 전에 시비가 가져온 술독을 한 번에 들이켰다.

"도일수라고 했던가. 패선의 막내 제자가."

"왜 자꾸 그 얘기를 꺼내?"

"궁금하잖아. 어떻게 단기간에 그렇게 키워냈는지. 들어보니 쟁자수 출신에 본격적으로 무공에 입문한 지는 반년을 갓 넘었다는데."

쿵!

순식간에 술독을 비운 언무강이 벌게진 눈으로 어느 한곳을 쳐다봤다. 화기애애한 분위기 속에서 식사를 하고 있는 곤륜파의 제자들을 뚫어져라 노려봤던 것이다.

그러자 조금은 가라앉았던 울화가 다시 한번 격렬하게 솟구쳤다. 환하게 웃고 있는 곤륜파 제자들을 보니 아침에 방에서 홀로 울분을 삼키던 아들의 축 처진 뒷모습이 떠올랐다.

벌떡!

그 모습이 떠오르자 언무강은 가만히 있을 수 없었다.

진주언가의 가주이기에 어쩔 수 없이 연회장에 나오기는 했지만 그는 일가의 가주이기 전에 한 아이의 아비였다. 그렇기에 언무강은 가슴이 시키는 대로 일어났다.

물론 명분이 없다는 걸, 아들이 먼저 잘못했다는 걸 알고 있었다. 하지만 이대로 참고만 있을 수는 없었다.

··· 제4장 ···

패선(覇仙)을 찾는 사람들

쿵쿵쿵쿵!

거구라서 그런지 발소리도 컸다. 게다가 덩치 역시 산만 했기에 이내 모든 이의 시선이 언무강에게로 향했다.

"어? 패선에게 가는 거 같은데?"

"설마 어제 일 때문에 그런가?"

"저건 아닌 거 같은데."

언무강에게 향했던 시선들에 하나같이 동정이 서렸다. 그의 행동을 이해하지 못하는 것은 아니나 벽우진에게 가는 것은 결코 옳은 일이 아니었다. 일단 명분에서부터 할 말이 없어서였다.

"뭐야?"

성큼성큼 걸어가던 언무강이 벽우진의 원탁 앞에 멈춰 섰다. 연회장을 거의 가로지르다시피 해서 다가왔던 것이다.

더구나 풍기는 분위기 역시 심상치 않았기에 벽우진은 미간을 좁히며 언무강을 올려다봤다.

"……아무리 생각해도 너무 한 것 같아서 말이외다."

"뭐가?"

"꼭 그렇게까지 내 아들에게 망신을 줘야 했는지 말이오."

취기로 인해 잔뜩 붉어진 얼굴로 언무강이 말했다. 그러면서 그는 부리부리한 두 눈으로 도일수를 노려봤다. 제자들 중에 가장 나이가 많은 이였기에 초면임에도 찾기가 그리 어렵지는 않았던 것이다.

살벌한 그의 안광에도 도일수는 시선을 피하지 않았다.

스윽.

언무강이 뿌리는 기도에 짓눌려 몸을 떠는 도일수를 향해 벽우진이 손을 뻗었다. 제자에게 향하는 압박감을 차단하기 위해서였다.

동시에 벽우진이 미간이 잔뜩 찌푸려졌다. 뜬금없이 찾아와 도일수를 압박하자 심기가 제대로 상했던 것이다.

"한 마디로 따지러 왔다? 그럼 나한테 그 잘난 기세를 뿌려야지 왜 죄 없는 내 제자를 압박해?"

"압박하려는 의도는 없었소이다."

"그래?"

벽우진이 이죽거렸다. 그와 동시에 장내의 분위기가 달라졌다. 갈무리해 두고 있던 존재감을 일시에 드러냈던 것이다.

"큭!"

그야말로 무지막지한 존재감에 언무강이 신음을 흘렸다. 단순히 존재감을 드러낸 것뿐인데도 두 다리가 후들거렸던 것이다.

그런데 그만 그리 느낀 게 아니었는지 여기저기에서 침음성이 흘러나왔다. 언무강만큼은 아니더라도 다들 상당한 압박감을 느꼈던 것이다.

"미리 말해두는데 나도 자네를 압박하려는 의도는 없어. 그냥 기운이 저절로 나온 거야."

"크흡!"

좀 더 짙어진 미소만큼이나 언무강의 머리 위로 가해지는 중압감 역시 더욱 강해졌다. 한쪽 무릎을 꿇을 수밖에 없을 정도로 말이다.

물론 언무강은 악착같이 버텼다. 아무리 벽우진이 패선이라 불리는 막강한 고수라고 하나 그 역시 일가의 가주였다.

으드득!

그렇기에 언무강은 어금니를 악물었다. 동시에 단전에 자리 잡은 공력을 모조리 끌어올렸다.

그러자 취기가 땀구멍을 통해 단숨에 배출되었지만 그럼에도 얼굴은 여전히 붉었다. 안간힘을 쓰다 보니 안면이 절로 달아올랐던 것이다.

부르르르!

하지만 그럼에도 한쪽 무릎이 바닥에 닿는 것을 막을 수는 없었다.

"혹시나 해서 묻는 건데, 너는 되고 나는 안 된다는 말을 지껄일 생각은 아니지? 그렇지?"

시끌벅적했던 연회장이 한순간에 조용해졌다. 그리 크지 않은 벽우진의 목소리만 들릴 정도로 모두가 입을 다문 채 구경했던 것이다.

하지만 정작 당사자라 할 수 있는 언무강은 그 사실을 인지하지 못하고 있었다.

"뭐, 해도 상관은 없고."

"큭!"

이어지는 이죽거림에도 언무강은 입을 열지 못했다. 버티는 것만으로도 버거웠던 것이다. 나머지 한쪽 다리마저 꿇리게 하려는 것 같은 무지막지한 중압감에 언무강은 젖 먹던 힘까지 모조리 끌어올려 오른쪽 다리와 허리 그리고 목에 집중했다. 어떻게든 나머지 무릎만은 꿇고 싶지 않았던 것이다.

쿠웅!

하지만 그런 그의 간절한 바람에도 불구하고 이내 오른쪽 무릎마저 땅에 닿았다. 점점 더 거세지는 중압감을 그는 끝내 버텨내지 못했던 것이다.

"헉! 허억!"

그리고 그 순간 거짓말처럼 그를 짓누르던 중압감이 사라졌다. 두 무릎이 땅에 닿은 순간 벽우진의 존재감이 감쪽같이 사라졌던 것이다. 동시에 장내를 순식간에 장악했던 패도적인 기운 역시 안개처럼 흩어졌다.

하지만 누구 하나 선뜻 입을 열지 못했다.

"갑자기 궁금해서 그러는데, 만약에 반대의 상황이었다면 어땠을까. 내 제자가 힘이 없었다면 결과가 어땠을 것 같아? 네 아들은 적당히 했을까?"

언무강의 동공이 일순 흔들렸다. 자신과 똑 닮은 아들이니 그만큼 벽우진의 말을 듣는 순간 어떤 결과가 나왔을지 단박에 예상이 되었던 것이다.

하지만 그럼에도 그는 입을 열지 않았다.

"과연 망신을 주는 선에서 끝났을까? 난 아니라고 보는데."

"……적당한 선에서 끝났을 거라고 생각하오."

"그 적당한 선이 어느 정도인데?"

"으음!"

시간이 얼마 흐르지도 않았건만 새하얗게 변한 얼굴로 언무강이 입을 다물었다. 차마 머릿속에 있는 것들을 입 밖에 꺼낼 수가 없어서였다.

"말하기 싫은 걸 보니 내가 대신 말해주지. 내 예상을 말이야. 아마 어제와 똑같은 상황에서 내 제자가 약자였다면 네 아들은 아마 온갖 치욕은 다 주었을 거야. 망신이 아니라 치욕을 말이지. 적자생존 약육강식이라는 말을 지껄이면서 말이지. 그러면서 자신은 마인이 아니기에 목숨을 빼앗지는 않겠다는 식으로 말했겠지. 아니, 어쩌면 나를 의식해서 그 선까지는 넘지 않았을 거야. 대신 사지 중 한 곳 내지 두 곳은 부러졌겠지."

언무강의 눈동자가 다시 한번 흔들렸다. 부정하고 싶지만 순간적으로 말문이 막혀서 아무런 말도 할 수 없었다. 너무나 정확한 예상에 반박할 기회를 놓친 것이다.

"아니라고 말할 수 있나?"

"그 정도까지는, 안 갔을 것이오. 다 같은 백도인인 만큼……."

"글쎄. 내 생각은 좀 다른데. 애들 싸움에 어른이 나선 것만 봐도 어떤 집안일지 뻔히 예상이 간다고나 할까."

"일어나지 않은 일 가지고 너무 몰아붙이는 것 아니오?"

언무강이 버럭 소리를 질렀다. 너무 자신을 몰아세우는 것 같아서였다.

하지만 벽우진의 표정은 조금도 변하지 않았다.

"네 말도 맞아. 일어나지 않은 일이지. 그래서 내가 묻는 것이고. 반대의 상황이었다면 어땠을 거 같아? 네 아들이 당한 수준에서 끝날 거라고 생각해?"

"비슷할 거라고 생각하외다."

"그럼 내가 지금의 너처럼 너를 찾아가도 할 말이 없었겠네?"

언무강의 얼굴이 더욱 창백하게 변했다. 어찌 생각해 보면 지금의 상황이 나은 걸 수도 있다는 생각이 들어서였다.

만약 아들이 도일수를 두드려 팼다면? 아니, 그 수준을 넘어 팔다리 중 하나를 부러뜨렸다면?

꿀꺽!

언무강은 자기도 모르게 마른침을 삼켰다.

만약 그렇게 되었다면 패선의 분노가 진주언가에 향할 것은 불 보듯 뻔했다. 북해빙궁의 따까리 역할을 했다고 황하를 이 잡듯이 뒤지며 수적들에게 복수한 이가 벽우진 아니던가. 오히려 참고 넘어가는 게 이상할 터였다.

"그쯤 하지."

"나, 남궁가주님."

"자식을 둔 부모로서 언가주의 마음은 충분히 이해가 가네. 하지만 이쯤 하게. 이 이상은 추태일세."

언제 다가온 것인지 남궁진이 근엄한 얼굴로 말했다.

부모 입장으로서 이해가 안 가는 것은 아니었지만 그래도 이건 너무 몰지각했다. 잘못했다는 것이 아니라 방법이 틀렸기에 남궁진은 언무강을 바라보며 고개를 저었다.

"하지만……."

"아니면 의미 없는 설전을 여기에서 계속할 텐가?"

"……!"

언무강의 두 눈이 부릅떠졌다. 뒤늦게 이 연회장에 수많은 사람들이 있음을 자각했던 것이다. 각 파의 후기지수들에 수행원들까지 합치면 그 숫자가 기백 명은 훌쩍 넘었다. 즉 여태까지 그는 그 많은 이들 앞에서 벽우진에게 고집과 억지를 부렸던 것이다.

"할 말 있으면 나중에 따로 찾아오도록. 물론 맨정신에."

부르르르!

창백했던 언무강의 얼굴이 삽시간에 시뻘겋게 달아올랐다.

민망함이 한순간에 몰려왔던 것이다.

그와 동시에 그는 부리나케 몸을 돌렸다. 더 이상 연회장에 있을 자신이 없어서였다.

"쯧쯧! 저렇게 생각이 없어서야."

"자식 때문에 순간적으로 눈이 먼 모양입니다."

"근데 마냥 핀잔을 줄 수 없는 게, 이해는 가. 자식이 두들겨 맞고 왔는데 부모 속이 멀쩡하겠어?"

"나는 왜 봐? 일수가 잘못한 것도 아니고 시비를 건 건 저 자식의 아들놈인데."

자신을 보며 혀를 차는 당민호를 향해 벽우진이 눈을 부라렸다. 마치 도일수가 잘못했다는 듯이 말해서였다.

반면에 중간에 낀 군남생은 이러지도 저러지도 못한 상황이었기에 말을 아꼈다.

"내가 뭐라고 했어?"

"눈빛이 거슬려."

"이제는 별거 가지고 다 트집을 잡네."

당민호가 어깨를 으쓱거렸다.

하지만 그는 나름대로 조용하게 소란이 정리된 사실에 만족하고 있었다. 적어도 피가 흐르거나 사지 중 한 곳이 절단되지는 않았으니까.

"앉아도 되겠습니까?"

"얼마든지."

"의자는 바꾸겠습니다."

비어 있는 자리는 개왕이 앉았던 자리였다. 그 자리에 그대로 앉기에는 아무래도 께름칙했던 모양인지 남궁진은 시비를 불러 의자를 교체했다.

그런데 벽우진의 원탁으로 찾아온 이는 남궁진만이 아니었다. 법우를 시작으로 혜량이 운정과 함께 자연스럽게 합석했다.

"진짜 패선이 대단하기는 한가 보다. 소림무제와 무당권제에 이어 제왕검이라니."

"후덜덜하긴 하네."

"저 자리에 나도 끼고 싶다."

"나도."

부러움이 가득 담긴 시선이 벽우진에게 집중되기 시작했다. 그들은 어떻게든 한 마디라도 섞고 싶어도 섞을 수 없는데 벽우진은 알아서 찾아왔기 때문이다.

하지만 어째서 차이가 나는지 모르지 않았기에 그들은 그저 부러운 감정을 속으로 삭일 수밖에 없었다.

실질적으로 길진 않았지만 이상하게 길게 느껴지는 사천당가의 일정도 어느새 마지막을 향해 달려가고 있었다. 드디어 내일 곤륜산으로 떠날 예정이었던 것이다.

하지만 그 말은 달리 말하면 아직 일정이 다 끝나지 않았다는 뜻이기도 했다.

"이 늦은 시간에 무슨 일이야?"

"장문인께 따로 드릴 말씀이 있어서요."

"이 녀석도 들어야 하는 건가 보네?"

"같이 들으시면 저로서는 시간을 절약할 수 있게 되는 건 사실입니다."

함께 앉아 있던 당민호가 눈을 빛냈다. 도대체 무슨 내용이기에 이 야심한 시각에 벽우진을 찾아왔는지 궁금했던 것이다.

그런데 이상하게도 지금 제갈현의 모습에서 오늘 오전의 남궁진이 겹쳐 보였다. 아무 이유 없이 말이다.

"설마……."

"왜 그러십니까?"

"남궁가주와 같은 말을 하려는 건 아니겠지?"

제갈현이 두 눈을 끔뻑거렸다.

무슨 말인지 전혀 이해하지 못한 얼굴이었다.

"그게 무슨 말씀이십니까?"

"아, 내가 실언을 한 모양이야."

"대체 뭘 생각한 거야?"

"왠지 모르게 남궁가주하고 겹쳐 보이더라고."

타박하는 벽우진을 향해 당민호가 어색하게 웃어 보였다. 그러고는 이내 고개를 절레절레 흔들었다. 머리에 가득 찬 생각을 털어내려는 듯했다.

"노망났구만."

"그건 내가 아니라 남궁가주이지. 어떻게 너한테 지 딸을 소개시켜 줄 수가 있어?"

"이상하게 받아들이는 네가 이상한 거라고는 생각 안 하냐? 아들도 같이 소개시켜 줬잖아."

"그 상황에서? 퍽이나."

당민호가 발끈해서 소리쳤다. 그러고는 두 눈을 부릅뜨고서 앞에 앉은 제갈현을 쳐다봤다. 너도 뭐라고 말해보라는 표정이었다. 하지만 그 눈빛에 제갈현은 어색하게 웃었다.

"저도 굳이 심각하게 받아들일 필요는 없다고 생각합니다."

"정말? 진짜로?"

당민호가 헛웃음을 흘렸다. 진심으로 그렇게 생각하느냐고 따지는 듯한 표정을 지으면서 말이다.

"속마음이야 남궁가주만 알지 않겠습니까. 본론으로 넘어가서 우선 제가 이 말을 꺼내는 건 두 분이 처음입니다."

"무슨 말인데 그렇게 분위기를 잡아?"

남궁가주에 대한 이야기는 그만하고 싶었기에 벽우진이 냉큼 제갈현이 꺼낸 화제를 물었다.

그러나 당민호는 딱히 큰 관심을 보이지 않았다. 분명 환심을 사기 위한 단어 선택이었음에도 여전히 못마땅한 얼굴이었다.

"비록 전쟁에서 승리하기는 했지만 각 방파나 세가의 피해가 막심하다는 것을 두 분께서도 알고 계실 거라 생각합니다. 사실 두 분께서 나서주시지 않았다면 중원무림이 입은 피해는 최소 지금보다 두 배 정도는 되었을 겁니다."

"정확히 말하면 내가 나선 건 아니지. 아들이 나선 거지."

"나도 쳐들어와서 싸운 것일 뿐. 내가 나서서 정리한 건 아니지."

"그렇다는 것을 알고 있습니다. 하지만 결과적으로 두 분께서 지대한 영향을 끼친 것 역시 사실입니다."

"그건 그렇지."

당민호가 고개를 주억거렸다. 그것마저 부정할 수는 없어서였다. 특히 벽우진의 경우 대활약을 펼쳤다고 해도 과언이 아니었고.

"하지만 상처뿐인 승리입니다. 오독문의 정예는 건재하고 북해빙궁 역시 큰 피해를 입긴 했지만 봉문을 할 정도는 아닙니다. 정확히 말하자면 시간을 번 것에 불과하지요."

"그래서 엇그제 모여서 회의한 거잖아. 만약의 사태에 대비하자고."

"솔직히 말씀드리면 그것만으로는 부족합니다. 일단 피해가 생긴 다음에야 대응하고 조치하게 되는 것이니까요. 그래서 이틀 동안 고민했습니다. 어떻게 하면 피해를 아예 없게 만들 수 있을까 하고요."

의자에 늘어져 있던 벽우진이 자세를 바로 잡았다. 남들이 안 보는 사이에 이렇게 홀로 고뇌하고 노력하는 줄은 몰라서였다. 그는 오직 곤륜파의 안위에 대해서만 생각했는데 말이다.

스윽.

당민호도 벽우진과 같은 마음이었는지 자세를 고쳐 잡았다. 더 이상 툴툴거리지 않고 제갈현에게 집중했던 것이다.

"그래서 결론이 나왔어?"

"최선이라고는 장담할 수 없지만, 그래도 나쁘지 않은 방법을 두 가지 생각해냈습니다."

"말해봐."

자세를 바로 한 당민호가 눈을 빛냈다. 천재라 불리며 무림맹이 결성되면 제1순위로 총군사 자리에 앉을 제갈현이 어떤 묘안을 냈을지 궁금했던 것이다.

"첫 번째는 비무 대회입니다."

"비무 대회?"

"예, 손자병법에서 이르기를 전쟁이 아예 일어나지 않게 하는 게 가장 상책이라 하지 않습니까."

"우리의 세를 보여주자?"

의아한 표정으로 반문했던 당민호가 턱을 쓰다듬었다.

확실히 가장 좋은 방법은 전쟁을 일으킬 엄두를 내지 못하게 하는 것이었다. 승리하는 것이 아니라. 그리고 전쟁 억제력을 발휘할 수 있다면 시간 또한 벌 수 있었다.

"예, 더 이상 피를 흘리는 건 좋지 않습니다. 더구나 저희는 적들에 대해서 모르지만, 적들은 저희에 대해서 어쩌면 속속들이 알고 있을지도 모릅니다."

"사도와 마도를 말하는 것이군."

"정사 중간의 무리 역시 백분 신뢰할 수는 없습니다."

같은 중원인이지만 그렇다고 믿을 수 있다고는 할 수 없었다. 때문에 어중간하게 믿느니 차라리 처음부터 배제하는 게 더 나았다. 냉정할지 모르지만, 변수를 줄이기 위해서는 어쩔 수 없었다.

"비무 대회라."

"저희의 저력을 세외에 알리기에 충분하지 않을까 생각합니다. 더불어 신진고수들도 발견하고요. 후기지수뿐만 아니라. 게다가 시기 또한 좋습니다."

"구대문파, 오대세가의 빈자리를 욕심내는 이들이 많기는 하지."

폐쇄적인 사천당가이지만 그렇다고 바깥의 상황에 아예 손 놓고 있는 건 아니었다. 오히려 그 어느 때보다 활발하게 타 지역에 대해서 정보를 수집하는 중이었다. 제갈세가 역시 정보력으로 따지면 백도무림에서 수위에 드는 가문이었고.

"그 욕망을 제대로 분출시켜 주는 것도 나쁘지 않다는 생각이 들었습니다."

"양쪽 다 기회라고 생각하겠군."

"그렇습니다."

당민호가 입술을 내밀며 고개를 주억거렸다. 나쁘지 않은 계획 같아서였다. 아니, 오히려 지금으로서는 더할 나위 없는 계획이었다. 막말로 중원무림의 저력을 보여주자고 혈투를 벌일 수도 없는 일이지 않은가.

"넌 어떻게 생각해?"

"계획은 나쁘지 않지만 문제는 그 의도대로 사람들이 따라와 주냐는 것이겠지? 자신의 힘을 과시하고 싶은 이들도 있겠지만, 반대로 꽁꽁 숨겨두려는 이들 역시 존재할 거다. 문제는 지금 상황에서는 그 숨기려는 힘도 다 보여줘야 본래의 목적을 달성할 수 있다는 거지."

"정확합니다. 그래서 그 부분에서 골머리를 썩고 있습니다. 가장 단순한 것은 상금이지만 솔직히 어느 정도 세력을 갖춘 곳들은 돈에 크게 연연하지 않으니까요."

"무공서 혹은 영약은 있어야 눈이 돌아가겠지. 물론 평범하지 않은 것들로. 예를 들면 절세무공서?"

"그런 걸 어떻게 구해? 그리고 막말로 누가 그런 걸 내놓겠어? 자신들이 익히지 않고."

"그래서 어렵다는 거잖아."

벽우진이 피식 웃으며 말했다. 바로 그 점 때문에 쉽지 않다고 말한 것이었다.

"본가에서 가지고 있는 무공들이 꽤 되기는 하지만 전 무림인이 혹할 정도는 아닙니다."

"신병이기도 괜찮기는 하지. 오히려 효용성적인 부분에서는 무공서보다 훨씬 나으니까."

"근데 그걸 왜 날 보면서 말해?"

"사천당가에는 공방이 있잖아. 아니면 따로 챙겨놓은 게 있을지도 모르고."

"나보고 토해놓으라고?"

당민호가 어이없다는 표정을 지었다. 아무리 사천당가에 공방이 있고, 실력이 뛰어난 대장장이들이 있다고 하지만 이건 아니었다.

중원무림을 위한 일이기는 하지만 사천당가만 부상을 책임질 이유는 없었다. 역사가 길고 전통이 깊은 곳은 사천당가 말고도 많았으니까.

"내 말은 그런 뜻이 아니라 그런 식으로 의논할 수도 있다는 거지. 막말로 한 곳이 독박을 쓸 필요는 없잖아?"

"그럼 애초에 그렇게 말했어야지."

"네가 발끈해서 뒷말을 못 하게 만들었잖아."

"커험!"

민망해진 당민호가 고개를 돌렸다. 아예 애먼 곳을 쳐다봤던 것이다.

"우승자에게 줄 상금이나 부상에 대한 문제는 두 번째입니다. 가장 중요한 문제는 어떻게 참여시킬까 하는 것입니다. 소문난 잔치에 먹을 것 없다는 말이 나오면 본래의 목적을 달성하지 못한 것이니까요."

"그 부분에 대해서 생각해 온 게 있을 것 같은데?"

"맞습니다. 그래서 제일 먼저 두 분을 찾아온 것이기도 합니다."

"말은 바로 해야지. 나보다 이 녀석을 먼저 찾아온 거 아냐?"

당민호가 의미심장하게 웃으며 말했다. 마치 다 알고 있다는 듯이 말이다.

그런데 제갈현의 반응도 만만치 않았다. 똑같이 묘한 미소로

응수했던 것이다.

"가장 좋은 건 두 분께서 함께 있는 것이라고 생각했습니다."

"내가 없었으면 두 번째였겠네?"

"꼭 두 번째라고 장담할 수는 없지. 소림무제도 있고, 무당권제도 있는데. 아니면 두 곳보다도 더 친한 남궁세가도 있고."

벽우진이 히죽 웃으며 끼어들었다. 꼭 두 번째일 거라는 보장은 없어서였다. 그리고 찾아가면 현 가주인 당문경을 찾아가는 게 맞았다.

"이곳에 안 계셨으면 바로 가주전으로 향할 생각이었습니다."

"아쉽게도 넌 아니네."

"끄응!"

당민호가 앓는 소리를 흘렸다.

마음 같아서는 뒤통수를 제대로 후려갈기고 싶었지만 안타깝게도 그는 벽우진에게 있어 철저한 약자였다. 그렇기에 아무리 화가 나도 참을 수밖에 없었다.

"놀리는 건 이쯤하고. 근데 왜 하필 나야?"

"현재 중원무림에서 신성(新星)이자 구성(求星)이라 불리는 이가 장문인이시지 않습니까."

"이 나이에?"

벽우진이 헛웃음을 흘렸다.

신성이니 구성이니 하는 건 중견고수 혹은 후기지수에게나 어울리는 단어라고 생각해서였다. 반대로 말하면 그가 꼽힐 정도로 중원무림에 인재가 없다는 뜻이기도 했고.

"나이는 중요하지 않습니다. 그리고 엄밀히 따지면 장문인께서는 강호에 출도하신 지 1년도 채 되지 않으셨지 않습니까."

"푸하하하! 맞아! 강호초출이지! 아직은! 크크큭!"

당민호가 포복절도하듯이 웃었다. 생각해 보니 벽우진은 무명이 높아서 그렇지 실제로는 강호초출이나 마찬가지였다. 그렇기에 당민호가 기회를 잡았다는 듯이 놀리며 자지러졌다.

"하긴. 내가 좀 강호초출이라는 말에 어울리기는 하지. 외모도 모르는 사람이 보면 후기지수라고 생각할 테니까."

"아마 혼자 다니시면 오해를 많이 받으실 겁니다. 그래도 이제는 알아보는 이들이 많아지겠지만요."

"귀찮은 일은 안 벌어지겠네."

지극히 자기중심적으로, 좋은 것만 생각하는 벽우진의 모습에 제갈현이 옅게 웃었다. 가만히 보면 참 긍정적인 것 같아서였다. 성격이 조금 괴팍하기는 하지만 말이다.

"사칭하는 이들이 생겨날 겁니다. 예전에는 이름하고 별호만 알려졌지 실제로 모습을 본 이는 극히 드무니까요. 청해성에서 잘 나오지 않으시기도 했고."

"있겠어?"

"의외로 많습니다. 현재 유명세가 어마어마하시니까요."

"한번 만나보고 싶네. 내 앞에서 어떻게 할지 궁금해."

"상대방은 어떻게든 피하고 싶을 겁니다."

제갈현이 진심을 담아 말했다. 사칭하는 이가 벽우진을 마주하는 순간 그의 미래는 보지 않아도 뻔했다.

"넌 있었냐?"

"글쎄. 그런 보고는 받은 적이 없네."

"역시 잊혔구먼. 이제는 장강의 뒷 물에 밀린 앞 물이 되어 버렸네."

"말을 해도 참. 그래서 가장 먼저 해결해야 하는 게 뭔데?"

순식간에 삼천포로 빠져 버린 대화를 다시 바로 잡으며 당민호가 물었다. 그러자 제갈현의 눈빛이 달라졌다.

"두 분께서 심사 위원을 봐주셨으면 합니다."

"출전은 안 되는 거야?"

"크헙!"

뜬금없는 벽우진의 말에 제갈현이 사레가 걸린 듯 헛기침을 했다. 설마하니 이런 말이 나올 줄은 정말 꿈에도 예상하지 못해서였다.

그리고 그 반응은 당민호도 대동소이했다.

"네가 왜 나가?"

"재미있을 것 같아서? 한 번쯤은 비무 대회에 나가고 싶었거든. 내 수많은 꿈 중 하나라고나 할까. 목록 중 상위에 적혀 있는 게 비무 대회 출전이야."

"……혼자서 그러고 놀았냐?"

"그럼 뭐 하고 노냐? 무공만 죽어라 파다가 내 정신이 무너질 것 같은데. 기분 좋은 상상이라도 해야 버틸 수 있었다고."

갑자기 진지해진 벽우진의 표정에 당민호도 더 이상 놀리지 못했다.

말이 58년이지 다른 이도 없이 혼자서, 그것도 세상과 완전히 단절된 곳에서 홀로 있다는 건 보통 일이 아니었다. 만약 평범한 사람이 갇혔더라면 58년은커녕 1년이 채 되기 전에 미쳤을 터였다.

"농담을 뭘 그렇게 진지하게 받아들여."

"나에게는 진지한 문제니까. 근데 우리가 심사 위원을 본다고 은거고수들이 모습을 드러낼까?"

"구파일방과 오대세가 그리고 각 성들의 내로라하는 군소방파들을 모두 모시면 최소한의 구색은 갖춰지지 않을까 생각합니다. 그리고 각 파와 각 가문의 후기지수들이 출전한다면 무인들이 솔깃해하지 않을까요. 비무행만으로는 경험을 쌓는 데 한계가 있으니까요."

제갈현이 조심스럽게 자신의 의견을 말했다. 마치 허락을 구하는 것처럼 말이다.

하지만 벽우진이나 당민호나 각자의 생각에 빠져 그 사실을 눈치채지 못했다.

"확실히 큰 기회인 건 맞지. 언제 또 명문대파들의 제자들과 무공을 겨루어보겠어? 그것 하나만으로도 출전할 가치는 있지."

"거기에 두 분께서 자리를 빛내주신다면 더 좋지 않겠습니까. 안전적인 부분도 확실하고요."

제갈현이 당민호를 지나 벽우진을 쳐다봤다.

거리가 상당하더라도 벽우진의 무위를 생각하면 부상자는

나올지언정 최소한 사망자는 없을 터였다. 애초에 생사결이 아닌 비무 대회이기도 했고.

"장소는?"

… 제5장 …

화마(火魔)

당민호가 긍정적인 표정을 지으며 물었다. 아무래도 정마대전 이후 가장 규모가 큰 행사인 만큼 화제성도 화제성이지만 많은 이들이 관심을 보일 게 분명해서였다.

"그 부분은 참석하시겠다는 분들을 모시고서 논의를 해봐야 할 것 같습니다. 아무래도 참가 인원에 따라 필요한 공간 역시 달라질 테니까요."

"일단 큰 그림만 그리고서 찾아온 것이군."

"그렇습니다."

"넌 어떻게 생각해?"

당민호의 시선이 벽우진에게로 향했다. 그리고 제갈현 역시 벽우진을 바라봤다.

"어차피 난 참가 못 한다며?"

"설명 제대로 들은 거 맞아? 심사 위원이 어떻게 대회에 참가

해? 그리고 네가 나가면 애들이 출전하겠어?"

"왜 그래? 무인들의 호승심을 무시하지 마."

"그런 이들은 몇 없어."

당민호가 단호하게 말했다. 패선과 겨뤄볼 수 있는 기회로 생각하는 이들도 물론 있겠지만 거의 대다수는 기가 꺾일 터였다. 그렇기에 벽우진이 출전하는 건 좋은 영향보다는 악영향이 더 컸다.

"아쉽네. 꼭 나가보고 싶었는데."

"심사 위원도 아무나 할 수 있는 건 아닙니다, 장문인."

"불구경만큼이나 재미있는 게 싸움 구경이잖아. 물론 네 제자들이 출전할 때 너는 심사를 볼 수 없다는 거 알지?"

"응?"

제갈현까지 조용히 합세해서 달랬다. 그 역시도 벽우진이 출전하는 것만큼은 막고 싶어서였다.

한데 이어진 당민호의 말에 벽우진이 눈을 반짝였다.

"뭐야? 설마 그 부분은 생각지도 않았던 거냐?"

"응, 내가 출전할 수 있나, 없나만 생각해서. 그런데 제자들이 출전할 수 있다면 얘기가 달라지지."

벽우진의 입가에 미소가 맺혔다. 비록 자신은 출전하지 못하지만 제자들이 나간다면 그것도 나름 재미있을 것 같아서였다. 아이들에게 새로운 동기 부여도 되고 말이다.

"크게 둘로 나누어서 비무 대회를 진행할까 합니다. 삼십 세 이하의 후기지수들의 비무 대회와 오십 세 이하의 중견고수들의 비무 대회로요."

"연령대는 괜찮네."

"대신 후기지수들의 비무 대회는 서른 살 이내는 전부 출전할 수 있게 하려고 합니다."

"어쩌면 중견고수들보다 더 재미있을지도 모르겠는데?"

무슨 상상을 하는 것인지 당민호가 재미있겠다는 표정을 지었다. 그리고 그게 제갈현이 노린 점이기도 했다.

"일단 구상은 이렇게 해둔 상태입니다. 하지만 반수 이상이 허락하지 않는다면 폐기되겠죠."

"그러기에는 좀 아쉬운데. 확실히 계획은 나쁘지 않으니까."

"감사합니다."

"일단 나는 찬성. 본가에도 시간은 필요해. 넌 어때?"

"나도 찬성. 재미있을 것 같아. 흐흐흐!"

"……이상한 생각은 하지 말고."

왠지 모르게 불길하게 느껴지는 웃음에 당민호가 걱정스러운 표정을 지었다. 저렇게 작당한 표정을 지으면 사달이 몇 번은 날 것 같아서였다.

"이상한 생각 할 게 뭐 있어. 난 그냥 재미있을 것 같아서 그런 건데. 그리고 우리가 찬성한다고 무조건 비무 대회를 열 수 있는 것도 아니고."

"그래도 의도가 좋잖아. 꼭 필요한 것이기도 하고. 난 될 거 같은데? 더구나 기획안을 만든 사람이 제갈가주이기도 하고."

"일단은 초안입니다. 말 그대로 골조만 잡은 상태죠."

"그럼 해봐. 우리 둘 다 찬성했으니."

벽우진이 안건을 종결시켰다. 이 정도면 충분하다고 생각해서였다.

"그럼 두 번째로 준비한 걸 들어보도록 할까."

"말씀드리겠습니다."

무사히 첫 번째 안건을 마무리 지은 제갈현이 한결 가벼워진 표정으로 두 번째 계획에 대해서 설명하기 시작했다.

차분하면서도 또렷한 목소리로 이어지는 설명에 벽우진은 물론이고 당민호도 귀를 기울였다.

모두가 잠든 야심한 시각에 벽우진은 뒷마당에 나왔다.

적막감이 감도는 이 시간을 벽우진은 개인적으로 좋아했다. 물론 처음부터 좋아한 것은 아니었다. 하지만 익숙해지기도 했고, 그동안 너무 번잡스러웠기에 지금은 이 고요함이 너무나 좋았다.

"정신없는 하루하루들이었어."

한적한 곤륜산과 달리 사천당가는 그야말로 소란스러움의 극치였다. 온갖 잡다한 소리들로 시끄럽기도 했지만 이번 당민호의 생일연으로 인해 수많은 이들이 찾아왔기에 더더욱 북적거렸다. 그로 인한 소음 역시 상당했기에 벽우진은 조금 동떨어져 있는 별채에 머물렀음에도 솔직히 답답했다.

하지만 그렇다고 벽우진이 얻은 게 전혀 없는 건 또 아니었다.

"운정 선배, 무당권제 거기에 제왕검이라."

검선이라 불리는 운정에 이어 비밀리에 그를 찾아온 사람은 두 명이나 더 있었다. 무당권제라 불리는 혜량과 남궁진이 남모르게 그를 찾아왔던 것이다.

그리고 원하는 것도 똑같았다.

"확실히 중원에는 인재가 많아."

정중히 비무를 청하는 두 사람을 벽우진은 차마 돌려보낼 수 없었다. 나름 호기심도 있었고.

그리고 그 결정은 결코 헛되지 않았다. 비록 그보다는 경지가 낮았음에도 비무를 하면서 깨닫는 바가 적지 않았던 것이다.

특히 검선과의 비무는 지금도 벽우진의 뇌리에 가장 강렬하게 남아 있었다.

스르르륵.

운정과의 비무를 떠올리며 벽우진이 두 눈을 감았다.

그러고는 자연스럽게 뒷마당을 노닐기 시작했다. 은은한 달빛을 받으며 복기하듯 비무를 곱씹었던 것이다.

"후우."

운정의 경지는 분명히 그보다는 아래에 있었다. 하지만 그렇다고 배울 게 없는 건 아니었다.

공자도 말하지 않았던가. 세 살배기 아이한테도 배울 점은 있다고 말이다.

'음양이 만나 조화를 이루며 태극을 만들었었지.'

만류귀종이라는 말처럼 운정의 검은 그의 검과도 비슷한 부분이 있었다. 아무래도 다른 갈래이기는 하나 그 뿌리는 도맥이었기에 비슷했던 것이다.

하지만 비슷하면서도 크게 다른 것 또한 사실이었다.

'조화라.'

두 눈을 감은 채로 벽우진이 느릿하게 뒷마당을 거닐었다.

하지만 그의 움직임은 곤륜의 무공 같으면서도 달랐다. 아니, 엄밀히 따지자면 무공 같지 않았다. 그런데 신기하게도 그의 일 보 하나하나에, 손짓 하나하나에는 현기(玄氣)가 짙게 서려 있었다.

스윽. 스으윽.

벽우진의 머릿속에서 곤륜파의 수많은 무공들이 떠올랐다가 가라앉았다. 알고 있는 것을 넘어 실제로 모두 다 체득한 무공이었다. 동시에 언제라도 펼칠 수 있는 무공들이기도 했고. 하지만 이상하게도 지금 이 순간에는 그 모든 게 낯설게 느껴졌다.

'단순히 다 익히기만 한 거지. 언제, 어느 순간에도 마음먹은 대로 펼칠 수는 있지만 그 너머를 보려 하지는 않았지. 굳이 그럴 필요가 없었으니까.'

벽우진의 양손이 허공에 묘한 선들을 그렸다. 그러나 그 어떤 움직임도 곤륜파의 무공과 닮지는 않았다.

'어쩌면 너무 빨리 넘어가서 제대로 보지 못한 것일지도.'

벽우진의 뇌리에 운정이 나타났다. 마치 혼자서 검무를 추는 듯한 모습이 선명하게 떠올랐던 것이다.

덩실덩실 춤을 추듯이 검을 휘두르는 운정이었지만 벽우진은 알았다. 그의 검에는 태산조차도 짓뭉개고 갈라 버릴 어마어마한 거력이 서려 있음을 말이다.

그런데 더 놀라운 점은 운정이 익힌 건 태극검법 하나뿐이라는 점이었다. 오직 태극검 하나만으로 그 정도의 경지에 오른 것이다.

'반면에 나는 단순히 무공만 익혔지.'

경지는 분명히 벽우진이 높았다. 그렇기에 이긴 것이었고.

하지만 검술만 봤을 때는 패배했다. 한계를 넘은 운정과 달리 벽우진은 극성을 이룬 것에 불과했다.

'만약 선배님이 태극검이 아닌 태청용형검이나 상청무상검도를 익혔다면…….'

말 그대로 가정일 뿐이지만 만약 운정이 두 무공 중 하나를 익혔다면 패배하는 건 벽우진 이었을 터였다. 아니, 운이 좋다면 무승부 정도.

그렇기에 벽우진은 깨달을 수 있었다. 자신이 얼마나 오만하고 자만심에 빠져 있었는지를.

'정말 많은 걸 얻고 배운 사천행이로구나.'

춤사위를 펼치듯 벽우진의 양팔이 바람결을 따라 흩날렸다.

동시에 벽우진의 입가에 미소가 떠올랐다. 어쩌면 막연하게만 생각했던 경지를 이번 기회에 잡을 수 있을지도 모른다는 생각이 들어서였다.

'물론 당장은 떠나고 싶지 않지만 말이지.'

벽우진의 두 눈이 별빛처럼 반짝거렸다.

그리고 그 안에 청민을 비롯해서 청범과 제자들이 하나둘 떠올랐다가 사라졌다.

지독한 한기에 저절로 옷깃을 여미게 되는 날씨에 곤륜산을 오르는 일단의 무리가 있었다.

그런데 그 숫자가 상당히 많았다. 삼삼오오 모여서 움직이는 숫자가 물경 500여 명이나 되었던 것이다.

"날씨 한번 더럽게 춥네."

"겨울이니까 어쩔 수 없지."

"꼬우면 고수가 되면 된다. 수화불침을 이루면 웬만한 더위와 추위는 아무것도 아니라고 하더라."

"그러려면 최소한 절정에는 올라야 된다, 병신아."

하나같이 험상궂은 얼굴의 사내들이 킬킬거렸다.

자상과도 같은 흉터 한두 개씩은 기본으로 가지고 있고, 몇몇은 특이한 문신까지 한 이들이 지게에 한가득 짐을 싣고서 산을 오르고 있었다.

"그런데 들키진 않겠지?"

"쫄리면 지금이라도 돌아가던가."

"아무도 안 말린다."

"다른 형님들도 마찬가질걸."

"대신 앞으로 산 도적 노릇은 못하겠지. 큭큭!"

비쩍 마른 체구의 장한이 살짝 걱정스러운 듯이 말했다. 복수심에 불타서 참여하기는 했지만 아무래도 후환이 두려웠던 것이다. 일단 패선의 성격에 대해서 모르지 않았으니까.

"너희들은 안 무섭냐?"

"무섭긴. 다 불탔는데 어떻게 알 거야?"

"불이 났으나 누군가 불을 피운 건 알겠지. 하지만 곤륜산이 싹 다 탔는데 지가 무슨 수로 증거를 찾을 거야? 그렇다고 우리가 곤륜산에 오르는 거 본 사람 있어?"

키는 작지만 옹골차다는 말이 절로 떠오를 정도로 육중한 체구의 남자가 두 눈을 부라리며 주변을 둘러봤다.

그러자 다들 비릿한 미소를 지어 보였다.

"없지. 있어도 뒈졌지."

"재수가 없는 거지. 하필이면 오늘 약초 캐러 산에 올랐으니."

"이런데도 들킬 거라 생각해?"

"흐음. 그렇기는 한데……."

장한이 미간을 좁혔다.

분명히 상식적으로는 흔적이 남지 않는 게 맞았다. 더구나 마구잡이로 준비한 게 아니라 무려 한 달 동안 인원을 모으고 철저하게 준비한 끝에 시작한 작전이었다. 패선이 사천성으로 넘어간 것을 몇 번이나 확인하고 난 다음에 움직였고.

"쫄리면 내려가라니까? 안 붙잡아."

"대신 평생을 겁쟁이로 살겠지."

"야, 겁쟁이는 귀엽잖아. 병신이 더 어울려. 아니면 고추를 떼던가."

"어후. 생각만 해도 끔찍하다. 계집질도 못 하면 무슨 재미로 사냐."

놀리듯이 순차적으로 입을 여는 장정들의 말에 장한의 얼굴이 붉어졌다. 후환이 두렵기는 하지만 그렇다고 내려갈 마음이 있는 것도 아니었다. 다만 걱정이 될 뿐이었다.

"안 내려갈 거거든!"

"그래, 그래야 사내대장부지!"

"암! 부랄 두 쪽 달고 태어났는데 할 건 하고 뒈져야지!"

장한의 포효에 여기저기에서 키득거리는 소리가 들려왔다.

하지만 다들 티를 안 내서 그렇지 다들 가슴 한구석에는 두려움이 있었다. 다른 곳도 아니고 패선의 집이라고 할 수 있는 곤륜파를 향해 가는 중이었으니까.

비록 벽우진은 없지만 현재 곤륜파에는 두 명의 장로와 아홉 명의 호법이 남아 있었다.

"지렁이도 밟히면 꿈틀거린다는 걸 알려줘야지!"

"암! 당하고만 살 수는 없지!"

"핏값은 똑같이 핏값으로 받아내야지!"

가슴 깊은 곳에서부터 올라오는 두려움을 숨기기 위해 남자들은 더욱더 과격하게 소리쳤다. 이렇게라도 해야 두려움이 가실 것 같아서였다.

"지 놈도 잃어봐야지. 모든 걸 갖기 전에 말이야."

"살아생전에 곤륜파가 두 번이나 불타는 걸 보게 되면 기분이 아주 개 같을 거야."

"그러니까 더욱 꽁꽁 숨어야 하는 거 알고 있지?"

"당연하지. 이번 일 끝내면 난 서장으로 갈 거다."

"난 대막."

다들 하나같이 세외를 말했다. 중원에 남아 있는 건 모두 위험하다고 생각한 것이었다.

"아직 불도 안 피웠다, 이 녀석들아. 도망칠 궁리는 작업을 다 끝난 다음에나 해라!"

"옙!"

"다들 위치는 숙지하고 있지?"

"물론입니다!"

혹한이라 불러도 과언이 아닐 추위를 가르며 산을 오르던 산적들이 이내 목표했던 위치에 도착했다. 풍향까지 다시 한번 확인하며 최적의 위치에 도착했던 것이다.

그러더니 이내 발 빠르게 흩어지기 시작했다. 한곳이 아니라 여러 곳에서 불을 붙이기 위해서였다.

"망 확실하게 봐!"

"예!"

오백 명이 훌쩍 넘는 인원이었지만 움직임은 일사불란했다. 다들 곤륜파로 인해 산채가 박살 났기에 복수심으로 똘똘 뭉쳐 있어서였다.

"1조 이상 무!"

"여기도 이상 무!"

각 조마다 한 명씩은 주변에서 가장 높은 나무에 올라갔다. 나무를 망루처럼 이용해 내려다보이는 곤륜파의 동태를 살폈던 것이다.

"계집들이 좀 있네."

"얼마 전에 속가제자들 뽑았잖아. 제법 많이 뽑은 걸로 아는데."

"불쌍하네. 입문하자마자 죽게 되었으니."

"다 제 복이지. 오늘 뒤질 운수인 거고."

눈이 좋은 이들로 고르고 골라서 뽑았기에 거리가 제법 떨어져 있음에도 대다수가 곤륜파 경내를 돌아다니는 이들을 확인했다. 얼굴까지는 못 보더라도 남자인지 여자인지 정도는 구별했던 것이다.

그러나 대부분의 시선은 여인들에게 향해 있었다.

"저것들 따 먹는 게 진짜 제대로 된 복수일 텐데."

"아서라. 흔적 남기면 × 되는 거 잊었어? 우리는 불이 확실하게 붙은 것만 확인하면 바로 도주해야 해. 혹시 모를 흔적들도 싹 다 지우면서."

"도중에 불이 꺼지지 않아야 하는데. 저기를 깡그리 다 불태워야 하는데 말이지."

"바람도 적당히 불어주니까 금방 도달할 거다."

"곤륜파 놈들이 고통에 울부짖는 걸 보고 싶은데, 그것도 안 되겠지?"

작달막한 키의 중년인이 입맛을 다시며 중얼거렸다. 그가 있던 산채가 박살 났던 것처럼 곤륜파 역시 아작 나는 꼴을 보고 싶어서였다. 아니, 비명만 들어도 더없이 즐거울 것 같았다.

"나도 같은 심정이기는 한데, 알잖아. 지금 이렇게 대화하는 것도 작게 하는걸. 패선만큼은 아니지만 호법들은 그 괴물 같다던 십존들도 맞상대했던 고수들이야. 믿기 힘들지만 구파일방의 수장이나 장로급 고수들이라고. 괜히 구경했다가 붙잡힐 수 있어. 너도 복수 중에 개죽음을 당하고 싶지는 않을 거 아냐?"

"그렇기는 한데……."

"이걸로 만족하자고. 하루만 지나도 소식은 들을 수 있으니까. 이동하는 중에 몰살했다는 소식을 들으면 얼마나 통쾌하겠어?"

"크흐흐흐!"

모조리 다 불타서 재만 남은 곤륜파를 떠올리며 중년인이 음충맞게 웃었다. 상상하는 것만으로도 그렇게 통쾌할 수가 없었던 것이다. 그리고 실제로 머지않아 벌어질 일이기도 하고.

슥!

그때 산적 하나가 붉은 깃발을 번쩍 들어 올렸다. 소리를 지르면 혹시라도 곤륜파의 도사들이 들을 가능성도 있기에 이렇게 따로 신호를 정한 것이었다.

화르르륵!

이윽고 곳곳에서 횃불에 불을 붙였다. 지게에 싣고 왔던 기름을 죄다 뿌리고 드디어 불을 붙일 준비를 했던 것이다.

동시에 좌우로 길게 늘어서 있는 산적들에게서 무거운 긴장감이 흘러나왔다. 드디어 고대하고 고대하던 복수의 시간이 코앞까지 다가와서였다.

"우리도 내려가자. 기름 때문에 순식간에 불이 붙을 거야. 재수 없이 불길에 휩싸이면 바로 뒤지는 거 알지?"

"당연하지. 근데 아직도 아쉽네. 곤륜파의 마지막을 직접 보지 못한다는 게."

"나도 그래. 하지만 이쯤에서 만족하자고. 대신 패선이 길길이 날뛰는 걸 전해 들을 수 있잖아?"

"그것도 정말 보고 싶군."

망을 봤던 인원들이 올라갔던 것만큼이나 빠르게 나무 아래로 내려왔다. 그리고 그 순간 붉은 깃발을 들고 있던 거한이 좌우로 거칠게 깃발을 휘저었다.

쏴아아아!

붉은 깃발이 휘날리는 것과 동시에 불길이 치솟았다. 기름이 뿌려져 있던 땅 위로 불꽃이 무섭게 번져 나가기 시작했던 것이다.

파바바밧!

그와 동시에 횃불을 들고 있던 산적들이 일제히 곤륜파가 있는 방향으로 횃불을 던지며 산 아래로 몸을 날렸다. 마지막까지 곤륜파가 불타기를 기원하면서 횃불을 던졌던 것이다.

"네놈도 소중한 것을 잃어봐야지. 늘 일이 잘 풀리기만 하면 쓰나. 크큭."

마지막까지 남아 있던 강퍅한 인상의 우두머리가 이를 드러내며 중얼거린 후 몸을 돌렸다. 이제는 퇴각할 시간이었다.

그런데 하산하는 산적들의 방향은 각기 달랐다. 혹시라도 있을지 모를 추격에 대비해서 뿔뿔이 흩어져서 도망쳤던 것이다.

후우우웅!

산적들이 떠난 자리에 거대한 불꽃이 치솟았다. 바람에 힘입어 순식간에 무시무시한 화마(火魔)로 돌변했던 것이다.

그리고 그 화마는 산적들이 원하던 대로 정확히 곤륜파를 향해 달려가기 시작했다.

설백은 얼굴 가득 흐뭇한 미소를 머금었다. 인생을 통틀어 지금만큼 행복한 순간이 없어서였다.

"응?"

열심히 노력하는 제자를 지켜보던 설백의 표정이 일변했다. 그의 예민한 기감에 무시무시한 기운이 감지되었던 것이다.

"사부님?"

갑자기 달라진 설백의 기도에 연무장에서 기본기를 수련하던 남아가 고개를 돌렸다.

하지만 설백은 제자의 부름에도 몸을 돌리지 못했다. 왜냐하면 곤륜파를 덮쳐오는 거대한 연기에 온 시선을 빼앗겼던 것이다.

"산불?"

하늘을 가득 채우겠다는 듯이 새카만 연기가 폭발적으로 솟구쳤다.

그런데 그 연기를 보는 설백의 두 눈이 무겁게 가라앉았다. 한눈에 저 불길이 곤륜파로 향해 오고 있음을 그는 깨달았던 것이다.

뎅뎅뎅뎅!

다른 이도 연기를 본 것인지 경내에 종이 거칠게 울려 퍼졌다. 비상사태임을 종을 쳐서 모두에게 알렸던 것이다.

"저건 결코 자연적인 불이 아냐. 산불이 잦아지는 시기이기는 하지만, 방향이 너무 절묘해."

"부, 불이 난 건가요?"

"아무래도 오늘은 긴 하루가 될 것 같구나. 일단 가자."

"예, 예!"

어느새 하늘을 반쯤 가려 버린 까만 연기에 제자가 얼굴 가득 두려운 표정을 지었다. 연기만 봐도 산불의 규모가 상상을 초월한다는 사실을 알 수 있어서였다. 특히 방향을 잃은 듯이 하늘을 이리저리 가로지르는 새들로 인해 제자는 더욱더 두려움에 휩싸였다.

'분명 사람의 짓이다.'

겁에 질린 제자를 이끌고서 설백이 황급히 개인 연무장을 나섰다. 일단은 모두 모여서 움직여야 한다고 생각해서였다.

"대호법님!"

"시간이 없다. 불부터 꺼야 해."

"저희를 노린 방화입니다. 사방에서 산불이 조여오고 있습니다."

대연무장에 도착하자 다른 호법들은 물론이고 청민과 서진후가 속가제자들을 데리고서 모여 있었다.

그런데 분위기가 예상했던 것보다 더 심각했다. 속가제자들의 동요가 생각보다 더 컸던 것이다. 아무래도 나이가 다들 어리다 보니 더 그런 듯싶었다.

"내가 보기에도 인위적인 산불이야. 정확히 본 파를 노린."

"서둘러 결정해야 합니다."

"결정해야 한다고?"

"예, 불길이 가장 약한 곳을 노리고 돌파하던지, 아니면 불을 끄던지."

설백이 놀란 표정을 지었다. 그는 당연히 불을 끄자고 말할 줄 알아서였다.

한데 청민은 가장 먼저 대피를 말하고 있었다.

"대피를 하자고? 이곳을 버리고?"

"예, 건물은 다시 지으면 됩니다. 하지만 사람은 아닙니다. 죽으면 다시 되살릴 수 없습니다."

청민이 단호하게 말했다.

하지만 그것보다 설백이 더 놀란 건 빠른 결단이었다. 청민은 일말의 고민도 없이 곤륜파의 터를 버리자고 말했다.

그게 설백은 너무나 놀라웠다.

"정말로?"

"예, 이미 한 번 해봤는데 두 번이라고 못하겠습니까. 그리고 만약 대피를 한다면 해야 할 것이 하나 더 있습니다. 불을 지른 이들을 찾아야 합니다. 산불로 인해 흔적이 전부 다 사라지기 전에요."

"으음!"

설백은 다시 한번 놀랐다.

속가제자들만큼은 아니었지만 그 역시 지금 크게 당황한 상태였다. 지금껏 살아오면 이렇게 거대한 산불은 그도 처음 보는 것이었기 때문이다. 그런데 청민은 너무나 놀랍게도 냉정하게 현실을 파악하고, 그 이후까지도 생각하고 있었다.

"시간이 없습니다, 대호법님."

"장문인이 부재 시에는 자네가 대표이지 않나. 자네가 선택하는 게 맞아."

청민의 동공이 처음으로 흔들렸다. 새삼 장문인 대리라는 말이 무겁게 느껴져서였다.

그라고 건물이 아깝지 않은 것은 아니었다. 어떻게 지은 전각들이던가. 하지만 냉정하게 경중을 따졌을 때 사람이 먼저였다.

"다만 부언을 하자면 나는 굳이 양자택일을 할 필요는 없다고 생각하네."

"그 말씀은?"

"불을 끄고 불을 지른 놈들을 잡아도 될 것 같거든."

"그게 가능할까요?"

청민이 흔들리는 표정을 지었다. 할 수만 있다면 그것보다 좋은 선택은 없어서였다. 하지만 반대로 이것도 저것도 아닌 경우가 될 수도 있었다.

"진구가 없지만 우리 아홉 명이 전부 다 남아 있지 않나. 속가제자들도 있고. 인원이 적긴 하지만 그렇다고 역량이 모자라다고 생각하지는 않네."

"저도 같은 생각입니다."

"이미 정이 들었는지 저도 포기하고 싶지가 않습니다."

"약초밭까지 지킬 수는 없겠지만, 적어도 건물은 지켜낼 수 있을 듯싶습니다."

허륭에 이어 파풍과 비현이 거들었다. 지금 이 순간에서 화마는 덩치를 키워가고 있지만 그래도 아직은 가능성이 있었다.

"계곡물로 가능할까요?"

"물은 불을 끄는 용도가 아니라 불이 붙지 않은 용도로 사용해야 하네. 그리고 그 역할은 아이들이 해줘야 하고. 대신 우리는 불길을 저지하겠네."

"저도 돕겠습니다."

"당연히 도와야지. 모두의 힘을 합쳐야 할 때네."

"예."

청민이 다부진 표정으로 대답했다.

그의 눈빛 깊은 곳에서는 서늘한 기운이 넘실거렸다. 산불을 지른 이들을 어떻게든 잡아내서 죄를 물을 생각이었다.

"서두르지."

결정이 내렸으니 이제는 부지런히 움직일 때였다. 서둘러 움직여야 불 지른 놈들의 흔적도 찾을 수 있을 테니까. 때문에 설백은 검을 뽑아 들고서 불길을 향해 몸을 날렸다.

파바바밧!

설백을 위시로 비현을 제외한 호법들 전부가 좌우로 갈라섰다. 거대한 화마를 향해 조금의 망설임도 없이 몸을 날렸던 것이다.

후우웅!

가까이 다가갈수록 살갗이 익을 것 같은 뜨거운 열기가 전신을 덮쳐왔지만 누구 하나 머뭇거리지 않았다. 오히려 얼굴이 벌겋게 익어감에도 화마를 향해 다가갔다.

"일단 불길이 더 이상 다가오지 못하도록 만들게!"

"알겠습니다!"

대답과 함께 곳곳에서 강기들이 솟구쳤다. 땅거죽을 뒤집어 불길을 지연시키려는 것이었다.

"얼른 움직여!"

"쉬지 말고 물을 날라! 불이 더 이상 커지지 않게 막아야 해!"

호법들이 쉬지 않고 강기를 뿌릴 때 속가제자들도 정신없이 움직였다. 각자가 나무통을 들고서 계곡이나 우물에서 물을 퍼서 뒤집어진 땅을 향해 뿌렸던 것이다. 그리고 그 지휘는 비현이 맡아서 하고 있었다.

"가만두지 않겠다!"

"으아아아!"

한편 청민과 서진후는 말 그대로 길길이 날뛰고 있었다. 아닌 밤중에 날벼락도 아니고 이런 일이 벌어질 줄은 꿈에도 몰라서였다.

하지만 극도로 흥분한 것과 달리 두 사람의 움직임은 신속하고 정확했다. 호법들을 보조하며 빠르게 불길을 막아냈던 것이다.

'반드시 잡아낸다! 어떻게 해서든!'

청민이 형형한 안광을 뿌려대며 검강을 뿌렸다. 그러자 그가 뿌린 검강이 대지를 거칠게 뒤집었다. 현재 그의 심정처럼 사정없이 갈라졌던 것이다.

"흐읍!"

하지만 시간이 흐를수록 청민의 안색은 점차 해쓱하게 변해갔다. 쉬지 않고 검강을 뿌리니 제아무리 비천단을 먹은 청민이라도 버텨낼 재간이 없었던 것이다. 더구나 얕게 하면 효과가 없기에 땅거죽을 깊게 뒤집어야 해서 내공 소모가 더욱 극심했다.

으드득!

하나 힘들다고 멈출 수는 없었다. 그가 힘들다고 해서 불길이 기다려 주는 건 아니었기 때문이다.

"헉헉헉!"

"조, 조금만 더 힘을 내!"

장로들과 호법들만큼은 아니지만 속가제자들 역시 쉴 새 없이 움직이고 있었다. 조막만 한 손도 아쉬운 상황이기에 다들 우물물이며 계곡물이며 물이란 물은 나무통에 담아 와서 장로들과 호법들이 헤집어놓은 땅에 뿌렸다. 이제는 제2의 집이나 마찬가지인 곤륜파를 지키기 위해서 속가제자들도 죽어라 움직였던 것이다.

"이, 이게 무슨 일입니까?"

"아니, 웬 산불입니까?"

모두가 합심해서 어떻게든 불길을 막아내려고 할 때 배율석과 당필교를 비롯한 기술자들이 달려왔다. 뒤늦게 확 매캐한 냄새를 맡고는 황급히 달려온 것이었다.

"정체를 알 수 없는 놈들이 불을 질렀어. 목표는 보다시피 우리들이고."

"……본 파에 원한을 가진 놈들이겠군요."

배율석의 두 눈에 노기가 서렸다. 특히 하나뿐인 손자가 벌겋게 익은 얼굴로 정신없이 물통을 나르고 있는 모습을 보자 그의 얼굴이 씰룩거렸다. 배혁문이 죽을지도 모른다고 생각하자 지독한 살의가 솟구치기 시작했던 것이다.

"나 역시 그리 생각하네. 하지만 지금은 분노할 때가 아니야."

"불을 끄는 게 먼저지요."

"맞아. 그리고 만약에 대피할 경로 역시 파악해 둬야 해. 최선을 다하는 것은 좋지만, 안 될 것 같으면 빠져나가야 해. 청민도 같은 생각이고."

비현의 말에 배율석은 내심 안도의 한숨을 내쉬었다. 만약 청민이 물러날 수 없다고 고집을 피우면 진짜 다 같이 죽을 수밖에 없었다. 그런데 다행히 아직은 냉정함을 유지하는 듯했다.

"정말 다행이네요."

"두 번째라서 그런지 평정심이 대단해. 원래 대피부터 하자고 했었거든."

"허어."

배율석이 진심으로 놀란 표정을 지었다. 다른 이도 아니고 벽우진이 부재중인 상황에서 장문인 대리라고 할 수 있는 청민이 먼저 대피하자고 말을 할 줄은 몰라서였다.

"청민 형님답네요."

"그러니까. 참 쉽지 않은 결정인데."

"하지만 대피는 하지 않아도 될 것 같습니다. 물론 그전에 불길이 더 이상 접근하지 못하도록 막을 필요는 있겠지만요. 어떻게 지은 건물들인데 다시 불타는 건 너무 아깝잖아요."

"방법이 있나?"

정신없는 틈에 삽까지 챙겨온 당필교의 모습에 비현이 눈을 빛냈다. 혹시라도 묘수가 있나 기대하는 것이었다.

"공사 중인 곳이 있잖습니까."

"아!"

"대피는 그곳으로 하면 됩니다. 일단은 불길부터 잡죠."

마귀의 혓바닥처럼 위협적으로 넘실거리는 거대한 불꽃을 보며 당필교가 통째 강철로 이루어진 삽을 움켜잡았다. 그리고 그건 주위에 있던 당가의 기술자들도 마찬가지였다.

엄밀히 말해 곤륜파는 그들에게 있어 집이 아니었다. 잠시 머물다 가는 곳에 불과했다. 하지만 그렇다고 불타는 것을 지켜보고 있을 수만은 없었다.

"헉헉헉!"

"끄으응!"

열 살이 갓 넘은 아이들도 어떻게든 불길을 잡고자, 곤륜파를 지키고자 아등바등대는데 어찌 지켜만 보고 있을까.

이윽고 당필교의 지시하에 당가의 기술자들이 움직이기 시작했다.

콰드드득!

당가의 기술자들은 무공을 익히기는 했지만 그 수준은 그리 높지 않았다. 건강을 위해서 익힌 것이나 마찬가지였기에 실질적으로 지니고 있는 공력은 별거 없었던 것이다.

하지만 대신 그들에게는 요령이라는 게 있었다. 적은 힘으로도 효율을 극대화하는 기술이 그들에게는 있었고, 기술자들은 그걸 십분 활용했다.

"이거 위험한데……."

쉬지 않고 몸을 움직이던 당필교가 얼굴을 굳혔다. 그를 비롯한 기술자들과 불에 익숙한 배율석이 합세한 덕분인지 불길은 더 이상 다가오지 못했다. 깊게 헤집어놓은 땅을 경계선 삼아 거칠게 넘실거리기만 했다.

하지만 문제는 호흡이었다.

"으윽!"

"수, 숨 가빠."

불길은 막았지만 매캐한 연기까지는 막을 수가 없었다. 더구나 바람 역시 곤륜파 쪽으로 불어왔기에 시간이 갈수록 호흡을 힘들어 하는 아이들이 늘어났다.

어른들이야 공력을 이용해서 최대한 호흡을 느리고 길게 유지할 수 있지만 아직 어린아이들은 그게 힘들었다. 호흡 조절도 쉽지 않았고 말이다.

털썩!

우려하기 무섭게 여아 한 명이 바닥에 쓰러졌다. 지칠 대로 지친 것도 문제지만 결국 호흡 문제로 주저앉았던 것이다.

그 모습에 비현이 황급히 다가가서 여아의 상태를 확인했다.

"콜록콜록!"

"으으……!"

하지만 그건 시작에 불과했다. 여기저기서 아이들이 호흡 곤란으로 쓰러졌던 것이다.

"으윽!"

뒤이어 남자애들 역시 하나둘 주저앉았다. 그을음이 가득한 얼굴을 두 손으로 부여잡으며 격하게 호흡했던 것이다.

"청민 형님!"

그런 아이들의 모습을 확인한 당필교가 황급히 청민을 찾았다. 크게 소리치며 그를 불렀던 것이다.

"왜!"

"이쪽으로 와보십시오!"

다급한 당필교의 부름에 청민이 헐레벌떡 달려왔다. 극성으로 경신술을 펼치며 당필교에게 다가왔던 것이다.

그런데 청민의 상태도 그리 좋지는 않았다. 내력을 한계까지 끌어다 썼는지 안색은 창백했고, 옷 곳곳에 불에 탄 흔적이 있었다.

"무슨 일이야?"

"아이들의 상태가 심각합니다. 일단 아이들부터 먼저 후송해야 해요."

"……어디로?"

평소의 정갈한 수염과 눈썹이 열기로 인해 잔뜩 비틀린 모습으로 청민이 무겁게 물었다. 지금 상황에서는 불길이 가장 약한 곳을 가르고 나가는 것도 쉽지 않아 보였다. 일단 다들 너무 많이 지친 상태였다.

"공사 중인 곳이 있지 않습니까."

"아!"

"단순히 대피하는 것이라면 지금 상황에서 그곳보다 좋은 곳은 없습니다. 일단 물과 식량도 준비해 두었기에 최악의 상황이

오더라도 버틸 수 있습니다. 위치적으로도 유리하고요."

"좋아. 바로 이동하자. 기술자들과 함께 아이들부터 데리고 가."

"형님은요?"

당필교가 걱정스러운 얼굴로 물었다. 말하는 걸 보니 마지막까지 남아 있을 것 같아서였다.

"난 현재 장문인 대리잖아. 마지막까지 상황을 확인하고 움직여야지."

"……괜찮으시겠습니까?"

"물론이다. 여기서 죽을 수는 없지. 제자를 들인 지 얼마나 되었다고."

"먼저 가서 준비해 놓겠습니다."

"부탁한다."

믿음이 가득 담긴 눈빛으로 당필교의 어깨를 두드린 후 청민이 다시 몸을 날렸다. 모두가 지쳐 있는 상황인 만큼 자신이라도 한 발 더 움직이고 검을 휘둘러야 했다. 그게 장문인 대리인 자신이 해야 할 일이었다.

'하지만 이 자연재해 앞에서는 너무나 작아지는구나.'

높이만 무려 3장은 훌쩍 넘을 것 같은 거대한 불길에 청민이 질린 표정을 지었다.

다른 이들 앞에서는 담담한 척했지만 사실 그도 두려웠다. 벽우진이라면 모를까 그에게는 이 불꽃과 맞서 싸울 능력도, 그렇다고 이 사태를 해결할 능력도 부족했다. 그래서인지 오늘따라 더더욱 벽우진이 보고 싶었다.

'하지만 언제까지 나약하게 있을 수만은 없는 법.'

수많은 아이들이 그를 기다리고 있었다. 또한 가까스로 복구한 전각들 역시 지켜내야만 했다. 그렇기에 청민은 이미 바닥난 공력을 다시 한번 끌어 올렸다.

찌르르르!

"우욱!"

가뜩이 텅 비어 있는 단전을 쥐어짜 공력을 끌어 올리자 바늘로 찌르는 듯한 격통이 느껴졌다. 순간적으로 비틀거릴 정도로 말이다.

하지만 그 고통을 청민은 억지로 찍어 눌렀다. 지금은 내상을 입더라도 저 대화마(大火魔)로 변한 불길을 막아내야만 했다.

"사형!"

"조금만 더 하면 돼!"

"예!"

그와 마찬가지로 격통을 참고 있는 얼굴로 서진후가 재차 검을 휘둘렀다.

이제는 검강이 아닌 검기였지만 그럼에도 효과는 있었다. 호법들이 깊게 땅을 파놓았기에 서진후는 불타오르는 나무가 이쪽으로 넘어오지 못하게 밑동을 잘라 반대편으로 쓰러지게 만들었다.

"호법님!"

"알겠네!"

마지막으로 크게 한 바퀴를 돌은 청민이 호법들을 불렀다.

그런데 별다른 설명을 하지 않았음에도 여덟 명의 호법들은 빠르게 청민과 서진후가 있는 곳을 향해 달려왔다. 하나같이 얼굴이 시커멓게 변한 모습으로 말이다.

"이동하시죠!"

여덟 명이 전부 모인 것을 확인한 청민이 다급히 몸을 돌렸다. 불길은 막아냈지만 호흡을 곤란하게 만드는 연기는 시간이 갈수록 더욱 짙어져서였다.

빠르게 경내를 채워가는 짙은 연기에 청민은 왼손으로 입을 막고서 당필교와 속가제자들이 있을 동굴로 몸을 날렸다.

꾸우욱!

벽우진이 손에 들린 서신이 사정없이 구겨졌다. 동시에 그의 표정이 일변했다. 사천당가를 나와 유람하듯 여유롭게 곤륜산으로 복귀하던 중 하오문으로부터 말도 안 되는 소식을 전달받고서 그가 흥분한 것이었다.

"왜 그러세요?"

하룻밤을 보내기 위해 잡은 객잔에서 개운하게 목욕을 하고 나온 서예지가 갑자기 달라진 벽우진의 표정에 의아한 얼굴을 하고서 물었다. 그리고 그건 다 같이 목욕을 하고 나온 심대혜와 심소혜도 마찬가지였다.

"미안한데 지금 당장 출발해야겠다."

"예?"

서예지는 물론이고 심대혜도 깜짝 놀라 반문했다. 표정이 심상치 않았기에 무언가 일이 터진 게 아닐까 예상하기는 했지만 지금 바로 출발해야 한다고 말할 줄은 몰라서였다.

반대로 서예지는 단숨에 표정을 가다듬고서 원탁에 앉았다.

"무슨 일이에요?"

"본산이 공격당하고 있는 중이다. 그것도 화공으로."

"……!"

"계획적인 방화일 가능성이 커. 아무래도 나에게 원한이 있는 놈들의 소행이겠지."

벽우진이 이를 악물었다.

아무리 하오문의 정보력이 대단하다고 하나, 가장 빠른 전서응을 이용해서 소식을 전해주었다고 하지만 그래도 상당한 시간이 흘렀을 터였다. 어쩌면 이미 경내의 모든 것들이 불타 버렸을 수도 있었다.

하지만 그건 중요치 않았다. 벽우진에게 있어 가장 중요한 것은 건물이나 곤륜산이 아닌 사제들과 속가제자들이었다.

"그게 무슨……!"

"어, 어떻게!"

"사람들은요? 사람들은 어떻게 되었나요?"

심대혜와 심소혜 자매도 놀랐지만 서예지만큼은 아니었다. 왜냐하면 본산에는 그의 조부인 서진후가 있어서였다. 그렇기에 서예지는 거의 무너지다시피 한 표정으로 벽우진을 바라봤다.

"……아직 몰라. 그래서 가봐야 해. 불길이 너무 거세서 하오문 측에서도 접근할 수가 없다고 해."

"아아!"

서예지의 두 눈에 습기가 차오르기 시작했다.

하지만 그녀는 이내 다부진 표정으로 고개를 저었다. 아직 확실한 건 아무것도 없었다. 그런 만큼 섣불리 판단을 내리는 건 피해야 했다.

"무슨 일이에요?"

"분위기 왜 이래?"

뒤이어서 씻고 나온 남자아이들이 왠지 모르게 무거운 분위기에 눈치를 살폈다. 개운하게 목욕하고서 저녁을 먹으려고 했는데 분위기를 보아하니 편안하게 식사하는 건 그른 것 같았다.

"……지금 본산이 불타고 있대."

"뭐라고?"

… 제6장 …

곤륜의 또 다른 검들

심대혜의 말에 양일우가 두 눈을 부릅뜨며 소리쳤다. 그리고 그 반응은 다른 아이들에게 번지듯이 퍼져 나갔다.

"그게 무슨 말이야, 누나?"

심대현이 대경실색한 얼굴로 물었다. 갑자기 이게 무슨 일인가 싶었던 것이다.

"나도 자세히는 몰라. 지금 사부님께 들은 거야."

"다들 준비해. 설명은 이동하면서 해줄 테니. 저녁은 육포로 대신할 거야. 달리면서 먹는다."

"예!"

벽우진의 말에 제자들이 황급히 흩어졌다. 서둘러 준비하기 위해서였다.

"다른 소식은 없소이까?"

"현재로서는 이게 전부입니다. 읽어보시죠."

"으음!"

유일하게 자리에 남아 있던 진구가 딱딱하게 굳은 얼굴로 하오문에서 보내온 서신을 읽었다.

그러나 딱히 다른 내용을 알 수는 없었다. 얼마나 긴박했는지 불이 났다는 소식이 전부였던 것이다.

"일단은 최대한 서두르는 수밖에 없을 것 같습니다."

"내가 먼저 가겠소."

"혼자 가서 될 문제였으면 제가 먼저 출발했을 겁니다. 다른 공격도 아니고 화공입니다. 진 호법님 혼자서는 무리입니다."

"……."

진구가 입술을 깨물었다.

매몰찰 정도로 냉정한 말이지만 사실이기도 했다. 곤륜파를 집어삼킬 정도로 거대한 화마는 그 자체로 재앙이었다. 그런 재앙은 제아무리 고수라고 해도 답이 없었다. 대자연 앞에서 인간은 한없이 작고 나약한 존재였으니까.

'장문인마저도 불가능하단 말인가.'

진구의 두 눈이 크게 흔들렸다. 천하의 패선조차도 불가능하다고 하자 얼마나 큰 위기인지 실감이 되었던 것이다.

동시에 형님들과 청민, 서진후가 걱정되었다. 형님들은 모르겠지만 청민과 서진후는 곤륜파의 터를 지킨다고 기를 쓰고 뛰어다닐 게 자명해서였다.

"이미 시간이 제법 흐르기도 했고요. 아무리 저나 진 호법님이 빨라도 당장 곤륜산에 도착할 수는 없습니다."

"……알겠소이다. 나도 준비하겠소."

"모두 모이면 바로 출발할 겁니다."

진구가 일어나는 것을 확인하며 벽우진이 두 눈을 감았다. 가슴속에서 치솟아 오르는 분노를 가라앉히기 위해서였다.

동시에 벽우진은 과연 누가 불을 지른 것일까에 대해서 생각했다. 하지만 명확하게 어떤 놈이라도 단정 짓기가 힘들었다.

'이렇게나 적이 많았던가.'

유명해진 만큼 적이 많아진 사실에 벽우진이 쓴웃음을 지었다. 어느새 원한이 상당히 쌓였음을 느낄 수 있어서였다.

하지만 그렇다고 아량을 베풀 생각은 눈곱만큼도 없었다. 원래 은혜는 열 배로, 원한은 백 배로 갚는 게 강호의 철칙이지 않던가.

'무슨 수를 써서라도 찾아내 주마. 그리고 끝까지 추격해 주겠다. 어떻게 해서든지 말이지.'

누구인지는 모르겠지만 한 가지는 확실했다. 곤륜파와 원한 관계가 있는 자들이 불을 질렀을 확률이 컸다.

때문에 벽우진은 정말 순수하게 살의를 일으켰다.

"지옥 끝까지라도 쫓아가서 찾아내 주마."

적어도 벽우진은 지금껏 정의에 어긋나는 짓은 하지 않았다. 재물에 욕심을 부린 적은 많아도 말이다.

그런 만큼 벽우진은 확신했다. 곤륜산에 불을 지른 이들이 절대 선인(善人)은 아닐 것이라고.

다다다닷!

"준비 다 했습니다, 사부님!"

"전원 집합했습니다!"

"호법님도 내려오셨습니다!"

벽우진이 서늘한 분노를 불태우고 있을 때 그의 앞으로 제자들이 일사불란하게 모여들었다. 그리고 그 뒤로 진구 역시 만반의 준비를 마친 상태로 도착했다.

"가자."

"예!"

다른 곳도 아니고 집이 불타고 있다는 소식에 아이들의 두 눈에는 조급함이 서려 있었다. 어서 빨리 곤륜산에 도착해서 상황을 확인하고 싶었던 것이다.

특히 심소혜의 표정이 가장 심각했다. 곤륜산이 불타고 있다는 말에 키우는 가축들이 어떻게 되었을까 걱정하는 것이었다.

딸랑.

화급을 다투는 상황이기에 벽우진은 탁자 위로 은자를 던졌다. 점소이가 보이지 않기에 미리 계산을 한 것이었다.

뒤늦게 나가는 벽우진을 일행을 보고서 달려온 점소이는 탁자 위에 있는 은자를 확인하고는 함박 미소를 지었다.

스스슥!

점소이가 그러거나 말거나 벽우진은 아이들을 이끌고서 어둠 속으로 사라졌다. 곤륜산까지의 최단 거리로 질주를 시작했던 것이다.

'미련하게 고집부리지 마라, 청민아.'

어둠 속을 질주하며 벽우진이 입술을 깨물었다. 혹시라도 청민이 미련한 선택을 했을까 싶어서였다. 물론 호법들이 있기는 하지만 그래도 안심할 수는 없었다.

의외로 넓은 동혈 안의 모습에 속가제자들이 두리번거렸다. 곤륜산에 머문 지 꽤 오랜 시간을 보냈음에도 이런 곳이 있다는 것은 처음 알았기 때문이다.

하지만 선불리 움직이는 이는 없었다. 다들 극도로 지친 상태이기에 움직일 힘이 없었던 것이다.

"아이들 상태는 어떻습니까?"

"다행히 심각한 이들은 없어. 대부분이 탈진이야."

"정말 다행입니다."

"조금만 늦었어도 의식 불명인 애들이 많았을 거야. 정말 한 끗 차이였어."

"후우!"

비현의 말에 배율석이 안도의 한숨을 내쉬었다.

그런 그의 시선은 속가제자들을 살뜰히 챙기는 손자에게로 향했다. 나이는 어려도 유일한 진산제자였기에 힘들어도 그 기색을 숨기고 속가제자들을 살피고 있었다.

"손자를 참 잘 키웠어. 아주 대견해."

"허허허. 제가 한 건 없습니다. 알아서 잘 큰 녀석이라서요."

"할아버지 보고 큰 게지. 부모랑. 원래 아이들은 어른들을 보면서 크는 거야. 괜히 부모가 자식의 동경(銅鏡:거울)이라고 하는 게 아니지."

뿌듯하게 웃는 배율석의 모습에 비현 역시 옅게 웃었다.

하지만 동굴 밖의 상황은 여전히 좋지 않았다. 불길은 막아낸 것 같지만 열기와 연기는 시간이 갈수록 짙어져 갔기 때문이다. 환기를 위해 동굴 천장에 구멍을 뚫어놓기는 했지만 가까스로 버티는 것이었지 호흡이 여유로운 건 아니었다.

"괜찮으신 거겠죠? 아까 전에 무리를 많이 하신 것 같은데."

"일단은 지켜봐야지. 요상약을 드리기도 했고."

"근데 어디일까요? 이딴 짓을 저지를 놈들이."

배율석이 부글부글 끓는 얼굴로 물었다. 대관절 어떤 놈들이 이런 짓을 저질렀는지 그는 정말 궁금했다. 그리고 꼭 면상을 보고 싶었다.

"한두 명이 아닌 건 분명해. 그리고 계획적으로 준비한 것도 확실하고. 즉흥적이었다면 이렇게 확실하게 몰아붙일 수가 없어. 방향까지 계산하고서 불을 지른 거야."

"아직 근처에 남아 있겠죠? 우리가 죽는 꼴을 보고 싶어 할 테니."

"모르지. 도망쳤을 수도 있고. 우리 소식이 전해지면 장문인께서 곧바로 달려오실 테니."

"하지만 성도에서 출발하신 지 얼마 안 되지 않았습니까."

배율석의 얼굴이 어두워졌다. 제아무리 벽우진이라도 축지법을 쓰지 않는 한 당장 이곳에 오는 건 힘들었다. 아니, 축지법을 쓴다고 해도 불가능했다.

"그래도 바로 달려오실 게야."

"당연히 그러시겠죠. 다만, 아직은 전달이 되지 않았을까요. 하오문이 늘 본 파를 예의 주시한다고는 하지만……."

"이만한 불이 났는데 모를 리가 있겠나? 물론 사태 파악은 해도 이 안까지 들어오지는 못하겠지. 아무리 고수라도 호흡을 하지 못하면 죽는 건 매한가지니까."

"그렇죠. 무인이라고 해서 질식사를 안 하는 것은 아니니까요."

번쩍!

그때 가부좌를 틀고 있던 설백이 눈을 떴다. 가장 먼저 운기요상을 마치고 자리에서 일어났던 것이다.

그 뒤로 호법들이 차례대로 눈을 떴다.

"아이들은 어때?"

"크게 위험한 아이들은 없습니다. 다들 탈진한 정도입니다."

"화상을 입은 아이들은?"

"없습니다."

설백이 작게 한숨을 내쉬었다. 다행히 큰 피해는 면한 것 같아서였다. 그러면서 그는 속가제자들과 함께 옹기종기 모여 있는 제자의 상태를 확인했다.

"대호법님은 괜찮으십니까? 옷이……."

"살짝 그을린 것뿐이네. 내상 역시 공력을 과도하게 운용해서 그런 거고."

"허면 좀 더 쉬셔야 하지 않겠습니까?"

안면이 좀 있는 비현과는 달리 설백과는 그동안 접점이 별로 없었기에 배율석이 조심스럽게 물었다. 요상약을 먹었기에 어느 정도 회복이 되기는 했을 테지만 그래도 몸 상태가 정상이 아닐 게 분명해서였다.

"시간이 없네."

"예?"

"흔적이 사라지기 전에 찾아야 해."

배율석이 당황한 표정을 지었다. 더없이 진지한 설백의 표정이 지금 진담을 얘기하고 있음을 알려줘서였다.

그리고 그러한 기색은 다른 호법들도 마찬가지였다. 다들 분노를 억누른 표정으로 형형한 안광을 뿌리고 있었다.

"하지만 화마가 아직도 사납습니다."

"막는 건 힘들지만, 가로지르는 것은 괜찮네."

"뚫고 지나가는 건 가능해. 모두가 함께한다면."

"형님!"

운기요상을 끝낸 청민마저도 설백과 같은 생각이라는 듯이 말하자 배율석의 안색이 해쓱해졌다. 아무리 대단한 고수들이라고 하나 피육으로 이루어진 인간이었다. 불구덩이에 들어가면 타서 죽는 건 그나 호법들이나 똑같았다.

하지만 청민이나 설백은 단호했다.

"죽지 않아. 아직은 죽을 때가 아니거든."

"사형 말이 맞습니다. 이대로 가만히 있으면 오히려 화병으로 죽겠습니다."

마지막으로 서진후 역시 운기요상을 끝마치고서 다가왔다. 그런 그의 얼굴에는 노기가 짙게 서려 있었다. 이런 식으로 뒤통수를 맞을 줄은 정말 꿈에도 예상하지 못해서였다. 그것도 이제 막 날개를 펴기 시작하는 시점에서 말이다.

"우리 둘만으로는 버겁겠지만……."

"우리들과 함께라면 뚫고 지나갈 수 있네."

청민과 설백의 시선이 허공에서 맞닿았다. 둘이 똑같은 생각을 했던 것이다.

"하지만 위험합니다. 지금 상황에서 장로님들과 호법님들마저 위험해지면……."

배율석이 불안한 얼굴로 말끝을 흐렸다. 비전투 인력이라 할 수 있는 비현은 남아 있겠지만 그래도 무게감에서 설백이나 청민과 비교할 수는 없었다. 괜히 장문인 대리, 대호법이 아닌 것이다. 게다가 만약 열 명이 잘못되기라도 한다면 벽우진의 얼굴을 볼 면목이 없었다.

"걱정하지 마. 절대 안 죽을 테니까."

"할 만하니까 하겠다고 하는 거야. 오히려 놓치면 치욕스러워서 죽게 될 거다."

"가세."

설백이 재촉했다. 이미 시간이 많이 흐른 상태였기에 서두르려는 것이었다.

그 말에 청민과 서진후는 배율석과 비현을 한 번씩 바라보고는 동굴의 입구를 향해 몸을 돌렸다.

쿠그긍.

통째 돌로 이루어진 석문이 묵직한 마찰음을 내며 천천히 열렸다. 동시에 후끈한 열기가 열 명의 얼굴을 덮쳤다. 분명히 더 이상 다가오지 못하고 있음에도 열기만큼은 시간이 흐를수록 더욱더 거세지는 느낌이었다.

"찜통이 따로 없군."

"불도 불이지만 열기와 호흡도 신경 써야 합니다."

그야말로 얼굴을 사정없이 때리는 듯한 무시무시한 열기에 호법들의 얼굴에 긴장감이 서렸다.

요상약을 먹기는 했으나 그건 말 그대로 급한 불을 끈 정도였다. 다시 한번 과도하게 공력을 사용한다면 짧게는 한두 달, 길게는 반년 정도를 요양해야 할 터였다.

"이걸 쓰십시오."

"응?"

"없는 것보다는 나을 겁니다."

점점 더 농밀해지는 열기에 설백마저도 잠시 멈칫거릴 때 등 뒤에서 비현의 목소리가 들려왔다. 물기를 촉촉하게 머금은 천들을 가져왔던 것이다.

"고맙다."

"무사히 돌아오십시오."

"걱정 마라."

긴 천으로 입과 코를 복면처럼 가리며 설백이 눈을 빛냈다.

이윽고 설백을 위시로 아홉 명은 지옥의 초열지옥을 방불케 하는 불길을 향해 몸을 날렸다.

쑤아아앙!

물론 단순무식하게 달려들지 않았다. 선두의 설백이 검강으로 불꽃을 가르면 허륭이 앞으로 치고 달리며 재차 검을 휘둘렀다. 차륜전처럼 번갈아가며 길을 열었던 것이다.

"크크큭! 크하하하! 잘 탄다!"

초열지옥이 아닐까 싶을 정도로 무시무시한 기세로 불타오르는 곤륜산을 올려다보며 작달막한 체구의 중년인이 파안대소를 터뜨렸다.

원래의 계획대로라면 불이 제대로 붙은 즉시 뒤도 돌아보지 말고 도망치기로 약속이 되어 있었다. 곤륜파의 고수들이 산불을 뚫고 내려와 한 명이라도 붙잡힌다면 모두가 위험해질 수도 있어서였다.

그런데 중년인은 열심히 달리다가 어느 순간 멈췄다. 이 정도면 충분하다는 생각이 들어서였다. 그리고 거리가 멀지만 곤륜파가 활활 불타는 것을 보고 싶기도 했고.

"아쉽군. 그 재수 없는 고루거각들이 모조리 불타서 허물어지는 광경을 보고 싶었는데. 더불어 개새끼의 절망하는 표정도."

두 번이나 불타 버린 곤륜파의 터를 보며 무너져 내릴 벽우진의 표정이 그는 너무나 보고 싶었다.

하지만 그로서는 상상하는 것에 만족할 수밖에 없었다. 자신의 육안으로는 가까스로 보이는 거리가 벽우진에게는 지근거리나 마찬가지일 테니까.

"그래도 만족스럽군. 아주 제대로 불타고 있으니."

하늘을 새카맣게 물들 기세로 미친 듯이 솟구치는 시커먼 연기를 올려다보며 중년인이 흡족한 미소를 지었다. 활활 불타는 곤륜산을 보니 속이 그렇게 시원할 수가 없어서였다.

"지금쯤 고통에 신음하며 익어가고 있겠지? 크큭!"

고수들인 호법들이야 제 한 몸 건사하겠지만 이제 막 입문한 속가제자들은 달랐다. 아니, 어쩌면 어린 속가제자들을 구한다고 호법들 역시 불구덩이 속에서 우왕좌왕하고 있을지도 몰랐다. 지옥불이 자신들의 몸을 야금야금 불태우는 것도 모른 채 말이다.

"그놈의 제자들이 있었다면 더 좋았을 텐데. 하지만 단 둘뿐인 사제가 남아 있으니."

벽우진의 직계제자들이 없는 게 많이 아쉬웠지만 그래도 사제 두 명이 전부 곤륜산에 있었다. 그렇기에 중년인은 이쯤에서 만족하기로 했다. 이번에는 놓쳤지만 다음번에 기회가 생길지도 몰랐으니까.

"이게 끝이라고 생각하지 마라. 앞으로도 계속, 기회가 있을 때마다 끝까지 물어뜯어 줄 테니까."

"뭘 물어뜯겠다는 거지?"

"히익!"

느닷없이 들려오는 스산한 음성에 중년인이 퍼뜩 놀랐다. 낯선 목소리도 목소리지만 그 안에 담긴 서늘한 살기에 중년인은 온몸에 소름이 돋았다. 순수하다 못해 정제된 살의가 낮게 깔린 목소리에 너무나 진득하게 맺혀 있어서였다.

드드드득.

그래서 중년인은 마치 목각 인형처럼 어색하게 몸을 돌릴 수밖에 없었다. 단순히 목소리를 듣는 것만으로도 몸이 딱딱하게 굳어졌던 것이다.

"다시 한번 말해봐. 이왕이면 내 면전에 대고."

"으으으!"

겨우겨우 몸을 돌린 중년인의 동공이 급격하게 흔들렸다. 왜냐하면 그의 눈에 살기충천한 상태의 도사 열 명이 서 있어서였다.

그중 한 명은 그가 익히 알고 있는 이였다. 아니, 잊을 수가 없는 인물이었다.

"산적 놈들의 소행이냐? 아니, 녹림십팔채가 나선 건가?"

꿀꺽!

서슬 퍼런 설백의 눈빛에 중년인은 아무런 말도 할 수 없었다. 뱀 앞의 개구리처럼 본능적으로 바짝 얼었던 것이다.

"그건 차차 심문해도 되지 않겠습니까. 중요한 것은 다른 놈들입니다."

"함께 온 놈들은 어디 있지?"

"그, 그게……."

평소와 달리 잔뜩 굳은 얼굴로 허룽이 말했다. 그러자 설백이 무시무시한 안광을 뿌리며 중년인에게 질문했다. 대답하지 않으면 당장 사지를 절단 내버리겠다는 듯이 말이다.

"내가 너무 편하게 대해준 모양이야."

"끄아아악!"

중년인이 주저앉으며 비명을 질렀다. 갑자기 오른쪽 어깨가 따끔하더니 팔이 뚝 떨어지자 비명이 절로 나왔던 것이다. 그런데 놀라운 건 어깻죽지부터 팔이 잘렸는데 피가 흐르지 않는다는 점이었다.

"다시 묻겠다. 다른 놈들은?"

"으, 으어어……."

"고통을 잊는 데는 고통만 한 게 없지."

툭.

이통치통(以痛治痛)이라는 듯이 설백이 재차 검을 휘둘렀다. 그러자 이번에는 반대쪽 팔이 바닥으로 떨어졌다.

"끄으윽!"

순식간에 양팔이 잘린 중년인이 새하얗게 변한 얼굴로 신음을 흘렸다. 그러더니 이내 멍한 표정을 지었다. 땅바닥에서 꿈틀거리는 양팔을 보자 순간적으로 극도의 충격을 받아 정신 줄을 놓은 것이었다.

퍽!

하지만 설백은 그마저도 허락하지 않았다. 검면으로 중년인의 얼굴 옆면을 후려쳤던 것이다.

"크헉!"

동시에 그 충격으로 너무나 깔끔하게 절단되어 피가 흐르지 않았던 상처 부위에서 피가 솟구쳤다.

"말해라."

"으으으……."

"지금 말하면 고통 없이 보내주마. 내 약속하지."

"뿌, 뿔뿔이 흩어졌습니다. 모, 모두 다요."

고통과 공포에 결국 중년인이 무너졌다. 아까 전의 그 앙천광소와는 너무나 어울리지 않게 잔뜩 겁먹은 기색으로 중년인이 더듬거리며 말했다.

"그러니까 어디로?"

"사, 사방으로요. 저도 잘은 모릅니다! 다 세외 쪽으로 나간다는 것밖에는!"

"아무래도 여기에서 흩어져야 할 것 같습니다."

"그래야 할 것 같아."

중년인의 다급한 대답에 청민이 입을 열었다. 독촉해 봤자 더 이상 쓸모 있는 정보는 나올 것 같지 않아서였다. 게다가 이미 시간이 상당히 흘렀기에 더더욱 서둘러야 했다.

"해 지기 전 이곳에서 보지."

"예."

"물론 뒤처리는 확실하게 해야겠지."

말을 마침과 동시에 설백이 왼손으로 중년인을 번쩍 들어올렸다. 그러고는 그대로 활활 타오르는 불꽃을 향해 있는 힘껏 던졌다.

"아, 안 돼에!"

순식간에 던져진 중년인이 다급하게 소리쳤다. 하지만 의미 없는 메아리일 뿐이었다. 두 팔이 잘리고 붙잡힌 순간 전신 혈맥이 모조리 뒤틀렸기에 불 속에서 빠져나올 가능성은 전무했다.

"죗값은 받아야지."

"개×끼들! 약속을! 끄아아악!"

멀리서 중년인의 쌍욕과 비명 소리가 들려왔지만 설백은 물론이고 누구도 눈썹 하나 꿈틀거리지 않았다. 이 정도는 복수라고 할 수도 없었다.

"가세."

더 이상 들리지 않는 비명에 조금도 신경 쓰지 않고서 설백이 몸을 날렸다. 이윽고 열 명이 각기 다른 방향으로 흩어졌다.

"헉헉헉!"

비쩍 마른 장한이 전력으로 비탈길을 달렸다. 내리막길이기에 자칫 발이라도 헛디디면 크게 다칠 수 있었지만 장한은 그런 것에는 전혀 신경 쓰지 않았다. 오로지 산을 내려가는 일에만 집중했다.

"같이 가자!"

"서둘러!"

"에이, 여기까지 왔는데 천천히 가자. 지금쯤 정신없이 불 끄고 있을 텐데."

죽기 살기로 전력 질주하는 장한과 달리 뒤따라오던 거한은 히죽 웃으며 설렁설렁 뛰었다. 일단 기본적으로 보폭도 차이가 났고, 경신술은 장한보다 그가 좀 더 나았기에 느긋하게 뛰어도 충분히 비슷하게 속도를 맞출 수 있었다.

"보지도 않았는데 어떻게 장담해? 막말로 진화를 포기하고 빠져나왔으면?"

"추격할 정신이 있을까? 사방에서 불길이 치솟는데? 그리고 호법들이나 장로들은 몰라도 애송이들이 저 화마 속에서 멀쩡히 빠져나올 수 있을 거라 생각해?"

"너무 낙관적으로 생각하는 거 같은데."

"자네가 너무 비관적인 거야."

거한이 어깨를 으쓱거리며 뒤쪽에서 악마의 혓바닥처럼 일렁이는 불길을 쳐다봤다.

웬만한 고수라도 저만한 산불을 뚫고 나오는 것은 불가능했다. 더구나 짐들을 덕지덕지 붙이고서는 더더욱.

"대막에 도착하기 전까지 방심하면 안 돼."

"이 정도 왔으면 괜찮다니까. 패선이라면 모를까 호법들로는 힘들어. 장로들은 두말할 필요도 없고. 말이 장로지 사실 패선의 그늘에서 덕을 보고 있는 늙은이들이잖아. 장로도 급이 있지."

"일단 최대한 멀어진 다음에 여유를 부리자고. 감이 좋지 않아."

"그놈의 감 타령은. 가는 길에 감이나 구했으면 좋겠네. 아주 잘 익어서 달달한 놈으로."

끝까지 신소리를 하는 거한의 모습에 장한이 고개를 절레절레 저었다. 마음이 맞아 함께 이동하기로 했지만 이런 모습은 그를 답답하게 만들었다. 여유를 부리는 건 좋지만 이왕이면 상황을 보고 했으면 좋겠다고 생각했다.

"만약에 잡히면 어떻게 될지 알고 있지? 절대 좋게 죽지는 못할 거야. 놈들 두 눈이 분노로 벌게져 있을 거라고."

"걱정도 사서하고 있네. 그럴 일 절대 없다니까. 저만한 산불이면 소림무제나 무당권제도 별수 없을걸. 솔직한 마음으로는 패선이 있을 때 불을 질렀어도 나쁘지 않았다고 생각되는데. 막말로 저걸 인간이 어떻게 뚫어? 가로지르다가 통구이가 되겠다."

"제발 여유는 감숙성을 관통한 다음에 부리자, 제발!"

"이제는 천천히 가도 된다니……."

다시 한번 산불을 돌아보던 거한의 두 눈이 부릅떠졌다. 멀리서 까만 점이 빠르게 커지기 시작하는 게 보여서였다.

"왜 그래?"

"튀, 튀어!"

거리가 상당하지만 거한은 단번에 알아차렸다. 지금 누군가가 정확히 이곳을 향해 달려오고 있다는 사실을 말이다. 그리고 달려오는 이는 곤륜파 사람일 가능성이 매우 높았다.

"갑자기 왜 그래?"

"튀라고! 살려면 죽어라 뛰어야 해!"

"무슨……!"

갑자기 다급해진 거한의 표정과 말투에 비쩍 마른 장한이 고개를 돌렸다. 그러자 무서운 속도로 접근하는 하나의 인영을 볼 수 있었다. 미친놈처럼 머리카락을 풀어 헤치고서 달려오는 노인을 말이다.

"으아아아!"

"내가 뭐라고 했어, 새끼야!"

그것을 확인한 장한이 창백해진 얼굴로 소리를 질렀다. 빌어먹게도 안 좋은 감이 정확히 맞아떨어졌던 것이다. 동시에 나란히 달리는 거한이 그렇게 미울 수가 없었다.

"나라고 이렇게 될 줄 알았냐고!"

"진즉에 전력으로 도망쳤으면……!"

"미안하다! 근데 지금은 우리끼리 싸울 때가 아냐!"

옆을 돌아볼 여유도 없었다. 둘은 오로지 정면만 바라보고 죽어라 뛰었다. 쥐똥만 한 공력은 물론이고 젖 먹던 힘까지 모조리 긁어모아서 두 다리에 힘을 주었다.

"헉헉헉!"

입에서 단내가 나고 전신이 후들거렸지만 둘 다 달리는 걸 멈추지 않았다. 멈추는 순간 사신의 검이 자신들의 목에 닿을 것임을 너무나 잘 알아서였다.

"흐, 흩어지자!"

"뭐라고?"

"이대로 가면 둘 다 잡혀! 한 명만 쫓아오니까 여기서 흩어지자!"

"확률은 반반인가."

장한이 입술을 깨물었다.

확실히 같이 도망치면 같이 죽는 꼴밖에는 되지 않았다. 하지만 갈라지면 둘 중 하나는 살아남을 가능성이 커졌다. 반대로 한 명은 죽음이 확실시 되고.

"에잇!"

그때 거한이 갑자기 그를 밀었다. 장한이 고민하는 사이 우락부락한 근육을 앞세워 힘으로 장한을 밀어버렸던 것이다.

"켁!"

애초에 체격으로는 상대가 되지 않았기에 비쩍 마른 장한은 무기력하게 바닥을 굴렀다.

그리고 그사이 거한이 육중한 몸에 어울리지 않게 쏜살같은 속도로 달려 나갔다. 장한을 제물로 삼아 어떻게든 살아남으려고 했던 것이다.

"미안하다! 하지만 어쩔 수 없어!"

"저, 저 개×끼가!"

지극히 이기적인 행동에 장한이 분통을 터뜨렸지만 소리치는 게 전부였다. 그의 경신술로는 거한을 따라잡을 수 없었고, 지금은 싸우는 것보다는 도망치는 게 우선이었다. 어쩌면 거한을 잡으러 갈 수도 있으니까.

'이, 일단은……!'

거기까지 생각한 장한이 방향을 크게 비틀었다. 배신을 당하기는 했지만 지금은 복수보다도 생존이 먼저였다.

툭.

"어?"

그런데 그때 불에 탄 흔적과 연기가 아지랑이처럼 피어오르는 가죽신이 두 눈에 들어왔다. 막 일어서려는 찰나에 한 쌍의 가죽신이 보였던 것이다.

"결국 중요한 건 자기 목숨이지. 같은 목적이 있어서 모였다고 하나, 끝내 중요한 것은 자기 목숨이니까."

"사, 살려주십시오!"

"저 짓을 저지르고도 살려준다는 말이 나오나?"

장한은 고개도 들지 않고서 머리부터 조아렸다. 차마 두 눈을 마주할 엄두가 나지 않았던 것이다.

"저는 그저 시키는 대로……!"

"변명을 하려면 말이 되게 해야지. 다른 놈이 시켜서 왔다고? 그냥 산에 불 지른 것도 아니고 정확히 본 파를 노리고서?"

"저, 정말입니다! 저는 그저 시키면 시키는 대로 하는 말단에 불과합니다!"

"그럴지도 모르지. 하지만 분명한 건 네놈 역시 동범이라는 것이지."

툭.

끓어오르는 살기를 겨우겨우 억누르면서 청민이 마혈을 짚었다. 친히 자신의 공력을 이용해 곤륜파의 사람이 아니면 절대 풀지 못하게 점혈한 것이다.

마음 같아서는 당장 머리통을 터뜨려 죽이고 싶었다. 하지만 지금은 그럴 때가 아니었다.

'분노는 싹 다 붙잡은 다음에, 심문한 다음에 해도 늦지 않아.'

적어도 지금은 분노에 몸을 맡길 때가 아니었다. 오히려 지극히 냉정해야 했다. 분노에 몸을 맡긴다면 속은 시원하겠지만 혹시 모를 배후를 놓칠 수 있었다. 그렇기에 청민은 활화산처럼 솟구치는 분노를 가까스로 억누르면서 땅을 박찼다.

"히에엑!"

동료를 제물로 바친 후 죽기 살기로 도주하던 거한이 등골에서 갑자기 소름이 돋자 뒤를 힐끔거리고는 기겁했다. 청민이 무시무시한 속도로 쫓아오는 걸 볼 수 있어서였다.

'제, 젠장!'

사실 그는 이미 한계까지 몸을 굴린 상태였다. 공력은 진즉에 바닥났고 두 다리 역시 당장에라도 멈춰달라는 듯이 후들거렸다.

하지만 그럼에도 그는 미친 듯이 뛰었다. 붙잡히는 순간 죽게 될 것이 분명해서였다.

'왜! 어째서! 아니, 왜 하필 이쪽으로 온 거야!'

이번 작전에 동원된 인원만 500명이 훌쩍 넘었다. 그 말인즉 뿔뿔이 흩어진 인원이 500명이나 된다는 이야기였다. 반면에 곤륜파의 인원은 아무리 많아 봐야 스무 명 남짓이었고. 그런데 하필이면 자신 쪽으로 온 게 거한은 너무나 억울했다.

'다른 곳으로 가도 되잖아!'

확률적으로 재수 없게 걸렸다는 생각이 들자 거한이 얼굴을 잔뜩 찡그렸다. 하지만 그 표정에는 두려움이 짙게 서려 있었다.

여기서 이렇게 허무하게 죽고 싶은 생각은 정말 눈곱만큼도 없었다. 그저 복수다운 복수를 하고 세외에서 하던 일을 하며 호의호식하면서 사는 게 그의 계획이었다. 그런데 그 계획을 실행하기도 전에 시작부터 어그러졌다.

"동료를 배신하면서까지 도망쳤는데, 얼마 못 왔네?"

"히익!"

"애초에 내 손아귀에서 도망칠 수 있다고 생각한 건 아니지?"

"젠장!"

순식간에 추월해서 앞을 막은 청민의 모습에 거한이 품속에서 무언가를 꺼내 던졌다. 그러자 사방에서 검은 연기가 피어올랐다. 연막탄을 터뜨린 것이었다.

하지만 그럼에도 청민은 당황하지 않았다.

스르르륵.

대신 미끄러지듯이 움직였다.

연막탄이 시각과 후각을 차단할 수는 있어도 청각은 막지 못했다. 더구나 거한은 뚱뚱한 체격이었기에 더더욱 기척을 죽이는 게 불가능했다. 그렇다고 살수 훈련을 받은 것도 아니었고 말이다.

덥석!

"사, 살려주십시오! 다, 다시는……!"

이윽고 청민의 손이 거한의 뒷덜미를 잡았다.

그런데 하는 말이 하나같이 똑같았다. 다들 자기가 한 짓은 생각도 하지 않은 채 두꺼운 낯짝으로 목숨을 구걸했다. 화공으로 곤륜파의 사람들을 모조리 태워 죽이려고 했던 놈들이 말이다.

"아직은 안 죽여. 네놈들한테 물어볼 것들이 많으니까."

"그게…… 컥!"

순식간에 마혈을 점혈한 청민이 그대로 거한을 던져 버렸다. 어떻게 떨어지든 신경도 쓰지 않고 냅다 던졌던 것이다.

그러고는 다시 산적들을 찾아 몸을 날렸다.

"크아악!"

"사, 살려……!"

살기등등한 얼굴로 서진후가 검을 휘둘렀다. 그런데 그의 검격에서 태청검법 특유의 창대하고 웅혼한 기세는 찾아볼 수가 없었다. 오로지 지독한 살기만이 담겨 있었다.

"죽어라."

평소의 부드러운 모습은 어디로 사라졌는지 스산한 한기가 가득한 눈빛으로 서진후는 조금의 망설임도 없이 검을 휘둘렀다. 산적들이 보이는 족족 목을 베었던 것이다.

"제기랄!"

"흩어져!"

유구무언(有口無言)이라는 듯이 서진후는 입을 열지 않았다. 그저 무시무시한 살광을 내뿜으며 산적들을 도륙하기만 했다. 청민과 달리 그는 오직 살검만을 뿌렸던 것이다.

그 살벌한 모습에 산적들은 해쓱해진 얼굴로 뿔뿔이 흩어졌다.

"흥."

혼자뿐인 서진후이기에 흩어지면 살 가능성이 높다고 판단한 것이다.

그러나 그 모습에 서진후는 차가운 조소를 머금었다. 사방으로 흩어진다고 한들 조금 더 목숨을 연명하는 것에 불과했다.

파아아앗!

오늘 그는 그 누구도 살려 보낼 마음이 없었다. 감히 곤륜파를 향해 이를 드러낸 승냥이들을 그는 오늘 모조리 도륙할 생각이었다. 다시는 그 누구도 이딴 짓을 저지를 엄두도 내지 못하게 말이다.

"끄륵!"

"주, 죽어서 네놈을 반드시……!"

서진후는 한 명, 한 명 모두 다 쫓아가서 죽였다. 온갖 저주들과 욕설이 난무했지만 그는 눈 하나 깜빡이지 않았다. 이런 저주들 따위를 무서워했다면 애초에 살인을 하지도 않았을 터였다.

"흔적이 선명해지는군."

살귀처럼 도망치는 이들을 모조리 도륙한 서진후가 눈을 빛냈다. 이동할수록 산적들이 남긴 흔적들이 점점 더 선명해지고 있어서였다.

게다가 이번에는 인원도 제법 되었다. 많아야 다섯 명 정도였던 산적 놈들이 이번에는 스무 명 정도였던 것이다.

"절대 도망칠 수 없다."

서진후는 오늘 하루만큼은 살귀가 될 생각이었다. 그 정도로 그가 느낀 분노는 컸다. 자칫 잘못했으면 또다시 사문이 불탈 뻔했기에 그는 단 한 명도 살려둘 마음이 없었다. 불타 버린 사문을 보는 건 한 번이면 족했다.

"본 파를 노린 죄, 모조리 받아낼 것이다."

수십 명을 죽였음에도 조금도 가라앉지 않은 살광을 번뜩이며 서진후가 땅을 박찼다. 다시 추격을 시작한 것이다.

"이제 왔군."

"음?"

일 각 여 정도를 달리던 서진후가 얼굴 가득 의외라는 표정을 지었다. 지금껏 도망치기만 했던 산적들이 산 중턱의 공터에서 그를 기다리고 있어서였다. 그것도 두려운 기색 하나 없는 얼굴로 말이다.

"놀란 모양이야? 우리가 기다리고 있어서?"

"맞아. 꽁지 빠지게 도망치던 놈들이 갑자기 이러고 있으니까."

"마냥 도망치기에는 자존심이 상하더라고. 그것도 패선도 아닌 일개 장로한테."

"나 정도는 할 만하다고 여긴 건가?"

"맞아."

이번 작전의 총수를 맡은 남자가 씩 웃었다.

호법들이라면 뒤도 돌아보지 않고 도망쳤겠지만 다행히 그를 쫓아온 이는 서진후였다. 단 둘뿐인 장로 중에서도 무력이 떨어진다고 알려진.

그렇기에 남자는 도망치는 대신 싸우는 걸 선택했다. 혼자서는 힘들겠지만 부하들과 함께라면 해볼 만하다고 여긴 것이다.

스스슥.

그리고 인원은 스물한 명이 다가 아니었다. 숨어 있던 이들이 모습을 드러내자 공터가 일순 가득 찼다.

게다가 단순히 인원만 늘어난 게 아니었다.

꾸우욱!

넓게 포진한 산적들의 손에는 화살이 메겨진 활이 들려져 있었다. 그것도 하나같이 서진후를 겨냥한 상태로 말이다.

"확실히 준비는 많이 했군."

"이 정도면 곤륜파 장로 하나 정도는 죽일 수 있을 것 같은데 말이지."

"그럼 해봐. 입만 열지 말고. 시간이 흐를수록 불리한 쪽은 네놈들인데."

"쏘기 전에 제안을 하나 할까 해서. 순순히 붙잡힌다면 죽이진 않으마."

남자가 팔짱을 끼고서 짐짓 여유로운 척을 하며 말했다. 마치 서진후의 속을 다 들여다보고 있다는 듯이 말이다.

하지만 그건 남자가 바라는 착각에 불과했다.

"날 담보로 사용하고 싶은 모양이로군."

"당신만 한 인질이 어디 있겠어? 단 둘뿐인 패선이 사제이자 곤륜파의 장로인데. 더욱이 호법들과 장로들을 제외한 모두가 죽었을 텐데 패선이 얼마나 날뛰겠어?"

"알면서도 이 짓을 잘도 저질렀군."

"우리만 당할 수는 없잖아? 지렁이도 밟으면 꿈틀거린다는 걸 패선도 알아야지. 남의 눈에서 눈물 나게 하면 자기 눈에는 피눈물이 난다는 것도 깨달을 겸."

"바람이 참으로 거창하군."

서진후가 남자를 보며 비웃었다. 그야말로 가당치도 않은 헛소리를 지껄여서였다.

하지만 그런 서진후의 언행에도 남자는 여전히 자신만만한 표정을 지었다.

"당신도 당장 죽고 싶지는 않을 거 아냐? 그래도 목숨을 조금이라도 더 부지해야 하지 않겠어?"

"내 죽음은 내가 선택한다. 네놈들 따위가 아니라."

"쏴!"

남자가 다급하게 소리쳤다. 서진후가 움직이자 그 즉시 발사 명령을 내렸던 것이다.

쐐애애액!

이윽고 화살 수십 개가 허공을 꿰뚫었다. 거리가 가까웠기에 직사로 서진후에게 화살을 쐈던 것이다. 그런데 특이하게도 발사된 화살들은 주로 팔이나 다리 쪽을 향해 날아갔다. 인질로 잡겠다는 의지를 아직 버리지 않은 것이었다.

"흥!"

그 적나라한 의도에 서진후가 코웃음을 쳤다. 동시에 이들이 자신을 얼마나 만만하게 생각하고 있는지도 깨달았다. 만약 그를 고수라고 생각했다면 이따위 공격을 하지는 않았을 터였다.

우우우웅!

쏜살같이 쇄도하는 수십 발의 화살을 주시하며 서진후가 공력을 끌어 올렸다. 그러자 그를 중심으로 옅은 푸른빛이 떠올랐다. 바로 호신강기가 펼쳐진 것이다.

터터터텅!

이윽고 수십 개의 화살이 호신강기를 두드렸다. 하지만 안타깝게도 단 하나의 화살도 서진후의 호신강기를 뚫지 못했다.

"아, 아니!"

"별 볼 일 없는 놈이라며!"

"일류 정도라고 하지 않았어?"

호신강기로 너무나 쉽게 화살 세례를 막아내는 서진후의 모습에 산적들이 아연실색한 표정을 지었다. 대벽검도 아닌 서진후가 이 정도 실력자일 줄은 꿈에도 몰라서였다.

"고맙다. 이렇게 모여 있어줘서."

"끄아아악!"

산적들이 놀라거나 말거나 서진후는 검을 휘둘렀다. 애초의 계획대로 모조리 죽여 버렸던 것이다. 조금의 인정도 담겨 있지 않은 지독한 살검에 곳곳에서 피 분수가 솟구쳤다.

"주, 죽여!"

"이렇게 된 거 이판사판이다!"

"한 명뿐이야! 칼에 찔리면 뒈지는 건 똑같은 인간이라고!"

"으아아악!"

짙은 살기를 뿌리며 검을 휘두르는 서진후를 향해 산적들이 달려들었다. 이래도 죽고 저래도 죽는다면 그래도 실낱같은 희망에 목숨을 걸었다. 혹시라도 서진후에게 칼침을 넣을 수 있다면 살아남는 게 불가능하지만은 않을 것 같아서였다.

콰아아앙!

그런데 그때 그들의 실낱같은 희망을 산산이 박살 내는 폭발음이 들려왔다. 공터의 우측에서 무지막지한 검강이 솟구치며 산전들을 모조리 날려 버렸던 것이다.

"살기 좀 죽여라. 다 죽이면 안 돼."

"청민 사형."

"배후가 있을 수 있어. 화가 나는 건 이해하지만 이럴 때일수록 침착해야 해."

"아……."

살기로 가득했던 서진후의 눈빛이 평소대로 돌아왔다. 너무 흥분한 탓에 중요한 것을 놓치고 있었다는 걸 깨달아서였다.

"이런 니미럴!"

"일단 저놈부터."

대벽검이라 불리는 청민이 모습을 드러내자 우두머리격인 남자가 황급히 몸을 돌렸다. 부하들이 죽거나 말거나 자신의 몸부터 내뺐던 것이다.

그리고 그게 시작이었다. 모여 있던 산적들이 각자 제 살길을 찾아 사방팔방으로 도주했다.

"제가 잡아 오겠습니다."

"믿어도 되겠지?"

"물론입니다."

서진후가 두 눈을 빛냈다.

이윽고 두 사람의 신형이 숲속으로 사라졌다.

… 제7장 …

더 이상 혼자가 아니야

벽우진이 망연자실한 눈으로 서서히 가까워지는 곤륜산을 올려다봤다.

한겨울이라 푸름은 많이 사라졌지만 그럼에도 울창하고 광활한 수림을 가지고 있던 산이 바로 곤륜산이었다. 그런데 지금은 거의 반 가까이가 민둥산이 되어 있었다. 땅바닥에는 검은 재가 가득했고 말이다.

"아아!"

"어떻게 이런 일이……."

아이들 역시 충격을 받았는지 표정이 하나같이 나라라도 잃은 얼굴이었다. 특히 심소혜는 벌써부터 눈물을 글썽거렸다. 재만 남아 있는 부분을 보자 가축들이 어찌 되었을지 충분히 짐작할 수 있어서였다.

하지만 이내 심소혜는 입술을 깨물었다.

"아직 확실한 건 아니니까!"

"그래, 아직은 몰라. 직접 보기 전까지 섣불리 판단해서는 안 돼."

"그치?"

"그럼."

심소천이 막냇동생을 달랬다.

하지만 사실 그는 회의적이었다. 이만한 산불이 났는데 가축들이 멀쩡할 리가 없었다. 더더구나 곤륜파를 노리고서 지른 산불이라고 하지 않던가.

'약초밭도 날아갔겠지.'

갖은 정성으로 키웠던 약초밭 역시 전부 다 타버렸을 가능성이 높았다. 그렇기에 심소천은 미리 마음을 가다듬었다. 직접 봤을 때 충격을 덜 받기 위해서.

"일단 가자."

"예, 사부님."

반쯤 벌거숭이산이 되어버린 곤륜산의 모습에 벽우진이 딱딱하게 굳은 얼굴로 발걸음을 옮겼다.

그를 제외한 모두가 얼굴에 짙은 피로감이 맺혀 있었지만 어쩔 수 없었다. 우선은 사람들의 생사를 확인하는 게 먼저였다. 그것을 알기에 무리해서까지 달려온 것이었고.

저벅저벅.

하지만 걸어가는 내내 벽우진을 비롯해서 진구와 제자들의 마음은 무거웠다. 재만 남은 산길을 오르자, 하기 싫어도 자꾸만 불길한 상상을 하게 되어서였다.

게다가 길을 찾는 것도 쉽지 않았다. 방향은 알지만 모든 게 죄다 타버리니 헷갈렸던 것이다.

"제발, 제발!"

"모두 무사하실 거야. 걱정하지 마."

"불길한 생각은 하지 말자. 호법님들도 계시잖아. 큰일은 없을 거야."

아이들이 초조한 얼굴로 소곤거렸다. 주변을 계속 두리번거리면서 말이다.

그래서 아이들은 보지 못했다. 곤륜산에 오르면서 벽우진의 표정이 서서히 안정감을 되찾고 있음을 말이다.

"아!"

"장로님!"

"대호법님!"

헐레벌떡 달려가던 아이들의 얼굴이 밝아졌다. 주변은 잿더미가 가득했지만 산문은 그들이 떠나올 때와 마찬가지로 굳건히 자리를 지키고 있어서였다. 물론 곳곳에 그을음이 남아 있었지만 중요한 것은 멀쩡하다는 것이었다. 그리고 그 산문에 익숙한 얼굴들이 보였다.

"너희들도 고생했구나."

"무사하셔서 다행이에요!"

"흐윽!"

남자애들은 얼굴 가득 안도했다는 표정을 지었고 감수성이

풍부한 여자애들은 눈가를 적셨다. 멀쩡할 거라고, 건재할 거라고 생각하기는 했지만 그래도 한 가닥 불안감이 있었는데 그게 말끔히 사라지자 감정이 복받쳤던 것이다. 그리고 그런 여자아이들을 청민과 설백은 가만히 안아주었다.

"하, 할아버지!"

"허허허! 할애비 안 죽었다. 적어도 손주들 시집, 장가 갈 때까지는 절대 안 죽을 거니까 걱정 말거라."

오죽하면 서예지조차 울면서 서진후의 품에 안겼다. 그것도 닭똥 같은 눈물을 뚝뚝 흘리면서 말이다.

서진후는 그런 손녀의 등을 부드럽게 쓰다듬었다. 동시에 손녀의 온기를 다시 느낄 수 있게 되었음에 감사했다.

'진짜 죽을 뻔했으니까…….'

지옥의 초열지옥이라는 곳이 이렇지 않을까 싶지 않을 정도로 어마어마한 산불이 곤륜파를 덮쳤었다. 그조차도 보는 순간 압도되어 잠시 동안은 꼼짝도 하지 못할 정도로 말이다.

사실 그 산불을 처음으로 마주했을 때 서진후가 느낀 감정은 절망이었다. 살아남을 수 있을지, 빠져나갈 수 있을지 감이 잡히지 않았었다.

'청민 사형이 아니었다면…….'

겁에 질린 그와 달리 청민은 너무나 냉정하게 상황을 판단했다. 그리고 무엇을 결정해야 할지를 생각했다. 만약 그런 청민이 없었더라면 이렇게 모두가 무사히 살아남지는 못했을 터였다.

또한 벽우진의 선견지명이 없었어도 힘들었을 것이다.

"사형."

"고생했다. 진짜 고생했어."

"아닙니다. 미연에 알아내고 막아냈어야 했는데…… 그러지 못했습니다. 터는 지켜냈지만, 곤륜산은……."

제자들과 인사를 끝낸 청민이 얼굴 가득 죄송스러운 기색을 띠며 다가왔다. 그에게 맡기고 갔는데 사문을 제대로 지켜내지 못해 자책하는 것이었다.

하지만 벽우진은 웃으며 청민의 어깨에 손을 올렸다.

"나무는 다시 심으면 된다. 하지만 사람은 아니지. 오히려 난 네가 대견스럽다. 사람도 지키고 본 파의 터도 지켜냈으니까."

"벌써 다 아시는 겁니까?"

"말했지 않느냐. 내가 곤륜산이고, 곤륜산이 나라고."

"허허허."

평소에는 허세로 가득한 말이라고 생각했는데 지금은 이상하게도 듬직하게 다가왔다. 또한 이게 농담이 아니라는 것도 깨달았다. 지금 벽우진은 마치 사망자가 없다는 듯이 행동하고 있었다.

"부상 정도는?"

"탈진 정도입니다. 몸살을 앓은 이들이 있기는 한데 지금은 다들 괜찮습니다."

"애들이 놀랐겠어. 어린 애들인데……."

벽우진의 두 눈에 은은한 노기가 서렸다. 아이들이 무사한 것을 확인하자 이제는 분노가 활화산처럼 폭발하기 시작했던 것이다.

"비 호법님 덕분에 지금은 평소와 같이 지내고 있습니다. 다만 수련보다는 곤륜산을 청소하는 데 대부분의 시간을 할애하고 있습니다."

"최대한 서두르는 게 좋지. 그래야 다시 나무를 심을 수 있으니."

타다 만 나무들은 물론이고 숯처럼 바짝 타버린 거목들을 바라보며 벽우진이 입맛을 다셨다. 다시 예전의 푸르른 모습으로 돌아가려면 얼마의 시간이 흘러야 할지 감이 잡히질 않았다.

"천년마교가 쳐들어왔을 때도 이 정도는 아니었는데 말이죠."

"일단 들어가자. 아이들부터 확인하게. 주변도 둘러보고."

"제가 모시겠습니다. 따로 보고드릴 것도 있고요."

"좋아."

벽우진은 감격의 해후를 나누고 있는 제자들을 어르고 달래며 산문 안으로 들어갔다. 그러자 곳곳에서 재를 덕지덕지 붙이고서 일을 하고 있는 속가제자들을 볼 수 있었다.

큰일을 겪었음에도 의외로 밝은 모습들에 벽우진은 내심 안도하면서도 마주치는 속가제자들의 손을 일일이 붙잡아주었다.

"자, 장문인!"

"고생했다. 참으로 잘 버텨주었어."

"아, 아닙니다!"

한 명 한 명의 손을 잡으며 다독여 주는 벽우진의 모습에 속가제자들이 어쩔 줄을 몰라 했다. 잿더미로 변한 주변을 치우고 정리하느라 더러워진 그들의 손을 벽우진이 너무나 스스럼없이 맞잡아서였다.

"그리고 정말 고맙다. 곤륜파를 지켜줘서."

"아니에요. 당연히 저희가 해야 할 일인데요!"

"저희도 곤륜파의 제자인 걸요!"

"고맙다."

언제 지쳤냐는 듯이 우렁차게 대답하는 아이들의 모습에 벽우진이 감격한 표정을 지었다. 마냥 지켜주고 돌봐주어야 하는 아이들이라고 생각했는데, 그게 아니었다. 비록 나이는 어릴지언정, 입문한 지는 얼마 안 되었지만 그럼에도 이 아이들 역시 곤륜의 제자들이었다.

그렇기에 벽우진은 다시 한번 다짐했다. 다시는 이런 일이 벌어지지 않도록 만들겠다고 말이다.

"가시죠."

마주치는 아이들마다 손을 붙잡고서 똑같은 말을 반복하는 벽우진을 이끌고서 청민이 걸음을 옮겼다. 그에게 보여줄 것이 있어서였다.

"역시나 다 타버렸구나."

"그간의 노력이 허사가 되어버렸습니다."

"흠."

청민이 가장 먼저 데리고 간 곳은 바로 약초밭이었다. 곤륜파의 새로운 특산품이 되어줄 거라 기대했던 품목이었지만 지금은 모조리 재로 화해 있었다. 건물은 지켜냈지만 끝내 약초밭만큼은 화마에 내어주었던 것이다.

"가축들도 다 죽었습니다. 일단은 모두 매장한 상태고요."

"소혜가 슬퍼하겠어. 갖은 정성으로 키웠었는데……."

"저도 그게 가장 걱정이 됩니다. 누구보다 먼저 목장을 살피던 게 소혜니까요."

약초밭에 이어 목장 역시 모조리 재가 되었다는 말에 벽우진이 씁쓸한 표정을 지었다.

하지만 그러한 기색은 이내 사라졌다. 사람이 남아 있으면 다시 시작할 수 있었다. 그러나 사람이 없다면, 특히 청민이 이번 일로 죽었다면 곤륜파의 재건은 못 해도 30년은 늦춰질 터였다.

"그만한 산불이 났는데 약초밭과 목장이 멀쩡하길 바란다면 욕심이지. 안타깝기는 해도 어쩔 수 없어. 만약 내가 선택할 수 있다면 나는 사람이 첫 번째, 그다음 건물을 택할 거야."

"저도 그랬습니다. 전각들은 다시 지으면 되지만 사람은 그렇지 않으니까요. 그런데 사형의 선견지명 덕분에 둘 다 지킬 수 있었습니다."

"동굴?"

"예, 필교가 아니었다면 아마 큰 피해가 났을 겁니다. 살아남은 제자들도 얼마 없었을 거고요. 저도 그때 당시에는 정신이 없어 공사 중인 동굴을 생각하지 못했습니다."

"어때? 낭비가 아니지?"

벽우진이 씩 웃었다.

청민의 반대에도 불구하고 벽우진이 밀어붙인 게 바로 그것이었다. 지금 당장도 중요하지만 그 못지않게 미래도 중요하다고 생각해서였다. 그리고 그 결정이 모두를 구해낼 수 있었다.

"예, 진짜 동굴이 아니었으면 피해가 엄청났을 겁니다."

"거 봐. 쓸데없는 짓 아니라니까."

"다만 알게 된 이들이 많아졌지만요."

"괜찮아. 아직 공사가 다 끝난 게 아니니까. 그리고 알려진 게 아쉽기는 하지만 어차피 언젠가는 알려질 일이었어. 그러니까 너무 신경 쓰지 마. 속가제자들을 구한 걸로 생각하면 싼 값이니까."

"그렇죠."

청민이 순순히 고개를 끄덕였다.

속가제자들과 배율석, 사천당가의 기술자들을 모두 지켜낸 것만으로도 동혈은 제 몫을 다했다. 만약 그 동혈이 제대로 준비되지 않았다면, 식량과 지하수가 없었다면 청민은 무리한 선택을 강요당할 수밖에 없었다.

"불을 지른 놈들은? 설마 놓친 건 아니지?"

"어찌 놓치겠습니까, 그놈들을. 저뿐만 아니라 호법들께서도 두 눈에 불을 켜고 찾아다녔습니다."

"하긴. 제자들이 죽을지도 모르는 상황인데 눈이 벌게질 수밖에 없으셨겠지. 잡아놓은 놈들은 어디 있어?"

"꽤 많이 죽기는 했지만, 그래도 제법 많이 생포해 두었습니다. 그리고 심문은 하오문에서 했습니다."

"하오문? 설아린?"

벽우진이 의아한 표정을 지었다. 자신이 사천성으로 출발하면서 설아린과 무룡대주, 부대주 역시 하산한 것으로 알고 있는데 어느새 올라와 있는 것 같아서였다.

"소문주 일행과 고문 기술자 한 명이 와 있는 상태입니다."

"고문 기술자라……."

"이번 일로 자존심이 많이 상한 것 같습니다."

"비밀리에 도모하려고 했는데 그걸 알아내는 게 더 신기하지. 더구나 마음먹고 저지른 일인데."

벽우진이 고개를 저었다. 제아무리 하오문이라도 이번 일은 어쩔 수가 없다는 것을 잘 알고 있어서였다.

"가보시겠습니까?"

"말은 할 수 있어? 이빨 죄다 뽑은 거 아냐?"

"멀쩡한 놈은 하나도 없지만 그렇다고 죽은 놈도 없습니다. 확실히 전문가는 다르더라고요."

"가보자. 곤륜산에 불 지른 놈들 얼굴 좀 보자."

"예."

벽우진이 싸늘한 얼굴로 뒷짐을 지었다. 그 모습에 청민이 앞장서서 걸어갔다.

곤륜파에는 감옥이라고 할 만한 곳이 없기에 현재 사용하지 않는 동굴에 죄다 하옥시킨 상태였다. 청민은 그리로 벽우진을 이끌었다.

값비싼 야명주가 빛을 발하는 동혈 안에는 사지가 결박되어 있는 산적들이 벽에 세워져 있었다. 서로를 마주볼 수 있도록 동혈 내부에 나란히 매달아 두었던 것이다.

거기다 두 다리에는 족쇄가 채워져 있었다. 제대로 걷기 힘들 정도의 간격으로 조여져 있는 족쇄가 말이다.

"족쇄에 철구(鐵球)까지 달아놨네? 저렇게 할 필요까지 있어? 철이 아까울 것 같은데."

"점혈해 놓은 상태이지만, 그래도 혹시 몰라서요. 저절로 해혈이 되는 특이 체질도 있다고 비 호법님께 들었습니다."

"부럽다. 나도 그런 체질이었으면 좋겠다."

"……이미 충분히 많은 걸 가지시지 않았습니까."

쓸데없는 것에 욕심을 내는 벽우진의 모습에 청민이 헛웃음을 흘렸다. 하지만 벽우진은 진심이었다.

"히, 히에엑!"

"패, 패선이다!"

"헙!"

두 사람의 대화에 삶을 포기한 듯 늘어져 있던 산적들이 하나둘 정신을 차렸다. 아니, 정확하게는 벽우진을 알아본 산적이 내지른 비명에 다들 화들짝 놀랐다. 올 것이라고는 예상하고 있었지만 이렇게 빨리 올 줄은 몰라서였다.

"오랜만에 인사 올립니다, 장문인."

"돌아왔다는 말은 들었어. 뒤쪽에 있는 아이가 고문 기술자야?"

"처음 뵙겠습니다, 장문인."

중년이 한참 전에 지났음에도 아이라고 말하는 벽우진의 모습에 고문 기술자가 쓴웃음을 지었다. 약관으로 보이는 벽우진이 그리 말하니 더욱더 기분이 묘했던 것이다. 하지만 벽우진의 실제 나이를 알기에 고문 기술자는 공손히 고개를 숙였다.

"평범하게 생겼네."

"고문 기술자라고 해서 인상이 다 흉신악살인 것은 아닙니다."

"맞아. 나만 하더라도 경장이나 무복을 입으면 절대 도사로 안 볼걸."

"하하하."

고문 기술자가 어색하게 웃었다. 긍정을 하기에도 그렇다고 또 부정을 하기에도 애매해서였다. 그래서 그는 멋쩍게 웃을 수밖에 없었다.

"알아낸 거는 좀 있어?"

"대부분이 청해성에서 산적질을 하던 놈들입니다. 정확하게는 호법님들에게 당한 산채의 잔당입니다."

"복수라 이건가? 그 정도로 결속력과 동료애가 깊다고는 생각되지 않는데."

“저희 역시 그렇게 생각했기에 그 부분을 중점적으로 알아봤는데, 목적은 복수가 맞습니다. 다만 미심쩍은 점이 있습니다.”

담담히 말을 이었던 설아린이 한 호흡을 쉬었다. 그러고는 의미심장한 눈빛으로 귀를 기울이고 있는 산적들을 둘러봤다.

흠칫!

설아린과 시선이 마주친 이가 황급히 고개를 숙였다. 그간의 경험으로 설아린이 예쁘장한 미모와는 다르게 악독한 성미가 있다는 것을 잘 알고 있어서였다. 오늘까지 그녀의 손에 절명한 이가 열이 훌쩍 넘었다.

“미심쩍은 점?”

“무려 오백 명이 넘는 인원이 이번 작전에 참여했습니다. 그것도 기름 항아리를 하나씩 들고서요. 빈털터리나 다름없는 이들이 말이지요. 물론 아무리 돈이 없어도 기름을 살 수는 있을 것입니다. 하지만 어떻게 오백 명이 넘는 인원을 한 번에 모을 수 있었을까요?”

“배후가 있다?”

“처음에는 의심이었지만 지금은 칠 할 정도 확신합니다.”

벽우진이 턱을 쓰다듬었다.

확실히 한두 명도 아니고 백 명 이상이 모여서 도모한 일이었다. 더구나 금전적인 부분도 의심스러웠다. 같은 소속도 아니고 각기 다른 산채의 잔당들이 갹출을 해서 복수를 한다? 물론 불가능한 건 아니었지만 객관적으로 가능성은 희박했다.

“확실히 수상하긴 하군.”

"며칠의 시간을 더 주시면 확실하게 알아내겠습니다."

"근데 하오문이 이렇게까지 나설 필요가 있나?"

"……사실 장문인께 드릴 말씀이 하나 더 있습니다."

의문이 짙게 서린 벽우진의 눈빛에 설아린이 마른침을 삼키며 조심스럽게 운을 뗐다. 누가 봐도 그녀는 벽우진의 눈치를 살폈던 것이다.

"왜? 우리 정보라도 팔았어?"

"……어떻게 아셨어요?"

설아린의 동공이 확대되었다. 설마하니 벽우진이 이 사실을 알고 있을 줄은 정말 꿈에도 예상하지 못해서였다.

"못 팔 이유가 없잖아? 우리 관계가 사천당가처럼 혈맹인 것도 아니고. 서로 상부상조하는 관계인데. 더구나 하오문은 정보를 파는 게 주업인데 의리를 생각해서 우리 정보를 팔지 말라고 하는 게 더 이상하지 않나?"

"그렇긴 합니다만."

"미안해할 것 없어. 정당한 대가를 치르고 사 간 정보이니까. 다만 형평성은 맞춰주었으면 해. 우리도 값을 치를 테니 원하는 정보를 알려주는 식으로."

"안 그래도 역추적 중입니다. 다방면으로요."

설아린이 내심 안도의 한숨을 쉬었다. 안 그래도 어떻게 설명해야 할지 막막했었는데 다행스럽게도 쉽게 풀리는 것 같아서였다.

하지만 아직 벽우진의 말은 끝나지 않았다.

"부디 그 정보가 우리에게 도움이 되었으면 좋겠군. 돈이 아깝지 않게 말이야."

"저희들의 실수이니만큼 무상으로……."

"아니, 그럴 필요까지는 없어. 본 파와 하오문의 관계는 이 정도가 딱 좋아."

"으음!"

명확하게 선을 긋는 벽우진의 모습에 설아린은 묘한 위화감이 들었다. 왠지 모르게 하오문을 밀어내려는 듯한 느낌이 들었던 것이다.

'더 이상은 신뢰하기 힘들다는 건가. 칫!'

설아린이 남몰래 입술을 깨물었다. 그녀나 설향이 생각하기에 아직은 멀어질 때가 아니었다. 오히려 좀 더 친해져야 하는 상황이었지. 그런데 벽우진이 거리를 두려는 듯하자 설아린은 다급해졌다.

'어떻게 해야 하지? 일단 사부님께 서신을 보내야 하나?'

설아린이 어두운 동굴 속에서 복잡한 표정을 지었다.

그러나 벽우진은 그녀가 고민을 하거나 말거나 동굴 안을 찬찬히 둘러봤다. 혈흔만 있고 주인이 없는 족쇄들을 지그시 살펴봤던 것이다.

"이렇게 보니 진짜 고문실 같네."

"모두 다 알아내면 깔끔하게 정리할 겁니다."

"그게 좋겠어. 굳이 본 파에 뇌옥이 있을 필요는 없으니까."

"아직 치를 죗값도 남아 있고요."

벽우진이 몸을 돌렸다. 원하는 것을 다 들었으니 더 이상은 신경 쓰지 않겠다는 뜻이었다.

"나가자."

"예, 사형."

벽우진이 청민을 이끌고서 휘적휘적 걸어갔다. 아직 둘러볼 곳들이 많았다.

제법 오랜 시간을 떠나 있었지만 옥청궁의 모습은 똑같았다. 산불이라는 큰 위기를 겪었음에도 자그마한 그을림 하나 없었다. 아무래도 가장 깊숙한 곳에 자리 잡고 있다 보니 아예 피해를 입지 않은 것이었다.

"그래도 냄새는 남아 있군."

겉은 멀쩡했지만 전각 곳곳에는 산불로 인한 탄내가 짙게 서려 있었다. 그 점이 벽우진은 씁쓸했다. 어째 자신의 대에서 유독 안 좋은 일이 벌어지는 것 같아서였다.

"이 모든 걸 내다보셨다면 좀 더 나은 방법을 준비하시지 그러셨습니까. 아니면 이게 최선이었던 겁니까?"

벽우진이 집무실 안에 마련된 창문을 활짝 열어 환기를 시키며 중얼거렸다. 그런 벽우진의 시선은 구름 한 점 없는 한겨울의 하늘로 향했다.

묘하게 차갑게 느껴지는 푸른 하늘을 올려다보며 벽우진이 알 수 없는 표정을 지었다.

“사람이 하는 일이니만큼 완벽하게 대비할 수는 없겠지만, 그래도 너무 다사다난한 거 아닙니까.”

시조가 아무리 완벽한 계획을 세워도 결국 그 계획대로 움직이는 건 다른 사람일 수밖에 없었다. 인형이 아닌 이상, 더구나 오랜 세월이 흘렀기에 시조의 뜻이 완벽히 전해지는 건 불가능했다. 천기누설이라는 말이 괜히 있는 게 아니었고.

하지만 그런 이유들을 생각하더라도 벽우진은 조금 너무하다는 생각이 들었다.

“멸문지화에 산불에. 이상하게 불이랑 연관이 깊네. 혹시 내 성격 때문인가?”

벽우진이 웬일로 자아 성찰의 시간을 가졌다. 어쩌면 이 모든 게 자신 때문일지도 모른다는 생각이 들어서였다. 팔자가 사나운 자신이 장문인이 되어서 덩달아 곤륜파의 팔자 역시 사나워진 건 아닐까 싶었던 것이다.

털썩!

잠시 환기를 시키며 바깥공기를 쐬던 벽우진이 자신의 지정석에 널브러졌다. 거의 눕듯이 의자와 자신의 몸을 일체화시켰던 것이다.

“오늘도 확인해야 할 보고서들이 산처럼 쌓여 있구나.”

사천성에 가 있는 동안 차곡차곡 쌓인 게 분명한 종이의 산을 보며 벽우진이 씁쓸히 중얼거렸다.

아무리 그가 피로를 덜 느끼고 잠도 하루에 반시진 정도만

자면 충분하다고 하지만 그래도 이건 아니었다. 하루 종일 일만 해서는 정신 건강에 좋지 않았다.

"업무 분담을 했는데도 이 정도라니. 이게 다 그놈들 때문이야."

벽우진은 오늘도 아침부터 고문 기술자들과 심층 면담을 하고 있을 산적 놈들을 떠올리며 이를 갈았다. 정신 나간 그놈들 때문에 해야 할 일이 더 많아진 건 분명해서였다.

하지만 반대로 현재 곤륜파의 달라진 처지에 대해서도 확실하게 알 수 있었다.

"어디 보자."

일하기 싫은 티를 대놓고 드러냈지만 그래도 할 일은 했다. 하지 않으면 계속해서 쌓일 뿐이라는 걸 알고 있어서였다. 또한 이런 업무조차 장문인이 해야 할 일 중 하나이기도 했고. 장문인은 무공만 강하다고 해서 앉을 수 있는 자리가 아니었다.

"그래도 적응의 동물이라는 말처럼 하다 보니 늘기는 하네. 기분 좋은 소식도 있고."

벽우진의 입가에 옅은 미소가 맺혔다.

예전이었다면 청민이나 서진후 단 셋이서 이리 뛰고 저리 뛰어야 했는데 이제는 달랐다.

속가제자가 된 가문에서, 가족들이 산적들에게 공격을 받았다는 소식을 듣기 무섭게 사방에 사람을 풀었다. 도대체 어떻게 된 일인지, 누가 배후에 있는지 알아내기 위해 두 눈에 불을 켜고 돌아다녔던 것이다. 더불어 후원금이라는 이름하에 생각지도 못한 거금을 보내기도 했다.

물론 그 정도의 재력이 되는 이는 몇 없기는 했지만 적은 금액이라도 도와주려 한다는 게 벽우진의 심금을 울렸다.

"더 이상은 혼자가 아니라는 건가."

그동안 모아놓은 금액이 적지 않았기에, 따로 투자해 놓은 것도 있기에 재정적으로 어려운 것은 없었다. 다만 애써 준비했던 게 다 불타 버렸기에 아까울 뿐이었지.

특히 목장에 큰 정성을 들이던 심소혜가 떠올라 더욱 씁쓸했다. 울먹거리던 제자의 모습이 떠오르자 가슴이 무거워졌던 것이다.

"최대한 빨리 다시 만들어봐야지. 짐승들과 먹을 거야 구해 오면 될 일이니."

화마가 휩쓸고 간 자리에는 새카만 재밖에 남은 게 없었다. 심지어 땅조차 다 타버렸기에 개간 작업이 필요했다.

속가제자들을 받아들였다고는 하지만 불타 버린 영역이 워낙에 넓기에 벽우진은 사실 엄두가 나지 않았다. 가뜩이나 다른 문파에 비해 인력이 부족한 게 곤륜파 아니던가.

"그래도 해야지. 봄이 오기 전에."

할 일이 많았기에 우선순위를 머릿속으로 정하며 벽우진이 책상 위를 뒤적거렸다.

그러다가 각 문파에서 보내온 서신들을 발견했다. 하나같이 심심한 위로가 담겨 있는 서신들이었다. 그것들을 보며 벽우진은 확실히 예전과는 다르다는 것을 느낄 수 있었다.

"으음."

구파일방을 위시로 오대세가와 나름 군소방파라 할 수 있는 이들의 서찰들을 일일이 확인하며 벽우진은 간략하게나마 답장을 써주었다. 이렇게 서신까지 보내왔는데 답장을 보내주지 않는 건 또 예의가 아니었기 때문이다.

하지만 쓰면서 벽우진은 도장처럼 찍어내고 싶다는 생각이 들었다. 붓으로 쓰면 되는 일이고, 실제로 오래 걸리는 작업도 아닌데 이상하게 귀찮다는 생각이 들어서였다.

"어차피 내가 쓴 서신을 모여서 일일이 확인하지도 않을 텐데 말이지."

똑똑똑.

벽우진이 조금씩 다르게 쓰던 서신을 아예 똑같이 쓸까 고민하고 있을 때 문을 두드리는 소리가 들려왔다.

"사형, 저 청민입니다."

"알아. 들어와."

드르륵.

문이 열리며 말끔한 모습의 청민이 안으로 들어왔다. 늘 입던 낡은 도복 차림으로 말이다.

"서신을 쓰고 계셨군요."

"답장은 써줘야지. 그래도 눈곱만큼은 본 파를 생각해서 연락했을 텐데."

"그런 걸 보면 참 많이 달라진 것 같습니다."

"한편으로는 지극히 세속적이라는 뜻이기도 하지. 우리가 힘이 없어서 빌빌거렸어 봐. 이렇게 연락을 하겠어? 사천당가 역시 도움은 줬겠지만 지금처럼 지극정성까지는 아니었겠지."

"맞습니다."

청민이 무겁게 고개를 끄덕였다. 이 모든 게 냉정하게 말해서 벽우진이라는 천하고수가 있는 덕분이었다. 만약 벽우진이 패선이라 불릴 정도로 강하지 않았다면 무시 혹은 냉대만 받았을 터였다.

"근데 그게 강호이고 무림이야. 괜히 적자생존이라는 말이 있는 게 아니지."

"안 그래도 요즘 새삼 느끼고 있습니다. 만약 호법님들이 안 계셨다면, 저랑 청범만 있었다면……."

"큰일이 났겠지."

상상만 해도 끔찍하다는 듯이 벽우진이 고개를 저었다. 하지만 중요한 것은 그런 일은 벌어지지 않았다는 점이었다.

"역시 세상에는 미친놈들이 많은 것 같습니다."

"원한이라는 게 이렇게나 무서운 것이기도 하고. 아무리 돌고 도는 게 원한이라지만."

"끝이 없는 게 원한이라고 하지 않습니까. 은혜는 잊어도 원한은 잊지 못하는 게 사람의 본능이기도 하고요."

"좀 알아낸 것은 있고?"

손으로는 여전히 붓을 움직이면서 벽우진이 물었다. 적정선에서 끊을 수 없다면 아예 뿌리를 뽑아야 했다. 다시는 이런 일이 벌어지지 않도록.

"주도자가 뭔가 알고 있는 것 같기는 한데, 자세히는 모르는 모양입니다."

"배후가 있는 건 확실하고?"

"인원도 인원이지만 그 많은 기름을 사는 데 사비를 쓸 놈들이 아니지 않습니까."

"그렇지."

정상적으로 일을 해서 돈을 벌지 않고 약탈이나 일삼던 이들이 산적들이었다. 또한 돈을 모으는 것보다는 쓰는 걸 잘하는 이들이 산적이었고. 그런 만큼 500여 명을 운용할 만큼의 거금을 손에 쥐고 있는 이는 드물 터였다. 만약 있다고 하더라도 선뜻 그만한 돈을 쓰는 이는 없을 게 분명했다.

"그래서 고문 기술자가 노력은 하고 있는데 아직 성과는 없는 것 같습니다. 대신 소문주가 다른 방향으로 조사 중이라고 들었습니다."

"다른 방향?"

"돈이 움직이는 흐름을 확인하겠다고 합니다. 출처를 알아보겠다고요."

"쉽지 않을 것 같은데. 전표라면 모를까 은자를 사용하면 추적은 힘들지."

벽우진이 고개를 저었다. 산적들을 이용할 정도로 주도면밀한 자가 그렇게 쉽게 흔적을 노출했을 거라는 생각이 들지 않아서였다.

그러면서 벽우진은 다시 한번 곰곰이 생각했다. 산적들 말고 곤륜파와 적대 관계인 곳들을 말이다.

'가깝게는 북해빙궁도 있고, 오독문 역시 잠재적인 적대문파지. 아니면 녹림의 총표파자가 나섰을 수도 있고.'

청해성에서 활동하는 산적들 중에 녹림십팔채에 속해 있는 곳은 없었다. 하지만 소속이 아니라고 해서 연이 안 닿아 있는 건 또 아니었기에 벽우진은 녹림십팔채도 염두에 두었다.

'황하수로채도 있군.'

산적에 대해서 생각하자 자연스레 수적들에 대해서도 떠올랐다. 도룡채와 흑구채를 찾는다고 황하를 이 잡듯이 뒤지며 다른 수적들을 공격했으니 그들 역시 가능성이 있었다. 산적이나 수적이나 활동하는 지역만 다를 뿐 거기서 거기인 놈들이었으니까.

"저도 같은 생각이기는 한데 그래도 혹시 모르니 조사해 보겠다고 합니다."

"명성도 높아졌지만 적도 많아졌어."

"어쩔 수 없는 부분입니다. 살면서 원하는 것만 선택해서 얻을 수는 없으니까요."

"오. 현기 어린 대답. 조금은 도사 같은데?"

"허허허."

언제 근엄했냐는 듯이 다시 장난기 가득한 모습으로 돌아온 벽우진의 모습에 청민이 피식 웃었다. 하지만 이게 그의 사형이었다. 또한 평소에는 한없이 늘어져 있어도 무언가를 할 때는 확실하게 했다.

"나무를 구입하는 건 어떻게 되어가고 있어?"

"청하상단을 통해서 구하고 있습니다. 묘목들이라 하나하나의 가격은 그리 비싸지 않은 편인데 이게 숫자가 상당하니까 금액이 꽤 됩니다."

"그래도 돈 아끼지 말고 사. 후대에게 푸르른 곤륜산을 돌려주어야지."

"안 그래도 최대한 구하고 있는 중입니다. 우선 치우고 정리하는 게 먼저지만요."

워낙에 불에 탄 지역이 넓었기에 벌써 며칠째 속가제자들은 기초 수련만 하고서 숲을 치우는 데 동원되고 있었다. 심지어 사천당가의 기술자들마저 손을 보태는 중이었다. 한 손이 아쉬운 형편이다 보니 당필교를 위시로 기술자들도 나선 것이었다. 일의 경중을 생각하면 곤륜산을 회복시키는 게 무엇보다 먼저였다.

"오늘부터는 나도 거드마."

"괜찮습니다. 사형께서는 할 일도 많으신데요."

청민의 시선이 책상 위로 향했다. 정확하게는 산처럼 쌓여 있는 서류 더미들로.

"해 지고 하면 돼. 한 손이 아쉬운 상황이잖아. 더구나 호법님들도 거들고 계신데."

"안 도와주셔도 다 이해하십니다. 그리고 오늘 오후부터는 비호표국에서 사람이 오기로 했습니다."

"그래?"

"예, 표국주가 직접 인원들을 데리고 온답니다."

굳이 벽우진까지 나설 필요 없다는 듯이 청민이 말했다. 다른 이도 아니고 벽우진이 나선다면 큰 도움이 되는 건 사실이겠지만 그래도 장문인으로서 해야 하는 업무가 있었다. 그걸 늦지 않게 하는 것도 반드시 해야 하는 일이었다.

"근데 장문인이 솔선수범하는 모습을 보여주는 것도 필요하다고 생각하는데."

"확실히 그것도 좀 필요하기는 하죠."

"너무 집무실에 있어서 답답하기도 하고. 일단 급한 볼일은 다 봤으니까."

벽우진이 기지개를 켰다.

오직 그만이 할 수 있는 일이라는 게 있지만 곤륜산의 정기를 되살리는 것 역시 무엇보다 중요했다. 물론 크게 피해가 간 것은 아니지만 그래도 훼손된 것은 분명하기에 요즘 벽우진의 마음은 심란했다.

"알겠습니다. 아이들에게 말해놓겠습니다."

"구역을 나누어서 하고 있는 중이지?"

"예, 일단 산문으로 오는 길목부터 치우는 중입니다. 아무래도 사람들이 가장 많이 오고 가는 길이니까요. 지금은 길인지도 구분이 잘 안 가고 있는 상황이고."

"그럼 나는 그 주변부터 천천히 정리하마. 아, 그리고 너에게 말해줄 것이 있다. 정확하게는 제갈세가주가 제안한 건데."

벽우진은 뒤늦게 제갈현이 제안한 내용들을 간략하게 청민에게 설명해 주었다. 한동안 정신이 없었기에 이제야 겨우 떠올린 것이다.

"비무 대회요?"

"응."

"확실히 시선을 끌어모으기는 하겠네요."

"문제는 숨어 있는 고수들과 인재들을 어떻게 유혹하느냐는 거지. 그들이 드러나지 않으면 의미가 없어."

"하긴. 명성만으로는 좀 약하죠."

청민이 고개를 주억거렸다. 명예를 중요시하는 게 무인이었지만 그래도 다다익선이라고 챙길 수 있는 게 많으면 많을수록 더 많은 이들이 혹할 터였다.

"그 부분은 제갈세가주가 더 고민해 보기로 했으니까."

"일단 비무 대회 장소가 곤륜산일 가능성은 아예 없으니 저희는 산적들을 움직인 배후부터 찾아야겠네요."

"우리에게는 그게 가장 중요하지. 용서할 수 없다면 확실하게 뿌리 뽑는 게 최선이니까."

"또 보고할 게 있으면 찾아뵙겠습니다."

"그래."

할 말을 마친 청민이 자리에서 일어났다. 그러고는 공손히 인사한 후 집무실을 나갔다. 벽우진이 업무에 집중할 수 있게 딱 볼일만 보고 퇴실한 것이다.

스슥. 슥.

그런데 놀랍게도 벽우진은 곧바로 업무에 돌입했다. 평소라면 농땡이를 피울 법도 한데 쉬지 않고 서류들을 확인했던 것이다.

○

곤륜산이 아침부터 부산스러웠다.

유한열이 비호표국의 삼급표사들과 쟁자수들을 대거 이끌고 올라왔고, 청하상단에서도 50여 명이나 되는 인력을 보내왔다. 소단주이자 서예지의 오빠인 서현기를 필두로 제법 많은 인원을 보내왔던 것이다. 거기다 하오문의 잡부들 역시 손을 보태러 곤륜파를 찾았기에 정리 작업은 빠르게 진행되었다.

"확실히 인원이 많으니까 속도가 붙네."

"그러니까요. 대신에 식당에서 일하는 분들은 힘드시겠지만요."

"그건 어쩔 수 없지. 그래도 빨리 마무리 짓는 게 나아. 봄이 오기 전에."

"나무들이 잘 자랄까요?"

청하상단에서 가지고 온 묘목들을 바라보며 심소혜가 눈을 빛냈다. 아무래도 겨울인 만큼 잘 자랄 수 있을지 걱정이 되었던 것이다.

"어떻게 보면 지력을 충분히 올려놓은 상태라 물만 제때 챙겨주면 잘 자랄 거다. 예전처럼 울창한 수림이 되기까지 시간은 꽤 필요하겠지만."

"한동안은 저희들이랑 속가제자들이 챙기기로 했어요. 아무래도 어린 나무들이기도 하고 뿌리도 깊지 못할 테니까요."

"잘 생각했다."

당필교가 말뚝을 박으며 고개를 끄덕였다.

확실히 한동안은 물을 따로 챙겨주는 게 좋았다. 제때 비가 와준다면 더할 나위 없이 좋겠지만 그럴 가능성은 희박했다. 비가 내리고 말고는 하늘의 뜻이었으니까.

"헤헤! 당연히 해야 하는 일인 걸요. 본산제자이니만큼 모범을 보여야지요."

"그러기에는 여전히 아기 같지만 말이다."

"아기 아니에요!"

심소혜가 크게 외쳤다. 절대 아기가 아니라는 듯이, 자신도 이제는 소녀라는 듯이 공터가 떠나가라 소리쳤던 것이다.

그러자 주변에 있던 심소천과 배혁문이 화들짝 놀랐다.

"내가 보기에 그렇다는 말이지. 근데 목장을 이렇게 크게 만들어도 관리할 수 있겠어?"

"조금씩 채워 나가면 되요. 예전처럼요."

"하긴. 한 번 해봤으니 잘하겠구나."

"혁문이도 함께할 거니까요."

"나도 도울 건데?"

심소천이 웃으며 다가왔다. 그런 그의 손에는 못과 망치가 들려 있었다. 당필교를 도와 닭장을 만들기 위해서였다.

"계란 가지러 올 때만 오면서."

"그때는 작았잖아. 그리고 소똥을 가장 많이 치운 게 바로 나라는 사실을 잊으면 곤란해."

"흐응."

심소혜가 여전히 마뜩잖은 표정으로 오라비를 쳐다봤다. 하지만 그 눈빛에도 심소천은 여유로웠다.

"이번에는 말도 구입하신다고 하더라. 야생마도 몇 마리 잡을 계획이라고."

"말이요?"

심소천이 두 눈을 반짝거렸다. 소는 가끔 몰아보기도 하고 타보기도 했지만 아직 말은 타본 적이 없었다. 기껏해야 마차를 타본 게 전부였기에 심소천이 침을 꿀꺽 삼켰다.

"응, 관리인도 청하상단을 통해서 채용하실 건가 봐."

"우와!"

심소혜와 배혁문도 눈을 빛냈다. 순둥순둥한 소와 달리 말은 원초적이고 역동적인 무언가를 가지고 있었다. 그렇기에 둘 다 눈을 반짝이며 잔뜩 기대한 표정을 지었다.

"그러니까 앞으로 너희들이 잘 돌봐야 해. 알았지?"

"예!"

"강아지도 몇 마리 구해줄 테니까."

"아자!"

강아지라는 말에 배혁문이 주먹을 불끈 쥐었다. 안 그래도 개를 꼭 한번 키워보고 싶어서였다.

"물론 그전에 목장부터 완성해야겠지? 할 일이 많으니까

부지런히 움직이자."

"네!"

어느새 의욕으로 가득 찬 세 아이를 데리고서 당필교가 다시 일을 하기 시작했다. 간단한 작업이라고 해도 구역이 제법 넓은 만큼 오늘 안에 틀이라도 잡으려면 부지런히 움직여야 했다.

'그러고 보니 곧 새해네.'

한겨울 치고 쨍쨍한 햇살을 바라보며 당필교가 중얼거렸다. 시간이 참 빠르게 흘러가는 것 같아서였다. 물론 아이들이 자라는 것만 봐도 시간이 빠르다는 건 인지하고 있었지만 말이다.

… 제8장 …

다가오는 암운(暗雲)

언덕이 통째로 검게 변해 있는 모습을 보며 벽우진이 씁쓸한 표정을 지었다. 자신의 눈으로 잿더미가 되어버린 곤륜산의 모습을 보게 될 줄은 몰라서였다.

물론 곤륜산 전체로 보면 일부분에 지나지 않지만 그럼에도 벽우진은 마음이 좋지 않았다. 타는 건 순식간이지만 회복되는 데에는 적어도 수십 년이 필요했기 때문이다.

스르륵.

한쪽 무릎을 굽히고서 바닥에 앉은 벽우진이 재로 뒤덮인 흙을 만지작거렸다.

다행히 표면만 검게 변했을 뿐 아래는 평범한 흙과 똑같았다. 거대한 화마가 휩쓸고 지나갔지만 흙은 멀쩡했던 것이다.

"만약 내가 활도(活道)를 깨우쳤다면 어땠을까."

벽우진이 씁쓸히 중얼거렸다.

인간으로서 닿기 힘든 경지에 올랐지만 그럼에도 그 역시 한낱 인간에 불과했다. 거대한 자연의 일부에 지나지 않았던 것이다. 그 사실을 벽우진은 새삼 깨닫고 있었다.

"적어도 시간은 단축했을 텐데."

얼굴 가득 아쉬운 기색으로 중얼거리며 벽우진이 언덕을 올라갔다. 그러자 언덕 아래로 민둥산처럼 헐벗은 모습이 눈에 들어왔다.

"일단 할 수 있는 것부터 하자."

벽우진은 활도에 관한 생각을 털어냈다. 지금은 땅을 뒤집는 게 먼저였다.

쿠르르릉!

원래는 숯처럼 변한 나무들을 나른 후에 땅을 뒤집어서 고르게 만들어주어야 했지만 벽우진은 그 모든 걸 한 번에 했다. 검으로 땅을 깊게 헤집고 허공섭물로 숯덩이로 화한 나무를 집어넣었던 것이다.

크르르릉!

그뿐만 아니라 왼손으로는 뒤집은 땅을 평평하게 만들었다. 장강을 일으켜 순식간에 평탄화 작업을 마쳤던 것이다.

"오늘 내로 이 구역은 끝내놓자."

다른 사람이라면 시도는커녕 생각도 하지 못할 방법이었지만 벽우진은 가능했다. 내공도 많을뿐더러 딱 필요한 만큼만 효율적으로 사용했기에 큰 부담이 되지 않았다. 그리고 이곳이 곤륜산인 것도 한몫했고.

우우우웅!

"너희들은 또 왜?"

우웅! 우웅!

벽우진이 쉴 새 없이 양손을 놀리며 작업을 하는데 한동안 잠잠했던 일월쌍환이 진동했다. 괜히 짝이 아니라는 듯이 동시에 몸을 떨어댔던 것이다.

"잘 지내다가 왜 그래?"

우우웅!

투정을 부리듯 잘게 떠는 일월쌍환의 모습에 벽우진이 소매를 걷었다. 그러자 백옥처럼 매끈한 양팔과 함께 각기 다른 빛깔의 일월쌍환이 모습을 드러냈다.

"너희들도 좀 사용해 달라고?"

웅!

각각 청색과 홍색으로 이루어진 일월쌍환이 크게 진동했다. 마치 이제야 자신들의 뜻을 알아차렸냐는 듯이 말이다.

하지만 그 반응에도 벽우진은 일월쌍환에 공력을 주입하지 않았다. 대신 다시 소매를 내렸다.

웅웅웅웅!

그와 동시에 일월쌍환이 거칠게 반항했다. 잘 알아듣고도 왜 이러냐고 따지는 듯이 말이다.

하지만 벽우진은 단호했다.

"아직은 때가 아니라니까? 너희들 마음은 잘 알겠는데, 그래도 참아. 너희들이 모습을 드러내기에는 일러."

웅웅!

일월쌍환이 거칠게 반응했다. 도대체 언제가 그때이냐고 따지는 듯한 모습이었다.

"무상검에 질투하지 말고. 사실 무상검을 이런 일에 쓰는 것도 미안한데. 나름 장문령부인데 땅 가는 일에 쓰고 있잖아."

우우우웅!

"그래도 안 돼. 참아. 그냥 구경이나 해."

떼를 쓰듯 조르는 일월쌍환을 어르고 달래며 벽우진이 무시무시한 속도로 땅거죽을 뒤집어 버리기 시작했다. 무지막지한 내공으로 홀로 일당백, 일당천의 작업량을 소화했던 것이다.

"여기 끝내고 목장에나 가봐야겠다. 오늘 소랑 말들이 온다고 했으니."

벽우진이 속도를 가일층 끌어 올렸다. 오늘 목표치를 채우고 빨리 목장에 가기 위해서였다.

특히 경계를 위해서 똘똘한 강아지들도 데리고 오기로 했기에 벽우진은 살짝 기대하는 얼굴로 양손을 크게 흔들었다.

콰르르릉.

그러자 지축이 흔들리는 듯한 소리와 함께 땅이 갈라지고 메워지기를 반복했다.

똑똑똑.

"들어오시죠."

해가 뉘엿뉘엿 기울어가는 시간에 손님이 찾아왔다. 뜻밖에도 하오문주인 설향이 직접 곤륜산을 올랐던 것이다.

"오랜만에 뵙습니다, 장문인."

"그렇구려. 잘 지내셨소이까?"

"저야 늘 똑같지요. 그보다 죄송합니다. 저희가 먼저 눈치를 챘어야 했는데……."

설향이 고개를 깊게 숙이며 입을 열었다. 그리고 그 옆에 보필하듯 서 있던 양선 역시 고개를 들지 못했다. 청해성 지부장인 그녀 역시 산적들의 움직임을 조금도 알아차리지 못해서였다.

"사과할 것 없소이다. 막말로 마음먹고 숨어드는 이들을 어찌 찾아낸단 말이오? 곤륜산이 작은 것도 아니고. 그렇다고 중원의 다른 곳들처럼 산 주변에 마을이 많은 것도 아닌데. 미리 짐작하고 있었다면 모를까 비밀리에 움직이는데 하오문이라고 해서 별 수 있겠소?"

"그건 그렇습니다만……."

설향이 눈치를 살폈다.

엄밀히 따지면 그녀의 잘못은 없었다. 하오문이 중원제일을 논하는 정보 조직이라고 하나 그렇다고 모든 문파, 사람들의 움직임을 죄다 알지는 못했다. 그리고 그건 개방도 마찬가지였다.

'약초꾼들이나 사냥꾼들을 보이는 족족 죽이기도 했고.'

설향도 변명할 거리는 많았다.

조사한 바에 의하면 산적들은 의외로 철두철미하게 이번 산불을 계획했다. 철저히 세 명 내지 네 명씩 소수로 움직이면서 사람들의 시선을 피했던 것이다. 산적 출신인 만큼 산에 익숙하기도 했고 말이다.

"나 역시 본산을 노릴 줄은 꿈에도 예상하지 못했고."

벽우진의 얼굴에 쓴웃음이 서렸다. 정확히 자신이 없을 때 본산을 노렸다는 것을 알 수 있어서였다.

더구나 정면 대결이 아닌 산불을 계획했다는 점에서 벽우진은 소름이 돋았다. 사람이 얼마나 무서운 존재인지를 새삼 깨달았던 것이다.

"저희 역시 그랬습니다. 곤륜산 자체를 노릴 줄은."

"그러니까 너무 부담 갖지 않아도 되오. 그보다 알아낸 것은 있소?"

"주도자만 알고 있는 것 같습니다. 그런데 입을 열기는 했으나 알고 있는 정보가 너무 적습니다."

"경청하겠소."

벽우진이 눈을 빛냈다. 확실히 고문 기술자는 다른 것 같아서였다.

"배후가 있는 것은 확실합니다. 따로 지원을 받았다고 하더군요. 그런데 접선했던 이가 누구인지 전혀 알지 못하고 있습니다. 늘 야행복 차림에 복면을 하고 있어 남자인지 여자인지도 모른답니다."

"거짓말일 가능성은?"

"희박합니다. 전문가가 직접 알아낸 것이니까요."

"으음."

더욱더 오리무중으로 빠지는 상황에 벽우진이 턱을 쓰다듬었다.

그리고 설향과 양선은 안절부절못했다. 시원스럽게 뭐라도 알아내서 보고를 하면 당당하기라도 할 텐데 그러질 못해서였다.

"누구인지는 모르겠으나 상당히 주도면밀하구려."

"보통이 아닌 건 확실합니다. 그리고 제 예상이기는 하지만 어쩌면 배후는 이 상황마저도 상정해 두었을 지도 모릅니다. 애초에 연결 고리를 끊을 생각으로 복면을 했을 가능성이 큽니다."

"어쩌면 조직일 가능성도 있고."

"예."

한두 명도 아니고 자그마치 500명이 넘는 숫자를 동원한 작전이었다. 거기다 기름까지 생각하면 한두 푼이 아니었다.

물론 부호라면 혼자서 이만한 인원을 운용하는 게 가능하지만 그랬다면 미세한 흔적이라도 남았을 터였다. 그런데 문제는 너무나 깨끗하다는 점이었다.

"골치가 아프군. 저쪽은 여기 상황을 낱낱이 알고 있는데 정작 나는 아무것도 모르니."

"……죄송합니다."

"문주가 미안해할 것은 없소. 이 모든 것 또한 본 파의 업보이니."

벽우진은 냉정하게 생각했다. 천하의 하오문조차 꼬리를 잡지 못한다는 것은 상대방이 그만큼 오랫동안 그리고 확실하게 준비했다는 뜻이었다.

물론 다른 가능성도 있었다. 하오문이 일부러 정보를 숨겼을 가능성.

'아니, 이건 희박해. 하오문이 숨길 이유가 없어.'

무릇 모든 일에는 원인이 있는 법이었다. 하지만 하오문과는 원한이 쌓일 만한 일이 없었다. 오히려 하오문 쪽에서 어떻게든 잘 보이려고 하면 모를까. 게다가 곤륜파의 정보를 팔았다고 순순히 인정하기도 했고.

'하오문이 안 된다면…….'

벽우진이 눈을 빛냈다.

하오문의 정보력은 중원제일을 논할 정도로 대단했다. 그러나 하오문 못지않은 정보력을 지닌 곳이 무림에는 하나 더 있었다.

"일단 좀 더 알아보겠습니다. 더욱 쥐어짜면 쓸 만한 정보가 나올지도 모르니까요."

"부탁드리오."

"나머지는 어찌할까요?"

"전혀 모르는 게 확실하오?"

"예, 현재 붙잡혀 있는 인원들은요."

설향이 단호하게 말했다. 다른 이도 아니고 문 내에서 최고 실력자가 직접 확인한 것이었다. 그렇기에 그녀는 확신할 수 있었다.

"오늘 밤에 제가 직접 처리하겠소."

"굳이 그러실 필요가 있을까요? 잡것들은 저희가 처리해도……."

"곤륜을 노렸으니 내가 끊는 게 맞소이다."

"알겠습니다."

설향은 더 이상 묻지 않았다. 별것도 아닌 일에 굳이 선을 넘을 필요는 없다고 생각해서였다. 일단은 조금은 소원해진 관계를 회복하는 게 먼저였다.

"문주도 이만 쉬시구려. 올라오는 길이 쉽지 않았을 텐데."

"예."

설향이 어색하게 웃으며 자리에서 일어났다. 좀 더 대화를 나누고 싶은 기색이 역력한 모습이었다. 하지만 벽우진은 다른 생각을 하고 있어 그 모습을 알아차리지 못했다.

"이만 물러나 보겠습니다."

"아아."

설향을 대신해 양선이 조심스레 입을 열었지만 벽우진은 그저 손을 들기만 했다. 무언의 축객령이었다. 그 모습에 둘은 아쉬운 얼굴로 집무실을 나섰다.

'사천당가에서 무슨 대화를 나눴는지 궁금한데.'

등을 돌리며 설향이 입술을 깨물었다. 제갈현이 따로 벽우진을 찾아간 것을 그녀는 알고 있었던 것이다. 또한 제갈세가에서 무언가 준비하고 있다는 사실도. 그렇기에 자연스레 그 부분에 대해서 알아보고 싶었는데 그러질 못하자 설향은 아쉬웠다.

'일단은 물러나야 하나.'

설향의 머리가 빠르게 회전하기 시작했다.

앞으로의 무림에서 곤륜파의 영향력은 더욱더 커질 터였다. 이미 구대문파 복귀에 대한 이야기가 사방에서 솔솔 흘러나오고 있었고. 게다가 앞으로의 강호정세를 생각하면 곤륜파와의 관계 개선은 무조건 이루어져야 했다.

'아직 마교가 남아 있으니까.'

설향의 얼굴이 어두워졌다.

약육강식과 강자존을 절대 법칙으로 삼는 마교는 대화가 통하지 않는 족속들이었다. 그걸 직접 겪었기에 그녀는 마교의 마인들이 얼마나 두렵고 무서운 존재들인지 너무나 잘 알았다. 때문에 그녀와 하오문에는 든든한 그늘이 필요했다.

'적어도 곤륜파는, 아니, 패선은 대화가 통하니까.'

찾아보면 곤륜파보다 더 크고 강대한 전력을 갖춘 곳은 꽤 있었다. 하지만 오늘처럼 독대가 가능한 곳은 없었다. 또한 하오문주로서 대우해 주는 곳도 없었고. 그렇기에 설향과 하오문에게 있어 곤륜파와의 관계는 너무나 중요했다.

"제가 이따가 넌지시 물어볼까요? 내일 아침 식사를 같이하자고요."

"그게 좋겠구나. 아무래도 얼굴을 자주 보는 게 좋겠지."

"바로는 조금 그러니 반시진 후에 사람을 보낼게요."

"더불어 다시 한번 조사하는 것도 잊지 말고. 사람이 한 일이니만큼 분명히 흔적은 있어. 우리가 아직 찾아내지 못한 것일 뿐. 특히 정보를 판 녀석을 중심으로 깊게 파봐."

"알겠어요."

양선이 눈을 빛냈다.

이번 일로 자존심에 금이 간 것은 설향만이 아니었다. 다른 지역도 아니고 청해성 내에서 일어난 일이었기에 양선 역시 이를 가는 중이었다.

"어떻게 보면 잘된 일이야. 우리 조직 내에 구멍이 있다는 사실을 알게 되었으니까. 더불어 태만했던 정신도 붙잡고."

"다시는 이런 일이 벌어지지 않도록 확실하게 처리할게요."

"당연히 그래야지. 내 집 단속이 최우선이야. 바깥일은 내부 단속부터 확실하게 한 다음에 해도 늦지 않아. 곤륜파를 봐. 곤륜산이 불타기는 했지만 사망자는 없어."

"예."

안 그래도 그 부분에 대해서 놀랐던 양선이었다. 그렇기에 설향의 잔소리 아닌 잔소리를 흘려듣지 않으며 양선이 발걸음을 옮겼다.

이른 아침부터 경내가 부산스러웠다. 새해를 맞이해서 모든 이가 아침 일찍 일어나 일출을 보기 위해 모여 있던 것이었다.

그리고 주방에서 아침 식사로 먹을 교자를 정신없이 찌고 있었다. 속가제자들은 물론이고 비호표국과 청하상단의 사람들도 있기에 모두가 넉넉히 먹을 수 있도록 꼭두새벽부터 준비했던 것이다.

"올해는 외롭지 않네."

"언제는 외로웠어? 우리가 있는데?"

"아니, 형. 그런 뜻이 아니라."

사람들로 북적북적한 대연무장의 풍경에 혼잣말을 중얼거렸던 심소천이 계면쩍은 표정을 지었다. 말하고 보니 심대현이 듣기에는 서운할 수도 있다고 생각해서였다.

"알고 있어. 농담한 거야."

"아구 착하다."

심대현이 심소천과 티격태격하고 있을 때 심소혜는 배혁문과 함께 아기 강아지 다섯 마리를 쓰다듬고 있었다. 새해도 새해지만 낯선 사람들이 많은데도 숨지 않고 당당히 콧대를 세우고 있는 게 대견스러워서였다.

"혈통이 좋은 녀석들이라 그런가. 확실히 씩씩하네."

"월!"

일렬로 나란히 서 있는 오 남매 강아지들의 모습에 서예지가 빙긋 웃었다. 복슬복슬한 강아지들의 모습이 너무나 귀엽고 앙증맞아서였다.

"그렇죠, 사저? 애들 말도 진짜 잘 들어요. 자, 일륜아 손."

곤륜의 륜을 따와서 첫째를 일륜이라 이름 지은 심소혜가 쭈그려 앉아 손을 내밀었다. 강아지의 눈높이에 맞춰 손바닥을 강아지 앞에 보였던 것이다.

그러자 첫째인 일륜이 절도 있게 앞발을 심소혜의 손바닥 위에 척 하니 올려놓았다.

"우와."

"헤헤헤! 이쪽 손!"

태어난 지 얼마 되지 않은 강아지가 척척 말을 알아듣는 모습에 서예지가 살짝 놀란 표정을 지었다.

하지만 이게 끝이 아니었다. 놀랍게도 일륜이 반대쪽 손을 심소혜의 손바닥 위에 올렸던 것이다.

그 모습에 심소혜가 우쭐한 표정을 지었다.

"진짜 똑똑하네."

"그렇죠?"

"엎드려도 할 수 있나? 돌아나?"

"그건 훈련 중이에요. 아직 애기들이라 한꺼번에 여러 가지를 주문하면 잘 못 알아듣더라고요. 그래도 짖어는 해요."

"월월!"

짖어 라는 두 글자를 알아들었는지 일륜이가 짖었다. 그런데 맏형이 짖자 동생들도 같이 짖기 시작했다.

"귀여운 녀석들."

벽우진이 씩 웃으며 강아지들을 쓰다듬었다.

그런데 심소혜나 배혁문의 손길에는 귀엽게 헥헥거리던 이들이 벽우진이 손을 뻗자 바짝 긴장했다. 그뿐만 아니라 제대로 눈을 마주치지 못했다.

"어? 왜 그러지?"

"민감해서 그래. 강아지들도 기나 존재감을 느낄 줄 아니까. 오히려 동물이라 더 예민하기도 하고. 근데 신기하네. 완벽하게 갈무리한 상태인데. 아직은 낯설어서 그런가?"

강아지들이 곤륜파에 온 지 시간이 제법 지났지만 이렇게 직접 마주한 적은 별로 없었다. 아무래도 대부분의 시간을 아이들과 함께 보내서였다. 지켜야 하는 영역을 알려주기 위해 일부러 아침저녁으로 경내를 돌아다니게 시키기도 했고.

"그런 거 같아요. 사람도 많고요. 다들 몇 번씩은 봤는데 이렇게 전부 다 모여 있는 건 처음이니까요."

"그럴 수도 있겠다."

벽우진이 고개를 주억거리며 일륜이부터 오륜이까지 차례대로 머리를 쓰다듬어 주었다. 더불어 기운을 부드럽게 바꾸는 것도 잊지 않았다.

'그러고 보니 야생마도 좀 찾아봐야 하는데.'

청하상단에서 말을 관리할 인력과 함께 몇 마리의 말들도 목장에 들어왔다. 우유를 제공할 소들과 함께 다섯 마리의 말들 역시 도착했다.

하지만 벽우진은 그 정도에 만족하지 않았다. 이 넓은 곤륜산을 마음대로 뛰노는 야생마들의 무리가 있음을 그는 알고 있어서였다.

"사부님! 해가 떠요!"

품종을 위해서라도 야생마를 잡아와야겠다고 벽우진이 홀로 생각하고 있을 때 심소혜가 소리쳤다. 동산의 정상에서

서서히 모습을 드러내는 태양을 향해 손짓했던 것이다.

그러자 대연무장에 모여 있던 모든 이들의 시선이 동산의 끄트머리로 향했다.

"새해라……."

넓게 퍼진 옅은 구름을 선홍빛으로 서서히 물들며 느릿하게 솟아오르는 태양을 응시하며 벽우진이 감회가 새로운 표정을 지었다. 시공간의 진에서 나온 후 처음 마주하게 되는 새해였기 때문이다. 무려 59년 만에 맞이하게 되는 새해이기도 했고.

"이렇게 셋이서 함께하는 새해는 처음인 것 같습니다."

"너와 함께한 새해는 무려 59년 전이지."

"기억도 안 납니다. 허허허."

청민이 헛웃음을 흘렸다.

말이 59년이지 강산이 바뀌어도 여섯 번은 바뀔 만한 시간이었다. 당연히 기억이 가물가물했다.

"난 아직도 선명한데. 내가 기억력이 좀 좋잖아."

"저는 코찔찔이 시절이라."

"확실히 네가 콧물을 많이 흘리기는 했지. 감기를 늘 달고 살았으니까."

"그때야 뭐, 연공을 제대로 시작하지 못했으니까요. 입문한 지 얼마 되지도 않았고. 사실 내공도 못 느끼던 시절이라."

청민이 멍한 표정을 지었다. 아마도 그때를 회상하는 모양이었다.

"너 기억 안 난다며?"

"흠흠. 조금씩은 납니다. 선명하지가 않을 뿐이죠."

"올해 둘 다 건강하고. 뭐, 한 십 년은 거뜬할 것 같지만 그래도 또 모르니까. 숨어 있는 적도 있고."

벽우진의 표정이 진지해졌다. 하오문은 물론이고 속가제자들의 가문을 비롯해서 많은 이들이 노력하고 있으나 아직도 제대로 밝혀진 게 없어서였다.

그래도 개방하고 이야기가 잘 되었기에 벽우진은 기다리고 있었다.

"사형께 건강하시라는 말은 안 하는 게 나을 것 같습니다."

"확실히 어울리지 않는 말이지. 우리보다 더 오래 사실 게 분명한데."

서진후의 말에 청민이 장난스럽게 웃었다. 겉모습도 겉모습이지만 쌓은 공력과 경지를 생각하면 벽우진이 그들보다 먼저 세상을 떠날 가능성은 희박했다. 누누이 최소한 58년은 더 살 거라고 얘기하기도 했고.

"그건 모르는 거지. 내가 등선할 수도 있는 거고."

"할 수 있어도 안 하실 거 같은데요."

"역시 넌 나에 대해 너무 잘 알아. 흐흐흐!"

벽우진이 능청스럽게 웃었다.

하지만 어느 정도는 사실이기도 했다. 검선과의 비무로 인해 반보 정도 진전이 있었기에 진짜 얼마 안 남은 것은 분명했다.

그러나 이 마지막을 넘지 못해서 죽은 이들도 부지기수였다.

'가깝기도 하지만 반대로 엄청 먼 거리이기도 하지.'

경지라는 게 그랬다. 가까운 듯하지만 멀었다. 어느 순간 자기도 모르게 넘기도 하지만 평생 동안 닿을락 말락 하기도 했기에 벽우진은 크게 욕심내지 않았다. 일단은 좀 더 이곳에 있고 싶기도 했고.

"다들 소원을 빌고 있네요."

"올해 첫 일출이니까. 비록 하늘이 들어줄지는 모르나 기원하는 게 나쁜 것만은 아니지. 어떻게 보면 목표를 정하는 것이기도 하니까."

"사형은 안 비세요?"

"난 빌어야 하는 쪽이 아니야. 들어줘야 하는 쪽이지."

"허!"

청민은 물론이고 서진후도 기가 막힌다는 표정을 지었다. 저런 말을 저리 뻔뻔히 할 줄은 몰라서였다.

하지만 벽우진은 당당했다.

"할 일이 많기도 하고."

벽우진이 몸을 돌렸다. 새해 첫해도 다 떴으니 이제 사람들을 데리고서 아침을 먹기 위해서였다. 이미 주방에서 준비하고 있기도 했고.

"자, 밥 먹으러 가자!"

"예!"

몸을 돌린 벽우진에게 자연스럽게 따라붙으며 청민이 소리쳤다. 장로로서 벽우진을 보필했던 것이다.

이윽고 모든 인원이 벽우진을 따라 식당으로 이동했다.

사위가 어두워지는 시각임에도 장하삼은 연무장에 있었다. 오늘 배운 것들을 혼자서 반복하며 수련했던 것이다. 그러면서 그동안 배운 것들도 복습했다.

"흐읍!"

호흡에 신경 쓰며 장하삼이 두 다리를 쉬지 않고 움직였다. 그뿐만 아니라 손에 쥔 청강검 역시 절도 있게 소청검의 검로를 그렸다. 검법과 보법을 동시에 펼치며 몸에 숙달시키는 것이었다. 언제, 어느 순간이라도 자연스럽게 펼칠 수 있도록.

"좀처럼 늘지 않네."

하지만 계속 반복해서 수련을 했음에도 장하삼의 찌푸려진 미간은 좀처럼 펴질 기미를 보이지 않았다. 아무리 반복해도 이상하게 늘지 않는 느낌이 들어서였다. 분명 머리로는 알고 있는데 몸으로 펼치지는 못하는 느낌이랄까. 그게 장하삼은 너무나 답답했다.

"다 알고 있는데, 이렇게 하면 되는데 왜 그게 안 되지? 역시 나이가 많아서 그런가?"

한창 팔팔한 나이라서 그런지 다른 아이들은 쉽게 지치지도 않고 배운 걸 그 자리에서 곧잘 따라 했다. 재능의 차이 때문인지 한 번 보면 9할은 따라 하는 아이도 있었다.

하지만 안타깝게도 장하삼은 아니었다. 여러 번 보여줘도 제대로 따라 하기가 쉽지 않았다.

"유연성도 부족하고. 많은 건 나이밖에 없구나. 하하."

시범을 보여주는 청민이나 서진후는 늘 말해주었다. 잘하고 있다고. 절대 조급해하지 말라고.

무공을 익히는 건 짧은 거리를 달리는 게 아니라 긴 거리를 달리는 것이라며 지금도 충분히 잘하고 있고, 열심히 하는 걸 자기들도 알고 있다고 말해주었다.

하지만 그 말에도 장하삼은 크게 위로가 되지 않았다. 결국 그 말은 자신이 부족하다는 걸 말하는 것이나 마찬가지였으니까.

"후우."

물론 두 사람이 격려차 그런 말을 했다는 것을 알았다. 하나 그럼에도 씁쓸한 마음은 어쩔 수 없었다. 비록 자신에게 재능이 없다는 사실을 잘 알고 있었음에도 말이다.

"그래도 해야지. 어떻게 붙잡은 기회인데. 청민 장로님에 비하면 난 더없이 좋은 상황에서 무공을 수련하는 건데."

장하삼이 검을 땅에 역으로 박아두고서 두 손으로 스스로의 양 뺨을 때렸다.

절망 속에서 하루하루를 보냈던 청민의 과거에 비하면 지금의 좌절은 아무것도 아니었다. 적어도 그는 몸이 건강했으며 소실되지 않은 완전한 무공을 익히고 있었다. 더구나 노력 여하에 따라 소청검법 이상의 검법도 배울 수 있는 상태였기에 장하삼은 흔들리는 마음을 다잡았다.

"천 리 길도 한 걸음부터니까. 이렇게 계속 노력하고 노력하다 보면 언젠가는 나도 고수가 되겠지."

나이가 어린데도 앞서 나가는 아이들을 볼 때마다 좌절감에 몸서리쳤다. 자신에게는 너무나 힘들고 어려운 걸 아무렇지 않게 해대는 모습을 보면 그렇게 힘이 빠지고 부러웠다. 하지만 부러워만 해서는 달라지는 게 없었다.

"안 되면 될 때까지."

재능은 없지만 그래도 끈기와 근성 하나만큼은 자신 있는 장하삼이었다.

주방에서 일할 때도 마찬가지였다. 똑같은 부모님 아래에서 태어났지만 가진 바 재능은 각기 달랐다. 그러나 꾸준한 노력과 연습으로 형들을 어느 정도 따라잡았고, 떠나기 전에는 한 명의 당당한 숙수였었다.

"포기만 하지 않으면 돼."

"형님."

"응?"

오직 한 가지만을 생각하며 소청검의 기수식을 취할 때 등 뒤에서 익숙한 목소리가 들려왔다. 특유의 앳되면서도 힘이 넘치는 송찬승의 목소리가 들렸던 것이다.

"아직도 수련하세요?"

"넌 왜 안 자고?"

"잠이 안 와요. 애들이야 나이가 어려서 잠을 잘 자지만 그래도 전 열세 살이잖아요."

"열세 살도 앤데?"

"에이. 우리 때는 한 살이 얼마나 큰데요."

송찬승이 능글맞게 웃으며 손을 휘휘 저었다. 어린 애들과 같은 취급은 절대 받기 싫다는 기색이었다.

"너에게는 그렇겠지. 근데 나한테는 열세 살이나 열두 살이나 열한 살은 거기서 거기야."

"하긴. 형님은 벌써 서른여섯이시니."

송찬승이 충분히 이해할 수 있다는 듯이 고개를 주억거렸다. 서른여섯인 장하삼의 입장에서는 한두 살 차이가 크게 느껴지지 않을 테니까.

"고맙다. 잊고 있던 내 나이를 다시 한번 각인시켜 줘서."

"흐흐흐! 형님을 챙기는 건 저밖에 없지 않습니까. 그런데 너무 무리하시는 거 아니에요? 오늘도 죽기 살기로 수련하셨잖아요."

송찬승이 얼굴 가득 걱정스러운 기색을 띠었다. 아닌 말이 아니라 누구보다 열심히 무공 수련을 한 이가 장하삼이어서였다. 더구나 가장 연장자가 장하삼이기도 했고.

그리고 송찬승은 장하삼이 무공 수련에 모범이 될 뿐만 아니라 알게 모르게 아이들을 챙기고 있음을 알기에 더욱더 염려했다.

"괜찮아. 저녁 먹고 충분히 쉬었어."

"무리하시면 안 됩니다. 관절을 생각하셔야죠."

"……아직은 멀쩡하거든? 서른여섯 살이 늙은 건 아냐."

"그래도 이십 대와는 비교할 수 없죠. 삼십 대도 완전히 꺾였잖아요."

"……."

명치를 때리는 듯한 한 마디에 장하삼은 순간적으로 말문이 막혔다. 부정할 수가 없는 사실에 아무 말도 나오지 않았던 것이다.

"이제는 형님도 관리하셔야 해요. 뱃살이 많이 들어가기는 했는데, 그래도 더 열심히 해야 할 것 같아요. 장가도 가셔야죠."

송찬승이 품평을 하듯 장하삼을 중심에 두고 한 바퀴를 돌았다.

특히 송찬승의 시선은 유독 오랫동안 장하삼의 배에 머물렀다. 배불뚝이처럼 툭 튀어나와 있던 배가 많이 들어가기는 했지만 아직도 후덕한 인상이었다. 장가를 가려면 좀 더 빼야 했다.

"장가는 무슨."

"우리 아버지가 남자는 능력이랬어요. 나이가 지천명이라도 능력만 있다면 나이 어린 신부들로 삼처사첩을 들일 수 있다고요. 그런데 형님은 아직 불혹도 안 되셨잖아요."

"나이도 어린 게."

삼처사첩을 아무렇지 않게 말하는 송찬승의 모습에 장하삼이 코웃음 쳤다. 이제 겨우 열세 살인 녀석이 삼처사첩을 운운하는 게 어이가 없어서였다.

"나이는 어리지만 알 건 다 알죠. 으흐흐흐! 참고로 제 목표는 다섯 명입니다. 최소 다섯 명!"

"뭐?"

부끄러움도 없는지 당당히 한 손을 쫙 펼치며 하는 소리에 장하삼이 황당하다는 표정을 지었다. 당당해도 너무 당당한 것 같아서였다.

"영웅에게 삼처사첩은 흠이 아니니까요."

"그건 영웅에게나 해당되는 말이고."

"저도 영웅이 될 거예요. 재능도 충분하고 말이죠."

"인정하기 싫은데, 부정할 수가 없네."

장하삼이 입맛을 다셨다.

그를 좌절감에 빠지게 만드는 인물 중 하나가 바로 송찬승이어서였다. 문일지십까지는 아니더라도 문일지육 내지 문일지칠까지는 되는 재능 넘치는 아이가 송찬승이었다. 그는 하나를 배우면 하나를 소화하기도 벅찬데 말이다.

"천재는 외로운 법이라지만 다행히 터를 잘 잡은 것 같아요. 여기에는 워낙에 대단하신 분들이 많아서. 호법님들도 그렇고, 장로님들도 고수시고. 장문인은 두말할 필요가 없죠. 그저 존재하는 것만으로도 겸손해진다고나 할까요?"

"재능만 믿다가 훅 가는 수재들도 많다."

"으잉? 은근슬쩍 수재로 내리시네요? 저 정도면 천재 아니에요?"

"천재는 대사형이시지."

"으, 그건 인정."

송찬승이 입술을 삐죽 내밀었다.

속가제자들 중에서는 손꼽히는 재능을 가진 그였지만 그럼에도 양일우와는 비교할 수 없었다. 그야말로 격이 다른 수준 차이라고나 할까. 나이 차이도 얼마 나지 않는데 이룩한 경지는 감히 비벼보기도 민망할 정도였다.

"하지만 반대로 생각하면 그 정도로 사문의 무공이 뛰어나다는 것이기도 하지."

"그렇죠. 익히는 사람도 중요하지만 무공의 수준도 무시할 수는 없으니까요."

"슬슬 졸리지 않아?"

"아뇨. 형님이랑 대화해서 그런지 너무너무 말똥해요. 그리고 저도 검 가지고 나왔어요."

송찬승이 씩 웃으며 허리춤에 매달려 있던 검을 뽑았다.

늦은 시간까지 수련에 매진하는 장하삼의 모습을 보자 사실 그도 가만히 있기 힘들었다. 지금은 재능의 힘으로 앞서 나가고 있었지만 매일 간격이 좁혀진다면 언젠가는 따라잡힐지 몰랐다.

'자극도 되고 말이지.'

별 볼 일 없는 재능을 가지고도 끊임없이 노력하는데 그보다 많은 재능을 가진 자신이 게으름을 피운다는 것은 말이 되지 않았다. 오히려 더욱 노력하는 게 맞았다.

"밤에 잠 안 자면 키 안 큰다. 남자에게 키가 얼마나 중요한지 잘 알고 있지?"

"전 아버지가 커서 잘 클 거예요. 그리고 지금 시간이 새벽도 아니고 늦은 밤도 아닌데요."

"그러다가 키 안 크면 내 탓 하려고 그러지?"

"설마요. 저 그렇게 좀생이 같은 성격 아니에요. 그리고 혼자 하는 것보다는 둘이 하는 게 덜 외롭고 좋지 않아요?"

"뭐, 그렇긴 하지."

장하삼이 부정하지 않았다. 혼자 하는 수련보다는 확실히 같이하는 게 더 자극이 되고 좋았다. 더욱이 그 상대가 재능 넘치는 송찬승이라면.

"저는 얼른 고수가 되고 싶어요. 그래야 곤륜산도 지킬 수 있을 테니까요. 두 번 다시는 곤륜산이 불타는 걸 보고 싶지 않아요."

"엄청 무기력했었지. 아무것도 할 수 없었으니까."

사방이 불타던 그때를 떠올리며 장하삼이 질린 표정을 지었다. 인력으로는 어찌할 수 없는 자연재해 앞에서 인간이 얼마나 보잘것없는 존재인지 그는 새삼 깨달을 수 있었다. 또한 전쟁에서 왜 화공을 그렇게 사용하는지도 말이다. 당해보니 화공만큼 무서운 전술이 없었다.

"그러니까 빨리 강해져야 해요."

"삼처사첩을 위해서가 아니라?"

"흐흐! 그것도 이유 중에 하나지만 역시 우선순위는 곤륜산이죠. 제2의 집이나 마찬가지예요."

"근데 아예 잃기만 한 것은 아니야. 산불로 인해서 우리들의 결속력이 단단해진 건 사실이니까."

"다들 눈이 돌아가기는 했죠. 사형제들의 부모님들도 마찬가지고."

한동안 산적들을 움직인 배후를 찾는다고 수많은 이들이 청해성을 들쑤시고 다녔다. 주로 청해성에서 활동한 산적들이기에 배후 역시 마찬가지로 청해성에 있지 않을까 싶어서였다. 더구나 다른 이도 아니고 자신들의 자식이 죽었을 뻔했기에 더더욱 악착같이 흔적들을 찾아다녔다. 안타깝게도 알아낸 것은 아무것도 없었지만 말이다.

"어르신들이 계속 찾고 있으니 곧 흔적을 찾아내겠지. 이 세상에 완벽한 범죄는 없으니까."

"실패했으니 당연히 다시 시도하지 않겠어요?"

"내 말이."

"그럼 역시 저희들이 할 일은 하나뿐이네요."

"대련할까?"

대화하는 사이 체력을 충분히 회복한 장하삼이 씩 웃으며 말했다. 그러자 송찬승 역시 마주 보며 히죽 웃었다.

"제가 또 거절을 못 하는 성격이죠."

"으이그."

넉살 좋게 대답하는 송찬승의 모습에 장하삼이 자세를 바로 잡았다. 소청검법의 기수식을 취했던 것이다.

"전력을 다하셔도 돼요. 근력은 제가 좀 딸리지만 대신 전 몸이 날렵하니까요!"

"내공도 네가 많지."

"으히히! 그건 차마 말 못 했는데."

"하지만 내 연륜을 무시하면 안 되지!"

말과 함께 검이 빠르게 송찬승의 허리로 파고들었다. 철검이기는 하지만 날이 없는 무딘 상태이기에 몸에 닿아도 베이지는 않았다. 모습만 철검일 뿐 실제로는 몽둥이나 다름없었다.

"어어! 이건 반칙이에요!"

"연습도 실전 같이 하라는 말 잊었어? 상대가 정중하게 초식명까지 외치면서 들어올 거라 생각하면 안 되지!"

"으헉!"

기습과도 같은 공격으로 승기를 잡은 장하삼이 폭풍처럼 몰아붙였다. 지금이 아니라면 언제 또 송찬승을 이길지 알 수 없어서였다.

하지만 송찬승도 만만치 않았다. 수세에 몰렸음에도 끊임없이 몸을 움직이며 어떻게든 반격할 틈을 노렸다.

"흐읍!"

"비겁해요! 어린아이에게 너무 전력으로 하는 거 아니에요?"

"잘만 피하면서. 말도 다 하고!"

"이크!"

투덜거리던 송찬승이 땅을 박찼다. 이번 공격은 진짜 위험했었기에 몸을 날린 것이었다.

그리고 시간이 갈수록 두 사람의 대화는 줄어들었다. 장하삼이 진지하게 대련에 임하는 것처럼 송찬승도 전력을 다했던 것이다.

따다다당!

경쾌한 충돌음과 함께 두 사람의 뜨거운 땀방울이 땅바닥에 떨어지기 시작했다.

더불어 두 사람이 대련하는 소리에 잠을 안 자고 있던 속가제자들도 하나둘 밖으로 나오기 시작했다.

손대면 베일 정도로 날카롭게 빛나는 초승달 아래 두 사람이 있었다.

그런데 특이하게도 검은색 야행복을 입은 이의 체격이 상당히 작았다. 옷차림만 보면 살수처럼 보이는데 체구는 어린아이라도 이상하지 않을 정도로 왜소했던 것이다.

"아쉽군."

흑의 복면인과 나란히 서 있던 장년인이 두 눈에서 시퍼런 귀광을 번뜩이며 중얼거렸다. 산불이 크게 났다고 들었는데 생각했던 것보다는 피해가 적은 것 같아서였다.

"모조리 불타 버렸어야 했는데. 쯧! 역시 머저리들은 믿을 게 못 된다니까."

장년인이 혀를 찼다. 불을 피우는 그 쉬운 일조차 제대로 하지 못한 산적들을 탓한 것이었다.

"확실히 원한이 크긴 한 모양이야."

"그야 이를 말입니까. 본가를 망하게 만든 원흉인데."

"이야기는 들었어. 제대로 퇴출당했다고."

부르르르!

퇴출이라는 말에 장년인이 몸을 떨었다. 과거 굴욕을 당하던 때가 떠올라서였다. 동시에 그의 전신에서 막대한 살기가 쏟아져 나왔다.

"워워. 진정하라고. 듣자 하니 패선이 대단한 고수라고 하던데."

"……맞습니다. 재수 없는 놈이지만 실력 하나만큼은 진짜입니다. 소림무제도 어쩌지 못했던 북해빙궁주를 단독으로 쓰러뜨린 고수이니."

"중원제일인에 제일 근접하다고?"

"예."

장년인이 이를 갈며 대답했다. 바로 그 무위 때문에 자신이 쫓겨난 것이나 마찬가지였기 때문이다.

'다른 곳도 잊지 않았다.'

벽우진에게 꼬리를 살랑살랑 흔들던 가문들과 문파들을 그는 모조리 기억하고 있었다. 뼈에 새기듯 머리에 톡톡히 기억했던 것이다.

"하지만 중원에서 제일 강할 뿐이지."

"가능하시겠습니까?"

"내가 질 것 같나?"

중원인들과는 다른 짙은 갈색의 눈동자를 가진 흑의 복면인이 히죽 웃었다. 물론 복면을 하고 있기에 자세히는 보이지 않았지만 눈가의 주름이 그가 웃고 있음을 알려주었다.

"인정하기 싫지만, 패선을 만만히 봐선 안 됩니다. 그놈을 얕잡아 보았다가 당한 이들이 한둘이 아닙니다."

"당해본 자의 경험담인가?"

"……예."

장년인이 입술을 깨물며 말했다.

그런데 그 모습에 흑의 복면인은 오히려 웃었다.

"우린 방심하지 않아. 암살자에게 실패는 곧 죽음이나 마찬가지이니까. 그리고 정면 대결이라면 모르겠으나 지금은 다르지. 어둠이 내린 순간부터는 우리들의 세상이니까."

스스스스…….

두 사람이 서 있는 공터에 서늘한 바람이 불어왔다.

그런데 두 사람에게 찾아온 건 바람만이 아니었다. 어느 틈에 모인 것인지 주변의 나무 위에는 수백 명이 모여 있었다. 하나같이 검은색 야행복에 복면을 한 모습으로 말이다.

"단주님의 실력은 믿어 의심치 않습니다. 하지만 곤륜파에는 고수들이 많습니다. 소수 정예라고 할까요. 특히 패선과 호법들을 조심해야 합니다."

"알고 있어. 조사는 충분히 했으니까. 그러니 너는 마음 편히 기다리기만 하면 돼. 네가 원하는 대로 패선을 생포해 올 테니까."

"부탁드리겠습니다."

"이따 보자고."

작달막한 체구의 흑의 복면인이 사라졌다. 갑자기 땅으로 꺼진 듯 한순간에 모습을 감추었던 것이다. 그리고 두 눈을 빛내며 존재감을 드러냈던 이들 역시 소리 없이 사라진 뒤였다.

스슥!

"주군."

귀신같은 움직임으로 모두가 떠나고 장년인이 홀로 남아 서 있을 때 그의 앞으로 하나의 인영이 나타났다. 흑의 무복을 입은 창백한 안색의 남자가 장년인의 앞에 나타나 부복했던 것이다.

"걱정되느냐?"

"패선은 강합니다. 아무리 은월단주가 성주의 제자라고 하지만 패선을 잡아 오기는 힘들 겁니다."

"맞아. 패선은 강하지. 하지만 암습을 당한 경험은 없을 거야. 그놈 성격상 암살자가 찾아올 거라 생각하지도 못할 거고. 그 방심을 노린다면 은월단주에게도 승산은 있다. 그리고 만약을 대비해서 내가 이곳에서 기다리는 것이지 않느냐."

··· 제9장 ···

은월단(隱月團)

장년인이 살벌한 안광을 뿌리며 말했다.

누구보다 복수를 원했지만 그렇다고 눈이 멀지는 않았다. 지극히 냉정한 상태에서 복수를 기획하고 준비했다. 그 결과가 바로 지금의 모습이었고.

"약속한 시간까지 오지 않는다면 바로 물러나셔야 합니다."

"네가 말하지 않아도 그리할 거다. 안타깝게도 나 혼자만의 힘으로는 패선을 상대할 수 없으니까. 은월단주가 패선을 생포해 온다면 더할 나위 없이 좋겠지."

"은월단주가 강한 건 알지만, 가능성은 희박하다고 생각합니다."

"나 역시 같은 생각이다. 하지만 은월단주의 용도는 이게 다가 아니다. 다른 용도가 하나 더 있지."

장년인이 눈을 번뜩였다.

그가 그리는 그림은 이게 전부가 아니었다. 오히려 시작에 불과했다. 정작 벽우진은 꿈에도 상상하지 못하고 있겠지만.

"그리고 패선은 잡지 못하겠지만 다른 이들은 다르지. 그것만으로도 나에게는 이득이다."

"아!"

"만약 제자들을 잃게 된다면 어떻게 될까? 그때도 평정심을 유지할 수 있을까? 어쩌면 은월단주 역시 이와 같은 생각을 하고 있을지도 모르지."

벽우진은 분명히 강했다. 괜히 다른 문파들이 먼저 숙이고 들어가는 게 아니었다. 하지만 벽우진 역시 인간이었다. 감정이 있는 순간 틈은 만들어질 수밖에 없었다.

"확실히 그런 상태라면 은월단주에게도 승산이 있겠군요."

"노련한 암살자이니 기다려 보자고. 어쩌면 최상의 결과를 가져올지도 모르니. 그리고 실패해도 상관없고. 우리의 흔적은 은월단으로 인해 드러나지 않을 테니까."

장년인이 음흉한 미소를 지었다.

그로서는 어느 쪽이든 상관없었다. 이번이 실패한다고 해도 끝이 아니었고 포기할 생각도 없었으니까.

"역시 가주님이십니다."

"개인적으로 이왕이면 좀 더 버텼으면 좋겠어. 그래야 두고두고 괴롭힐 수 있을 테니까. 내가 느꼈던 고통과 굴욕감, 치욕을 그놈도 고스란히 느껴봐야지."

"맞습니다."

부복한 인영이 두 눈을 부릅떴다.

벽우진으로 인해 그나 가솔들이 겪은 일들은 이루 말할 수 없을 정도로 힘들었다. 특히 그들을 더욱더 힘들게 만든 것은 세인들의 시선이었다. 똑같은 정파이건만 마치 악당을 보는 듯이 쳐다보는 세인들의 모습에 그는 정나미가 뚝뚝 떨어졌다.

"이건 서막에 불과해. 그러니 마음껏 즐겼으면 좋겠군. 다시 한번 사문이 고꾸라지는 것을 말이야, 후후후후!"

장년인이 알 수 없는 말을 중얼거리며 광소를 터뜨렸다. 광기(狂氣)가 가득한 눈으로 곤륜파가 자리 잡은 곳을 올려다봤던 것이다. 하지만 그의 앙천광소에도 불구하고 주변은 너무나 고요했다.

벌떡!

늦은 시간임에도 등불을 켜놓고 업무를 보던 벽우진이 자리에서 벌떡 일어났다. 그러고는 황급히 창문을 활짝 열어 밖으로 뛰어내렸다. 사방팔방에서 정제된 살기를 품은 이들이 곤륜파로 달려오고 있음을 느껴서였다.

"모두 일어나라-!"

그것을 느낀 것과 동시에 몸을 날린 벽우진이 사자후를 터뜨렸다. 대부분이 자고 있을 것이기에 일단은 깨우려는 것이었다.

쿠르르릉!

공력이 가득 실린 벽우진의 사자후에 고루거각들이 뒤흔들렸다. 동시에 숙소에서 잠자고 있던 모든 인원들이 밖으로 쏟아져 나왔다. 벽우진의 외침에 헐레벌떡 뛰어나온 것이었다.

그런데 신기한 점은 다들 병장기를 챙긴 상태라는 것이었다.

"장문인!"

"대호법님도 느끼신 모양이군요."

"숫자가 많습니다. 그리고 하나같이 일급살수들 이상입니다."

설백이 딱딱하게 굳은 얼굴로 말했다. 그의 기감에 느껴지는 숫자가 상당했던 것이다.

더구나 현재 곤륜파에는 일반 양민들도 상당수 있었다.

"일단은 한곳으로 모아야 할 것 같습니다."

"시간이 될지 모르겠습니다."

설백이 주변을 두리번거렸다. 벽우진의 사자후에 사람들이 발 빠르게 반응했다고 하지만 집결하는 속도보다 살수들이 이동하는 속도가 훨씬 빨랐다. 또한 벽우진이 토해낸 사자후 역시 살수들도 들었을 가능성이 높았다.

"최대한 시간을 벌어봐야지요."

"먼저 움직이겠습니다."

설백이 몸을 날렸다.

그러면서 호법들에게 전음을 보내는 것도 잊지 않았다. 한시가 급한 상황이기에 이동하면서 지시를 내렸던 것이다.

파파팟!

이윽고 설백을 포함해서 여덟 명의 호법들이 사방으로 흩어졌다. 적들이 포위하듯 달려들고 있기에 호법들 역시 그에 맞춰 움직인 것이다.

"사형!"

"넌 이곳을 지키고 있어. 난 싹 다 때려잡고 올 테니까."

"알겠습니다."

한 명 정도는 이곳에서 사람들을 통솔하고 지켜야 했다. 그걸 청민에게 맡긴 벽우진은 몸을 날렸다. 일단은 더 이상 접근하지 못하도록 막기 위해서였다.

'우두머리부터 잡아야 해.'

전력으로 경신술을 펼치면서 벽우진이 미간을 좁혔다. 우두머리의 중요성은 두말할 필요가 없었다. 전황을 유리하게 바꿀 수도 있지만 알고 있는 것 역시 가장 많을 터였다. 어쩌면 지금껏 찾아내지 못한 배후일 수도 있고.

'살수문파와는 부딪친 적이 없는데 말이지. 게다가 기운이 상당히 이질적이야.'

미간의 골이 점점 더 깊어졌다. 가까워질수록 침입자들의 기운을 선명하게 느낄 수 있었는데 이상하게도 하나같이 낯선 기운들이었다. 생전 처음 느껴보는 기운들에 벽우진은 의문만 깊어갔다.

"일단 잡아놓고 알아봐야겠군."

점점 더 깊어지는 의문에 벽우진이 이내 생각을 끊었다. 더 고민해 본다고 한들 달라질 게 없을 것 같아서였다.

스스슥!

거기까지 생각이 닿은 순간 벽우진의 신형이 사라졌다. 가일층 속도를 높이자 잔상도 남지 않은 것이었다.

"얼른 나와!"

"서둘러야 해!"

"빨리빨리!"

멀리서 들려오는 비상종 소리에 장하삼이 목이 터져라 소리쳤다.

산적들의 산불 이후 그를 비롯한 속가제자들은 알고 있었다. 또 다른 공격이 올 수도 있다고 말이다. 그렇기에 의외로 놀란 아이들은 거의 없었다.

"3층은?"

"다 내려왔어요!"

"4층은?"

"제가 마지막이에요!"

얼굴이 시뻘게질 정도로 소리치던 장하삼이 고개를 주억거렸다. 다행히 다 빠져나온 것 같아서였다.

"형님! 우리도 얼른 가요!"

더 이상 건물에서 아이들이 빠져나오지 않는 걸 확인한 송찬승이 소리쳤다. 다른 아이들부터 보낸다고 이제껏 남아 있었기에 서둘러 움직여야 했다.

그런데 그때 아이의 울음소리가 두 사람의 귓전으로 파고들었다.

"으아아앙!"

"먼저 가!"

"으으!"

"괜찮으니까 먼저 가! 아이 데리고 바로 뒤따를 테니까!"

2층의 가장 안쪽 방에서 들려오는 어린아이의 울음소리에 장하삼이 일말의 망설임도 없이 건물 안으로 들어갔다. 놀라서 울고 있는 아이를 직접 데려오기 위해서였다.

반면에 송찬승은 머뭇거렸다. 왠지 모르게 불길한 느낌이 들어서였다. 특히 짙은 어둠이 내려앉은 숲의 모습이 오늘따라 낯설게 느껴졌다.

"에잇! 가자!"

잠시 머뭇거리던 송찬승이 이내 숙소 안으로 들어갔다. 사내대장부가 겁이 난다고 해서 동료를 버리고 갈 수는 없다고 생각해서였다.

그리고 아직은 여유가 있다고 생각했다. 산불 때와 달리 지금 경내에는 벽우진도 있었고 말이다.

스르륵.

송찬승이 건물 안으로 들어간 순간 작은 그림자가 입구에 일렁였다. 그러더니 이내 작은 체구의 흑의 복면인이 모습을 드러냈다. 아무 소리도 없이 귀신처럼 솟아났던 것이다.

'확실히 대단하긴 하군. 그 거리에서 수하들을 감지했을 줄이야.'

모습을 드러낸 은월단주의 두 눈에 은은한 감탄이 서렸다. 대단하다는 말은 들었지만 설마하니 이렇게 빨리 자신들을 감지할 줄은 몰라서였다.

하지만 그렇다고 긴장하지는 않았다.

'아무리 대단하다고 한들 똑같은 인간인 것은 다르지 않지. 한 손으로는 열 손을 감당하지 못하는 법이고.'

복면 안의 입가에 서늘한 미소가 맺혔다.

이번 작전에 은신과 잠입에 특화된 은월단 전부가 투입되었다. 그런 만큼 제아무리 패선이라고 해도 완벽히 막아내는 건 불가능했다.

'이제 슬슬 제대로 흔들어볼까.'

흑의 복면인의 모습이 다시 사라졌다. 나타났을 때와 마찬가지로 감쪽같이 사라졌던 것이다.

타다다닷!

전력으로 계단을 올라간 장하삼이 황급히 2층 복도 끝 방의 문을 열었다. 그러자 두 눈에 눈물이 그렁그렁한 채로 울고 있는 여아의 모습이 눈에 들어왔다.

"혜정아."

"사, 삼촌?"

"많이 놀랐지? 이리 와."

이제 일곱 살에 불과한 기혜정과 눈을 마주하며 장하삼이 빙긋 웃었다. 놀란 기혜정을 달래주기 위해서였다.

"무, 무슨 일이에요?"

"일단 나하고 같이 내려가자. 가면서 설명해 줄게."

"어, 언니들은 다 어디 갔어요?"

"언니들 있는 곳으로 갈 거야. 어서 가자."

"형님!"

장하삼이 기혜정을 어르고 달랠 때 송찬승도 도착했다. 땀을 뻘뻘 흘리는 모습으로 장하삼의 등 뒤에 모습을 드러냈던 것이다.

"찬승 오빠!"

"역시 너였구나. 난 딱 너일 거 같더라. 평소에도 잠만 들면 업어 가도 모를 정도로 잠귀가 어둡더니."

"시간 없어. 얼른 가자."

달래는 장하삼과 달리 송찬승은 답답하다는 얼굴로 기혜정을 덥석 업었다. 기혜정 때문에 시간이 많이 지체된 상황이어서였다.

"으응."

"빨라도 놀라지 마. 서둘러야 하니까."

"가자."

송찬승이 기혜정을 데리고 나가는 것을 확인한 장하삼이 몸을 돌렸다. 아니, 돌리려고 했다. 갑자기 나타난 두 개의 검은 인영만 아니라면.

"뭐, 뭐야?"

"히끅!"

난데없이 바닥에서 솟아나는 두 개의 인영에 먼저 복도로 나갔던 송찬승 역시 식겁한 표정을 지었다.

그러나 송찬승과 기혜정이 대경실색한 반응에도 작은 체구의 흑의 복면인들은 아무런 반응을 보이지 않았다. 그저 얼음처럼 차가운 눈으로 세 사람을 주시하기만 했다.

'어느 틈에…….'

앞뒤로 포위당한 형세에 장하삼이 입술을 깨물었다. 한쪽이라도 뚫려 있으면 두 아이를 보낼 텐데 그럴 수가 없어서였다.

주르륵.

빠르게 전후를 살피는 장하삼의 이마 위로 굵직한 땀방울이 흘러나왔다. 극도로 긴장하자 땀이 비 오듯이 흘러나오는 것이었다.

하지만 장하삼은 그걸 인지하지 못했다. 질식할 듯한 긴장감에 땀을 닦을 여유조차 없는 것이었다.

스윽. 슥.

길목을 막고 있는 것 말고는 아무런 움직임을 보이지 않는 두 흑의 복면인의 모습에 송찬승이 슬금슬금 움직였다. 최대한 장하삼이 있는 곳으로 이동했던 것이다.

꿀꺽!

마른침을 삼키며 미끄러지듯이 움직이는 송찬승의 얼굴은 잔뜩 굳어져 있었다. 대찬 성격의 그였지만 지금과 같은 상황에서는 그 역시 어린아이일 뿐이었다. 더구나 누가 봐도 암살자의 복장이었기에 송찬승의 두 눈은 급격하게 흔들리고 있었다. 다만 옷자락을 꽉 붙잡고 있는 기혜정을 위해서 최대한 티를 내고 있지 않는 것뿐.

툭.

그런데 그때 옆구리에서 묘한 감촉이 파고들었다. 분명 기혜정은 양손으로 그의 등짝을 움켜쥐고 있었는데 또 다른 손이 느껴졌던 것이다.

스윽.

두 눈만 드러나 있는 흑의 복면인을 계속 주시하면 송찬승은 가까스로 눈알을 굴려 옆구리 쪽을 확인했다. 다급함이 느껴지는 손짓에 재빨리 보고서 시선을 다시 원상 복귀했다.

'방향이…… 아!'

그 흔한 살기 하나 뿌리지 않고 석상처럼 가만히 서 있었으나 송찬승은 본능적으로 느낄 수 있었다. 지금 앞에 있는 이들이 철저하게 훈련된 암살자들이라는 것을 말이다.

그렇기에 겨우겨우 장하삼의 손짓을 확인한 송찬승이 눈을 빛냈다. 수신호가 무엇을 뜻하는지 뒤늦게 알아들었던 것이다.

'하지만 둘 다 나가면 금방 뒤를 붙잡힐 거야. 무슨 이유에서인지 지금은 공격하고 있지 않지만 우리가 움직인다면 최소한 다리 정도는 끊어놓겠지.'

송찬승이 빠르게 머리를 굴렸다. 활짝 열린 옆방으로 몸을 날려 창밖을 통해 뛰어내린다고 한들 상황이 달라질 것 같지는 않아서였다.

그리고 상대적으로 불리한 쪽은 기혜정을 업고 있는 자신이었다. 체력이 많이 늘기는 했지만 그렇다고 아이 하나를 업고서 아무렇지 않게 달릴 정도는 아니었다.

'그렇다고 혜정이를 버릴 수도 없고 말이지.'

송찬승의 얼굴이 심각해졌다. 명문대파의 속가제자로서 사형제를 버리는 일은 있을 수도, 있어서도 안 되었다. 그렇기에 송찬승은 기혜정의 두 다리를 자기도 모르게 꽉 움켜쥐었다. 같이 죽더라도 절대 기혜정을 버리지는 않겠다는 듯이 말이다.

툭툭.

그때 장하삼이 다시 한번 그의 옆구리를 찔렀다. 어서 움직이라는 것이었다.

'전음만 사용할 수 있었더라도……!'

송찬승이 입술을 깨물었다. 대화를 할 수 없으니 그렇게 답답할 수가 없어서였다.

투욱.

그런데 갑자기 장하삼이 송찬승을 손으로 밀었다. 더 이상 손가락으로 찌르지 않고 아예 활짝 열린 방문을 향해 밀어버렸던 것이다.

"어?"

갑작스러운 장하삼의 행동에 송찬승이 당황한 얼굴로 깽깽이걸음을 했다. 장하삼의 힘에 의해 강제로 밀려났던 것이다.

쾅!

하지만 놀랄 일은 거기서 끝이 아니었다.

송찬승과 기혜승을 밀어 넣은 장하삼은 전광석화 같은 움직임으로 방문을 닫아버렸다. 조금이라도 시간을 더 벌고자 문을 닫았던 것이다.

"형님!"

그것을 알아차린 송찬승의 두 눈이 부릅떠졌다. 이제야 그는 장하삼의 의도를 제대로 깨달은 것이다.

"가!"

그때 방문 너머로 장하삼의 짧은 한마디가 들려왔다.

애초부터 그는 송찬승과 기혜정만 살릴 생각이었던 것이다. 그래서 그렇게 손을 찔렀던 것이고.

"크윽!"

거기까지 생각이 닿은 순간 송찬승은 이를 악물고 창문을 향해 뛰어내렸다. 장하삼이 목숨을 걸고서 만든 기회를 이대로 져버려서는 안 된다고 생각해서였다.

만약 혼자였다면 그 역시 남았을 터였다. 하지만 그의 등에는 아무것도 모르는, 겁에 질려 떨고 있는 기혜정이 있었다.

'장로님을, 장문인을 모셔올게요! 그때까지 꼭……!'

쿠웅!

단숨에 창문을 부수고 바닥에 착지한 송찬승이 대연무장을 향해 전력 질주했다. 뒤를 돌아볼 시간도 없다는 듯이 송찬승은 오로지 앞만 보며 달렸다. 쥐꼬리만 한 내공을 모조리 쥐어짜면서 말이다.

○

"굉장한 우애로군. 사제들을 구하기 위해 희생하는 사형이라니."

"역시 중원 사람이 아니군."

"맞아. 하지만 그게 무슨 상관이지? 어차피 네놈은 죽을 텐데."

복면으로 인해 눈 주위만 볼 수 있었지만 그것만으로도 특이하단 사실은 충분히 유추해 낼 수 있었다. 눈동자 색깔이 다르기도 했고.

그렇기에 어눌한 말에도 장하삼은 놀라지 않았다. 대신 빠르게 허리춤의 검을 뽑았다.

"그건 모르는 거지."

"망해도 명문대파라는 건가. 기개가 제법이야. 근데 왜 우리가 둘이나 남아 있는지에 대해서는 생각해 보지 않은 모양이야."

"설마?"

"맞아. 네 사형제들은 아주 잠깐 더 살 수 있을 뿐이다. 어차피 죽는 건 매한가지라는 거지."

유난히 작은 체구의 흑의 복면인들이 소매에서 단검을 꺼냈다.

그런데 검의 형태가 특이했다. 괜히 이민족이 아니라는 듯이 큰 각도로 휘어져 있는 단검의 모습에 장하삼은 검병을 움켜잡았다. 죽는다는 말이 너무나 섬뜩하게 다가와서였다.

'하지만 검 끝 위에 살기로 결심한 순간부터 각오한 일이지.'

장하삼의 신색이 차분해졌다. 죽음을 각오하니 오히려 마음이 편해졌던 것이다.

하나 그렇다고 해서 순순히 죽어줄 생각은 없었다.

'나는 명문대파인 곤륜파의 제자니까.'

장하삼이 땅을 박찼다. 선수필승이라는 말대로 먼저 공격했던 것이다. 그런 그의 검은 소청검의 검로를 완벽하게 따르고 있었다.

"애송이의 발악이라."

부지불식간에 펼친 공격이었으나 안타깝게도 장하삼의 검극은 흑의 복면인들에게 닿지 못했다.

오히려 아무런 파공성도 들리지 않았건만 장하삼의 팔다리에서 피가 솟구쳤다. 눈 깜짝할 사이에 흑의 복면인의 검이 장하삼의 사지를 갈라 버렸던 것이다.

"끄윽!"

그러나 사지에서 피 분수가 치솟음에도 장하삼은 움직이는 것을 멈추지 않았다. 조금이라도 더 시간을 벌려면 자신이 악착같이 붙들고 있어야 한다고 생각해서였다.

물론 그 노력조차 무의미할 수는 있지만 그렇다고 가만히 있을 수는 없었다. 할 수 있는 건 뭐든지 해야 한다고 생각했다.

"호오. 꽤 버티네? 막 검을 잡은 놈이라 울고 불면서 짤 줄 알았는데."

"하압!"

순식간에 피투성이가 되었지만 장하삼의 기세는 달라지지

않았다. 오히려 목숨을 포기했기에 더욱더 집요했다. 어차피 죽을 거 이왕이면 한 명이라도 같이 데려가겠다는 심보로 검을 휘둘렀던 것이다.

그러나 안타깝게도 생애 처음으로 살기를 뿌리면서 검을 휘둘렀지만 흑의 복면인에게는 닿지 않았다.

서걱. 슥.

오히려 장하삼의 전신에 상처만 들어났다. 그것도 하나하나가 너무나 끔찍하고 고통스러운 상처가 말이다.

'좀 더, 좀 더 시간을 끌어줘야……!'

장하삼의 안색이 하얗게 변했다. 과도한 출혈로 창백해져 가는 것이었다.

하지만 장하삼은 움직이는 것을 멈추지 않았다. 자신이 멈추는 순간 암살자가 목을 베고 송찬승과 기혜정에게 달려갈 것 같아서였다.

'다른 한 명이…… 어디 있지?'

점점 흐릿해져 가는 시야에 장하삼은 두 눈에 힘을 주었다. 어느 순간부터 다른 한 명이 보이지 않는 것 같아서였다.

"투지가 대단하군. 하지만 투지만 있어서는 이 무림에서 살아남기 힘들지."

덥석!

이죽거린 흑의 복면인이 순식간에 거리를 좁혔다. 그러고는 순식간에 장하삼의 오금을 쳐서 무릎을 꿇린 후 멱살을 잡았다.

"으으!"

혼미해져 가는 정신에도 장하삼은 검을 휘둘렀다. 팔다리가 짧은 흑의 복면인이 자신의 목을 움켜잡았다는 것은 달리 말하면 그만큼 간격이 좁혀져 있다는 뜻이었기에 그 기회를 놓치지 않은 것이었다.

채앵!

하지만 힘이 실리지 않은 검격은 흑의 복면인에게 아무런 위협이 되지 않았다. 그저 막기만 했는데도 장하삼의 검은 튕겨져 날아갔다.

"살고 싶지? 그럼 한 가지 방법이 있는데. 나한테 살려달라고 구걸해 봐. 패선을 욕하면서. 그럼 살려주지. 이건 약속할 수 있어. 여기엔 나밖에 없으니까."

흑의 복면인의 눈가에 잔주름이 잡혔다. 보이지는 않으나 웃고 있는 것이었다.

"퉷!"

"이 자식이!"

그러나 대답은 침이었다. 두 팔을 늘어뜨린 채로 장하삼이 흑의 복면인을 향해 침을 뱉었던 것이다.

푸푸푹!

그와 동시에 흑의 복면인의 단검이 장하삼의 몸 곳곳에 쑤셔 박혔다.

"헉헉헉!"

한편 송찬승은 죽어라 앞만 보고 달렸다. 자신의 경신술이 암살자들과 비교하면 턱없이 부족하다는 것을 알기에 송찬승은 모든 힘을 두 다리에 쏟은 채 달리기만 했다.

하지만 그러면서도 두 귀는 활짝 열어두었다.

채채챙! 챙!

그러자 곳곳에서 금속성이 들려왔다. 다른 곳에서도 격전이 벌어지는 것이었다.

'적어도 혜정이만은……!'

송찬승의 입술을 깨물었다.

혼자 남은 장하삼이 너무나 걱정되었지만 우선은 기혜정이 먼저였다. 안전한 곳에 기혜정을 데려다 놓은 후 송찬승은 다시 장하삼이 있는 숙소로 되돌아갈 생각이었다.

쉬이익.

송찬승이 갑자기 앞으로 넘어지듯이 몸을 던졌다. 두 팔로는 기혜정의 양다리를 감싸 안은 상태였기에 턱부터 땅에 닿아 그대로 살갗이 벗겨졌지만 송찬승은 고통을 느낄 새가 없었다. 만약 조금이라도 늦었다면 눈앞에 박혀 있는 암기가 그의 뒤통수를 꿰뚫었을 것이기 때문이다.

"크윽!"

가까스로 등 뒤에서 날아오는 암기를 피한 송찬승이 벌떡 일어났다. 어떻게든 장로들이나 호법들이 있는 곳으로 가야 한다는 생각에 송찬승은 뒤도 돌아보지 않고 다시 뛰었다.

그러나 안타깝게도 송찬승은 얼마 가지 않아 멈춰 서야만 했다.

스르륵.

마치 귀신처럼 그의 앞으로 왜소한 체구의 흑의 복면인이 나타났던 것이다.

"오, 오빠?"

"젠장!"

아무 말 없이 투명한 눈으로 자신을 노려보며 서서히 다가오는 흑의 복면인의 모습에 송찬승이 뒷걸음질 쳤다.

그러면서 머리를 굴렸다. 어떻게 해야 이 위기를 타개할 수 있나 궁리했던 것이다. 하지만 지칠 대로 지쳐서 그런지 아니면 상황 자체가 극악해서 그런지 좀처럼 묘수가 떠오르지 않았다.

'혜정이라도 살려야 하는데…….'

이미 장하삼이 자신들을 위해 희생했다. 사지가 분명한 곳에 스스로 남았던 것이다.

그리고 그건 송찬승도 마찬가지였다. 자신이 희생해서 기혜정을 살릴 수 있다면 송찬승은 지금 당장에라도 몸을 날릴 수 있었다.

'일단 시선을 끌어야 해. 오로지 나만 볼 수 있도록.'

송찬승은 다시 한번 전음을 펼칠 수 없는 자기 자신이 너무나 미웠다. 만약 전음을 제대로 사용할 수 있다면 기혜정에게 많은 것들을 말해줄 텐데 그럴 수가 없어서였다.

하지만 울분의 시간은 짧았다. 송찬승은 두 팔을 풀어 기혜정을 내려놓았다.

"오빠?"

갑자기 자신을 내려놓는 송찬승의 행동에 기혜정이 깜짝 놀란 표정을 지었다. 그러나 들려오는 대답은 없었다.

대신 송찬승은 몽둥이나 마찬가지인 검을 뽑아 들었다. 어떻게든 흑의 복면인의 시선을 자신에게 붙잡아두기 위해서였다.

스윽.

그리고 그 순간 흑의 복면인이 움직였다. 마치 빙판길에서 썰매를 타는 것처럼 미끄러지듯이 쇄도하는데 그 움직임이 너무나 빨랐다. 제대로 반응조차 할 수 없을 정도로 말이다.

그런데 신기하게도 달처럼 굽어진 단검이 목을 노리고서 쇄도하는 건 너무나 선명하게 보였다.

'이대로 죽는 건가…….'

자신의 반사 신경으로는 도저히 따라잡을 수 없는 움직임에 송찬승이 멍한 표정을 지었다. 그러면서 지금까지의 생애가 머릿속에 빠르게 떠올랐다가 사라졌다. 비록 짧은 생이었지만 주마등처럼 지나갔던 것이다.

우뚝!

그런데 갑자기 흑의 복면인이 멈췄다. 마치 마혈이라도 점혈당한 것처럼 정확히 그의 목 앞에 단검을 세운 채 얼어붙었던 것이다.

"애썼다."

"자, 장문인?"

"이대로 쭉 달려가거라. 더 이상의 암살자 놈들은 없으니."

주르륵!

송찬승의 두 눈에서 눈물이 폭포수처럼 흘러나왔다. 죽음을 떠올린 순간 마치 기적처럼 벽우진이 등장해서였다.

그리고 그 심정은 기혜정도 마찬가지인 듯 울먹거리며 눈물을 쏟아냈다.

"자, 장 형님이……."

"알고 있다."

퍼어엉!

뒷목이 붙잡혀 있던 흑의 복면인의 몸뚱이가 터져 나갔다. 무지막지한 벽우진의 내공을 견디지 못하고 몸 전체가 산산조각 난 것이었다.

하지만 송찬승이나 기혜정은 그것에 신경 쓸 겨를이 없었다. 어느새 벽우진의 신형이 한 줄기 벼락처럼 날아가고 있어서였다.

우르르릉!

피 웅덩이에 서 있던 흑의 복면인이 몸을 부르르 떨었다. 멀지 않은 곳에서 무시무시한 살기가 폭사됨을 느껴서였다. 그것도 암살자인 자신이 순간적으로 굳을 정도의 살기가 말이다.

"패, 패선인가?"

이 세상에서 독존(獨尊)한다는 듯이 어마어마한 존재감을 흩뿌리며 다가오는 기척에 흑의 복면인이 말을 더듬었다.

그 정도로 압도적인 존재감이었다. 느끼는 즉시 하늘 같이 여기는 성주를 떠올릴 정도로 말이다.

하지만 한편으로는 잘 되었다는 생각도 들었다. 목표물인 벽우진이 저렇게 흥분했다는 건 달리 말하면 그만큼 틈도 크다는 소리였다. 그리고 일부러 이런 상황을 만들기도 했고.

'괜히 시간을 끈 게 아니란 말이지.'

죽일 수 있는 기회는 수백 번도 더 있었다. 하지만 은월단은 그러지 않았다. 벽우진은 물론이고 장로들, 호법들의 심리를 뒤흔들기 위해서였다. 아무리 고수라도 혈족이나 마찬가지인 제자들이 죽어가는 광경을 본다면 흔들릴 수밖에 없었다.

툭.

속가제자들이 사용하는 숙소 건물의 2층 창문으로 벽우진이 들어왔다. 진짜 신선처럼 표홀한 움직임으로 착지했던 것이다.

하지만 신선과도 같은 외관과는 달리 벽우진에게서 흘러나오는 기운은 살벌하기 짝이 없었다. 두 눈은 물론이고 전신에서 무시무시한 살기가 폭사되었던 것이다.

"으음!"

살기가 얼마나 지독한지 마치 아지랑이처럼 전신에서 피어오르는 광경에 은월단원이 자기도 모르게 침음을 흘렸다.

마주하는 것만으로도 엄청난 위압감을 받았던 것이다.

"……하삼아."

바짝 얼어 있는 은월단원과 달리 벽우진은 그쪽에는 시선도 두지 않았다. 대신 슬픔이 가득한 눈으로 피 웅덩이에 엎어져 있는 장하삼에게 다가갔다.

으드득.

떨리는 손으로 장하삼의 몸을 돌린 벽우진이 이를 악물었다. 동시에 지금까지와는 비교도 안 되는 어마어마한 살기가 폭사되었다. 걸레짝처럼 갈가리 찢기고 꿰뚫린 장하삼의 육신을 보자 평정심을 유지할 수가 없었던 것이다. 특히 장하삼의 얼굴을 보자 벽우진은 화를 참을 수가 없었다.

"하삼아……."

마지막까지 악착같이 버티고 싸우려고 했던 기개가, 각오가 장하삼의 얼굴에 고스란히 남아 있었다. 심지어 눈조차 제대로 감지 못하고 있는 장하삼의 모습에 벽우진은 온몸이 떨려왔다. 극한의 분노에 몸을 주체하지 못했던 것이다. 그리고 차마 장하삼의 눈을 마주할 수 없었다.

까드드득!

보지 않아도 벽우진은 알 수 있었다. 송찬승과 기혜정을 위해 장하삼이 희생했음을. 더불어 어떻게든 적들을 붙잡아두려했다는 사실을 말이다.

"……미안하다. 내가, 정말 미안하다."

피가 모조리 빠져나간 듯 너무나 가벼운 장하삼의 몸을 바닥에 내려놓으며 벽우진이 사과했다. 이 모든 게 그가 부족해서 벌어진 일인 것 같아서였다. 그래서 그는 차마 장하삼의 눈을 감겨주지 못했다.

"네 눈은 모든 걸 끝낸 다음에 감겨주마. 그러니 똑똑히 봐다오."

장하삼이 보기 편하게 벽에 기대어 앉게 만든 벽우진이 천천히 몸을 일으켰다. 그런데 그게 은월단원에게는 마치 거인이 일어나는 것처럼 보였다. 인간이 아닌, 인외(人外)의 존재처럼 느껴졌던 것이다.

동시에 손가락 하나 꼼짝할 수 없었다.

"쉽게 죽을 생각은 하지 않는 게 좋을 거야. 내가 그걸 허락하지 않을 테니까."

"으으윽!"

은월단원의 몸이 서서히 굽어지기 시작했다. 기하급수적으로 강렬해지는 기도에 버텨내질 못하는 것이었다.

그런데 문제는 이가 다가 아니었다.

퍼펑! 펑!

은월단도의 육신 곳곳에 터져 나가기 시작했다. 기세의 강약을 조절해 은월단원의 몸에 상처를 입혔던 것이다.

한데 그 위치가 절묘했다. 하나같이 그가 장하삼을 찌르고 찢었던 위치였다.

"끄으읍!"

전신에서 느껴지는 무지막지한 고통에 은월단원이 신음을 흘렸다. 그 어떤 고통에도 소리를 내지 않도록 훈련받은 그였으나 지금은 어쩔 수 없었다. 사지육신 곳곳이 터져 나갈 뿐만 아니라 기괴하게 꺾이기까지 하니 도저히 버틸 수가 없었던 것이다.

하지만 고통에 신음하는 은월단원을 보는 벽우진의 두 눈은 더할 나위 없이 차가웠다. 살기가 불꽃처럼 이글이글 끓고 있음에도 두 눈만큼은 서늘하게 가라앉았던 것이다.

"고작 이 정도에 힘들어하면 안 되지. 감히 대곤륜의 제자를 능멸했는데 이것도 못 참으면 쓰나."

"끄아아악!"

분근착골(分筋錯骨)과도 비교할 수 없는 고통에 은월단원이 결국 비명을 내질렀다. 팔다리는 물론이고 척추까지 비틀어 버리는 무형지기에 머리가 새하얗게 변했던 것이다.

하지만 그 처절한 비명에도 벽우진은 멈추지 않았다. 아직 이 정도로는 부족해서였다.

번쩍!

그런데 그때 벽우진의 발밑에서 한 줄기 빛이 솟구쳤다. 수하가 고문과도 같은 수법에 당하고 있음에도 냉정하게 최적의 순간을 기다리며 기회를 노리던 은월단주가 드디어 암습을 가한 것이다. 온 정신을 수하를 괴롭히는 데 쏟고 있는 그 틈을 타서 말이다.

터엉!

일격필살의 수법으로, 그것도 발밑이라는 예상하기 힘든 위치에서 기습을 가했건만 결과는 실패였다. 투명한 벽우진의 호신강기를 은월단주는 끝내 뚫어내지 못했던 것이다.

'이 무슨 말도 안 되는!'

기습이 실패했다는 사실에 은월단주가 체구만큼이나 작은 두 눈을 부릅떴다. 설마하니 자신의 일격이 고작 호신강기에 허무하게 막힐 줄은 꿈에도 생각하지 못해서였다.

그러나 놀란 것과 달리 그의 몸은 본능적으로 움직였다. 수백, 수천 번의 살행으로 자연스럽게 녹아든 경험이 후속 공격을 펼치게 만들었던 것이다.

우우우웅!

오로지 예리함만 담은, 극한의 날카로움으로 벼려낸 검강이 희미한 빛을 뿌리며 벽우진의 호신강기를 파고들었다. 이번에야말로 확실하게 찢어발기겠다는 듯이 말이다.

터어엉!

하지만 이어지는 공격 역시 호신강기에 막히고 말았다. 방금 전과 똑같이 흠집조차 내지 못하고 튕겨졌던 것이다.

"큭!"

그 모습에 은월단주의 두 눈이 황당함이 떠올랐다. 지금껏 단 한 번도 이런 적이 없었기에 당황한 것이었다.

"네놈을 기다리고 있었다."

"뭐라고?"

"쥐새끼처럼 숨어 있던 걸 내가 모를 줄 알았더냐?"
"흥!"

얇고 투명한 호신강기 안에 서서 말하는 벽우진의 모습에 은월단주가 코웃음을 쳤다. 그야말로 말로 안 되는 헛소리였기 때문이다. 적어도 은신술에 한해서는 성주조차도 그를 따라올 수는 없었다.

"뭐, 믿든 말든 상관없지만. 어차피 뒈질 거니까."

뒷짐을 진 상태로 벽우진이 이죽거렸다. 상대가 어떻게 생각하든 그에게는 전혀 상관이 없어서였다.

그런데 그 순간 매서운 파공성이 복도를 갈랐다. 한 자루 철검이 맹렬한 기세를 토해내며 은월단주에게 쇄도했던 것이다.

'무슨!'

현재 2층에는 그와 벽우진뿐이었다. 그런데 철검이 무시무시한 기세를 흩뿌리며 홀로 날아오자 은월단주가 깜짝 놀라며 들고 있던 양손의 단검을 교차했다.

콰아앙!

"크!"

굉음과 함께 은월단주의 입에서 비틀린 신음이 흘러나왔다. 그 정도로 철검에는 무지막지한 힘이 실려 있었다.

하지만 가까스로 철검을 막아낸 은월단주는 곧바로 은신술을 펼쳤다. 호신강기와 이번 공격으로 정면 대결로는 승산이 없다는 걸 깨달았던 것이다.

'분명히 이기어검이야. 그것도 최소 목어검(目御劍).'

사위에 짙게 내린 어둠에 녹아든 은월단주가 목구멍으로 올라오는 피를 삼켰다.

강하다는 말은 수도 없이 들었지만 목어검을 아무렇지 않게 펼칠 정도의 고수일 줄은 몰랐기에 은월단주의 눈동자에는 경악이 서려 있었다. 이만한 고수는 사왕성(沙王城)에서 거의 없었기에 은월단주는 심호흡을 하며 놀란 가슴을 다잡았다.

'기습 때 확실하게 끝냈어야 했는데.'

평정심을 되찾은 은월단주가 이를 갈았다. 성주의 명대로 장년인의 부탁을 들어준다고 심장이나 머리가 아닌 단전을 노린 게 패착이었다. 이 정도 고수에게 어중간하게 달려든 것부터가 문제였다.

하지만 후회한다고 한들 이미 늦었다.

'기회는 또 온다. 정황상 놈은 흔들릴 수밖에 없어.'

몸을 숨긴 은월단주의 귀로 멀리서 금속음이 계속해서 들려오고 있었다. 그 말인즉 아직 격전 중이라는 얘기였다.

'호법들이 강하다고 하지만, 그래 봤자 중원에서나 강한 것이지.'

은월단주는 수하들을 믿었다. 같은 부족 출신이기에 누구보다 수하들의 실력에 대해서 잘 알고 있었다.

게다가 자신들은 암살자였다. 정면 대결로는 호법들의 상대가 못 될지 모르나 지금은 밤이었고, 또한 난전 상태였다.

'조급함은 곧 틈을 만드는 법이지.'

은월단주가 반개한 눈으로 벽우진을 노려봤다. 시간이 흐를수록, 비명이 더욱 거세질수록 벽우진의 평정심은 흔들릴 수밖에 없었다. 그리고 평정심이 흔들리면 반드시 틈이 생겼다.

'이번에야말로 단숨에 죽여주마.'

첫 일격은 위치도 위치였지만 방심한 것도 없지 않아 있었다. 하지만 이번에는 달랐다. 전심전력으로 벽우진을 죽일 생각이었다.

'부탁보다는 죽이는 게 먼저다.'

은월단주는 마음의 결정을 내렸다.

직접 겪어본 벽우진은 절대 만만한 상대가 아니었다. 향후 사왕성에 있어 크나큰 적이자 장애물이 될 것이 분명하기에 은월단주는 오늘 이 자리에서 끝장을 봐야 한다고 생각했다. 더 강해지기 전에 말이다.

"잔머리 굴리는 소리가 너무 크게 들리는데. 기다리면 네놈에게 유리할 것 같나?"

고요한 복도에 벽우진의 목소리가 울려 퍼졌다.

하지만 벽우진의 말에도 들려오는 대답은 없었다. 그저 은은한 월광만이 간간이 복도를 비추기만 했다.

"인내심이 암살자들의 필수 덕목이기는 하지만 불필요한 인내심만큼 의미 없는 것도 없지."

쐐애애액!

벽우진의 주위를 빙글빙글 돌던 장하삼의 철검이 반대쪽 복도 끝의 천장을 향해 전광석화처럼 날아갔다. 한 줄기 벼락처럼 느닷없이 뻗어 나갔던 것이다.

콰앙!

그런데 철검이 천장을 꿰뚫기 직전 하나의 인영이 솟구쳐 나왔다. 작달막한 체구의 은월단주가 검은 천을 휘날리며 모습을 드러냈던 것이다.

'도대체 어떻게!'

그런 은월단주의 두 눈에는 황당함과 경악이 서려 있었다. 극성으로 펼친 은신술을 벽우진이 꿰뚫어 봤다는 게 믿기지가 않아서였다.

하지만 그에게는 놀랄 시간이 주어지지 않았다.

쌔애액!

천장을 박살 낸 장하삼의 철검이 재차 그를 노리고 쇄도했던 것이다.

"큭!"

빛살과도 같은 무시무시한 속도에 은월단주가 이를 악물었다. 그의 육안으로도 쫓아가기 힘든 속도였기에 진짜 경험과 본능적인 감각이 아니었다면 막아내지 못했을 터였다.

그러나 더 큰 문제는 이게 시작이라는 점이었다.

'제기랄!'

뒷짐을 지고 서 있는 벽우진은 오로지 두 눈만으로 철검을 조종하며 은월단주를 난타했다. 이기어검으로 철검을 자유자재로 다루며 은월단주를 공격했던 것이다.

츠츠츠츠!

그뿐만 아니라 철검에서 뿜어져 나오는 수십 줄기의 검기들은 그를 당혹케 만들기에 충분했다. 미친 듯이 날아다니는 한 자루 검만 해도 상대하기 힘든데 검신에서 검기가 줄기줄기 뿜어져 나오니 앞이 캄캄해졌던 것이다.

게다가 더 큰 문제는 벽우진이 은신술을 펼칠 틈을 주지 않는다는 점이었다.

'이렇게 된 이상 어쩔 수 없다.'

특유의 날렵한 움직임으로 벽우진의 공세를 회피하고는 있었지만 이대로 가다간 얼마 안 가 지쳐서 쓰러질 게 뻔했다.

물론 이기어검을 펼치는 벽우진의 공력 소모 역시 극심하겠지만 대신 체력적으로는 멀쩡할 것이기에 은월단주는 지금 바로 승부수를 띄워야 한다고 생각했다. 더 시간을 끌었다가는 이도 저도 아닌 상태가 될 것 같아서였다.

휘리릭!

결정을 내린 순간 은월단주가 들고 있던 두 자루의 단검을 허공에 던졌다. 괴상하게 휘어져 있는 단검을 날아오는 철검을 향해 내던졌던 것이다.

꽈아앙!

진기를 가득 머금은 두 자루 단검과 충돌한 철검이 순간 멈칫거렸다. 생각 외로 반동이 거셌던 것이다.

그리고 폭발과 함께 은월단주의 신형 역시 사라졌다. 굉음과 폭발이 일어난 순간을 이용해 몸을 숨겼던 것이다.

삐이이익!

하지만 놀랄 일은 거기서 끝나지 않았다. 철검을 막아섰던 두 자루의 단검이 기괴한 소리를 내며 허공을 가로질렀던 것이다.

"잡기로군."

단검의 손잡이 부분에 달려 있는 고리로 인해서 나는 해괴한 소리가 이내 복도를 가득 채웠다. 그뿐만 아니라 한 자루는 철검을, 다른 한 자루의 단검은 벽우진을 노리며 쇄도했다. 놀랍게도 은월단주 역시 이기어검을 펼칠 수 있는 고수였던 것이다.

그러나 그 광경에도 벽우진의 입가에는 여전히 조소가 맺혀 있었다.

"어리석고 멍청한 놈이군."

지 딴에는 절묘한 순간에 은신술을 펼쳤다고 생각하겠지만 벽우진이 보기에는 되도 않는 고집을 부리는 것으로 밖에 안 보였다. 이미 두 번이나 간파를 당했음에도 그 사실을 인정하지 않았기 때문이다.

물론 벽우진의 입장에서는 도망치지 않아서 더 좋았지만.

터엉!

기괴한 소리로 벽우진의 청각을 교란시키던 단검 중 하나가 벽우진의 목을 노리고서 쇄도했다. 1차적으로 청각을, 2차적으로는 정신을 혼미하게 만들어서 집중력을 떨어뜨린 후 공격하는 방식인 듯했다.

하지만 안타깝게도 상대가 나빴다. 고작 이 정도 기음(奇音)으로는 벽우진을 흔들 수 없었다.

스르륵!

그 순간 벽우진의 등 뒤로 은월단주가 안개처럼 나타났다. 조금의 징조도 없이 갑자기 나타난 것이다. 그리고 그의 손가락에는 하늘하늘거리는 열 개의 은사가 매달려 있었다.

"다 보인다니까."

하지만 은월단주가 등 뒤를 선점했음에도 벽우진은 놀라지 않았다. 아니, 이미 알고 있다는 듯이 자연스럽게 몸을 돌리며 손을 뻗었다. 닿는 순간 강철조차 소리 없이 베어버리는 은사를 향해 왼손을 내질렀던 것이다.

'걸렸다!'

그 모습에 은월단주가 회심의 미소를 지었다. 진기를 주입하지 않아도 강철쯤은 우습게 절단 내는 은사인데 지금은 그의 공력을 잔뜩 머금은 상태였다. 즉 호신강기도 두부처럼 갈라 버릴 수 있는 상태란 얘기였다. 그렇기에 은월단주는 어쩌면 승부가 쉽게 갈릴지도 모르겠다는 생각이 들었다.

푸스스스…….

은사가 뭉개지다 못해 끊어지기 전까지는 말이다.

별다른 초식도 없이 그저 단순히 아귀힘으로, 특수한 재료와 특별한 과정을 거쳐 만들어진 특제 은사를 가루로 만들어 버리는 모습에 은월단주는 순간 멍한 표정을 지었다. 두 눈으로 직접 보고도 믿겨지지가 않았던 것이다.

그리고 그게 너무나 큰 실수가 되었다.

덥석!

멍때리고 있는 은월단주의 목을 벽우진이 오른손으로 단숨에 붙잡았던 것이다.

"크윽!"

목을 옥죄는 무시무시한 악력에 은월단주가 퍼뜩 정신을 차리고서 아직 멀쩡한 왼손의 은사를 움직였다. 거리가 지척인 만큼 단숨에 벽우진의 몸뚱이를 절단 내려는 것이었다.

푹!

그러나 이번 역시도 그는 뜻을 이루지 못했다. 위에서 내리꽂히는 철검이 정확히 그의 견정혈을 꿰뚫어서였다.

두 자루 단검을 조종할 여유가 없는 그와 달리 벽우진은 보지 않고도 이기어검을 펼치는 모습에 은월단주는 고통도 잊은 채 경악한 표정을 지었다.

동시에 공력이 끊긴 은사가 힘없이 바닥을 향해 늘어졌다.

우득!

하지만 벽우진은 여기서 만족하지 않았다. 나머지 오른팔의 어깨도 아귀힘으로 박살을 내버렸던 것이다.

"흐으……!"

맨정신인 상태에서 뼈가 바스러지는 걸 올올히 느끼게 된 은월단주가 이를 악물었다. 머리를 새하얗게 만드는 고통에, 보이지 않아도 어떻게 되는지 선명하게 알 수 있는 고통에 절로 신음이 새어 나왔다.

"고작 이 정도에 무너지면 안 되지. 네놈들 따위에 우리 하삼이가 죽었는데."

푸푹!

이번에는 은월단주가 사용하던 단검이 두 허벅지에 박혔다. 그런데 신기한 것은 맨살에 칼이 박혔음에도 불구하고 피가 흘러나오지 않는다는 점이었다.

부르르르!

하지만 고통만은 확실하게 전달되었는지 은월단주가 사시나무처럼 전신을 떨었다. 두 눈에서는 흰자위만 보였고.

“지금부터 네가 할 일은 하나뿐이다. 내가 질문하는 말에만 대답하면 돼. 그 외는 허락하지 않는다.”

“크큭! 내가 말할 것 같으냐!”

“적어도 죽지는 못하게 할 수 있지.”

투두두둑.

어느 순간 벗겨진 복면에서 은월단주의 이빨이 옥수수 알갱이 떨어지듯 우수수 뽑혀져 나왔다. 어떤 이빨이 독단인지 알 수 없기에 모조리 뽑아버린 것이었다.

그뿐만 아니라 벽우진은 혀와 혀 밑까지 살폈다. 고문 기술자에게 어깨너머로 배운 걸 모두 다 활용했던 것이다.

“누가 시켰느냐?”

모든 준비를 끝마친 벽우진이 이글이글 타오르는 눈으로 은월단주를 노려봤다. 지금껏 참아왔던 진노(瞋怒)를 이제야 터뜨렸던 것이다.

하지만 그 무시무시한 분노가 담긴 안광을 마주하고도 은월단주는 웃었다.

"꼴에 살수라 이거지?"

"흐흐흐!"

벽우진의 손에 대롱대롱 매달린 은월단주가 재수 없는 웃음을 흘렸다. 그 어떤 고문을 하더라도 소용없을 거라는 웃음이었다.

"아직 견딜 만한가 보군."

"나에게서 알아낼 수 있는 건 아무것도 없을 것이다."

"그럴지도 모르지. 하지만 화풀이는 충분히 할 수 있을 것 같은데."

꾸드드득!

은월단주의 왼쪽 발목이 서서히 돌아갔다. 바깥쪽 방향으로 완전히 한 바퀴 돌아갔던 것이다.

하지만 이건 시작에 불과했다. 발목에 이어 무릎까지 돌아가자 은월단주가 오한이라도 걸린 것처럼 온몸을 떨었다.

"읍읍!"

그야말로 뒤를 생각하지 않고서 막 다루는 벽우진의 손길에 은월단주가 잇몸을 악물었다.

한데 그게 또 다른 고통을 선사했다. 이빨이 강제로 뽑힌 상태였기에 상처투성이인 잇몸을 악물자 고통이 배가 되었던 것이다.

"말하기 싫으면 말하지 않아도 돼. 때로는 시체들이 알려주는 것들도 있으니까. 그리고 네놈들에게 이를 가는 이들이 의외로 많거든."

꾸드득!

이번에는 오른쪽 발목이 서서히 돌아가기 시작했다.

뒤이어 똑같이 무릎이 돌아가고 고관절까지 한계 이상으로 꺾이기 시작하자 은월단주의 입이 쩍 벌어졌다. 지독한 고통에 신음조차 나오지 않았던 것이다.

"너 말고 물어볼 놈들이 없는 것도 아니고 말이지."

"그르륵!"

은월단주의 입에서 괴상한 소리가 흘러나왔다. 하반신을 끝낸 벽우진이 본격적으로 내공을 집어넣었던 것이다.

물론 은월단주를 회복시키기 위한 건 아니었다. 오히려 그 반대로 벽우진의 내공은 은월단주의 기경팔맥은 물론이고 혈맥을 모조리 찢어버렸다.

덜덜덜!

대해(大海)와 같은 공력이 노도처럼 은월단주의 전신을 순식간에 휩쓸었다. 강제로 모든 혈맥을 찢어발겼던 것이다.

그 고통에 은월단주는 몸부림치다가 이내 축 늘어졌다. 더 이상 움찔거릴 기력조차 남아 있지 않은 것이었다.

"죽은 척하는 거 다 안다. 귀식대법으로 내 눈을 속일 수 있을 거라 생각했나?"

"지, 지독한……."

"네놈 따위가 그런 말을 하면 쓰나. 이제 막 무공에 입문한 아이를 조롱하며 가지고 논 네놈들 따위가 말이지."

"흐으으으……!"

벽우진의 시선이 여전히 두 눈을 뜬 채로 이곳을 바라보고 있는 장하삼에게로 향했다. 공허한 그의 두 눈을 보자 벽우진은 자기도 모르게 손아귀에 힘이 들어갔다.

얼마나 고통스러웠을지, 얼마나 두려웠을지 감히 그로서는 가늠이 되지 않았다. 그렇기에 너무나 미안했다. 이렇게 복수밖에 할 수 없는 게.

"미안하구나……."

은월단주에게 말하던 것과는 너무나 다른 목소리로 입을 연 벽우진이 깊게 한숨을 내쉬었다. 그러고는 무형지기로 장하삼을 조심스럽게 띄워 올렸다.

질질질.

반면에 은월단주는 짐짝 다루듯 다뤘다. 땅바닥에 기괴한 각도로 돌아간 두 발이 쓸리는데도 신경 쓰지 않고 그대로 끌고서 걸음을 옮겼던 것이다.

"이놈의 새끼들!"

퍼퍼퍼펑!

서진후의 검에서 살기가 폭사되었다. 그뿐만 아니라 검강도 줄기줄기 뿜어져 나오며 은월단원들을 모조리 터뜨려 버렸다. 단순히 베어버리는 것에 끝나지 않고 최대한 고통스럽게 폭사시켰던 것이다.

하지만 그럼에도 서진후의 분노는 조금도 가라앉지 않았다.

주르륵.

목이 잘린 채로, 또는 머리가 꿰뚫린 채로 뜨거운 피를 흘리며 죽어 있는 속가제자들을 보자 그는 눈이 돌아갔다. 처음으로 받아들인 속가제자들이 처참하게 죽어간 모습을 보자 분노를 참을 수가 없었던 것이다.

"크아아아!"

그 울분을 서진후는 은월단원들에게 사정없이 내뿜었다. 과할 정도로 공력을 사용하고 있음에도, 단전이 찌릿함에도 그는 공격을 멈추지 않았다. 오히려 흥분한 그를 노리고서 모여드는 은월단이 기껍다는 듯이 더욱더 거세게 검을 뿌렸다.

퍼펑! 퍼퍼퍼펑!

그런데 그때 사방에서 피 분수가 치솟았다. 자신의 검이 닿기는커녕 향하지도 않았건만 나무 위, 바위 아래, 땅속 등등에서 피가 솟구쳤다.

그 모습에 미치광이처럼 검을 휘두르던 서진후가 멈춰 섰다.

"진정해. 너무 흥분했어."

"사형."

"화풀이는 이만하면 됐잖아? 지금부터는 일을 해야지. 애들 복수는 제대로 해줘야 할 거 아냐?"

"……예."

역시나 예상했던 대로 보이지도 않는 적들을 폭사시킨 건 벽우진이었다. 그리고 자신과는 비교도 안 되는 분노를 억누르고 있는 벽우진의 모습에 서진후는 빠르게 평정심을 되찾았다.

하지만 그 평정심은 벽우진의 뒤에 둥둥 떠 있는 장하삼의 모습을 보고는 순식간에 무너졌다.

"다른 곳에 있는 아이들을 챙겨 와. 최대한 조심스럽게. 우리의 자랑스러운 제자들이니까."

"크흐흑!"

바닥에 아무렇게나 엎어져 있던 아이들의 두둥실 떠오르는 모습에 서진후의 눈에서 눈물이 쏟아졌다. 분노가 가시자 그 자리를 지독한 슬픔이 채웠던 것이다.

그러나 이내 그는 눈물을 꾹 참았다. 아직은 울 때가 아니라는 생각이 들어서였다.

휘이익!

빠르게 눈가를 훔친 서진후가 몸을 날렸다. 아직 전투는 끝나지 않았기에 다른 곳으로 이동한 것이다.

반면에 벽우진은 한 손에 여전히 은월단주의 목을 움켜잡은 채로 아이들이 모여 있을 대연무장을 향해 발걸음을 옮겼다. 죽은 속가제자들을 조심스럽게 데리고서 말이다.

○

무거운 침묵이 회의실에 자리 잡고 있었다. 제법 많은 인원이 착석해 있었지만 누구 하나 선뜻 입을 열지 못했다.

"피해는?"

"총 32명이 죽었습니다. 87명이 부상을 당했으나 목숨에는 지장이 없습니다. 그리고 사망한 아이들은 전부 속가제자입니다."

부르르르!

청민의 보고에 서진후는 물론이고 호법들을 대표해서 참석한 설백과 진구가 주먹을 불끈 쥐었다. 다시 듣자 분노가 치솟았던 것이다.

그리고 그 모습에 한 자리를 차지하고 앉아 있던 설향과 설아린은 고개를 들지 못했다. 한 번은 실수일 수 있으나 두 번은 아니었기 때문이다.

"호법님들 중에서 다치신 분들이 계시다고 들었는데."

"두 분께서 다치시긴 했으나 심각한 것은 아닙니다."

"다행이야. 놈들의 은신술이 보통이 아니었는데."

벽우진이 적들을 떠올리며 눈을 빛냈다.

인정하기는 싫지만 은신술만큼은 중원에서도 비교하기 힘들 정도로 대단한 수준이었다. 그러니까 곤륜산까지 들키지 않고 온 것일 테고.

스윽.

거기까지 생각이 닿자 벽우진의 시선이 자연스레 설향에게로 향했다.

자신들이 속가제자들의 시신을 수습할 때 설향을 비롯한 하오문도들은 적들의 시체와 생포한 이들을 심문했기에 혹시라도 알아낸 게 있나 싶어서였다.

"일단 변명처럼 들리시겠지만 저희가 흔적을 찾아내지 못한 이유를 이번에 알아냈습니다."

"중원의 세력이 아닌 것은 알겠소."

"맞습니다. 은월단이라고 대막의 살인귀들입니다. 정확하게는 사왕성 소속이고요."

"사왕성?"

벽우진은 물론이고 앉아 있던 모든 이가 의아한 표정을 지었다. 생소한 세력에 다들 고개를 갸웃거렸던 것이다.

"대막을 지배하는 세력이라고 생각하시면 됩니다. 정확하게는 대부족들이 모여 있는 곳인데 이 단검은 사왕성의 은월단만이 사용하는 무기입니다."

설향의 말에 설아린이 기괴할 정도로 휘어져 있는 단검을 탁자 위에 올려 두었다.

하지만 모두의 시선은 단검이 아닌 설향에게 향해 있었다.

"사왕성과 은월단이라. 그런데 왜?"

… 제10장 …

역린(逆鱗)

모두가 똑같은 표정을 지었다.

시기를 생각해 보면 산불을 지른 것과도 분명히 연관이 있을 것이었다. 하지만 그렇기에 이해가 되지 않았다. 곤륜파와 사왕성은 아무런 접점이 없어서였다.

"저도 같은 생각입니다. 아무리 생각해 봐도 곤륜파와 사왕성은 접점이 없습니다. 산하 부대라고 할 수 있는 은월단 역시 마찬가지고요."

"무릇 모든 결과에는 원인이 있는 법인데."

벽우진이 미간을 좁혔다. 현재의 은원뿐만 아니라 과거 곤륜파가 맺었던 은원에 대해서 생각해 봤다. 그러나 떠오르는 건 없었다.

"저도 없습니다."

"저 역시 딱히 사왕성이나 은월단과 관계된 것은 기억나지 않습니다."

벽우진의 시선에 청민과 서진후가 고개를 저었다. 아무리 과거를 곱씹어봐도 대막과는 연관된 일이 없어서였다.

"근데 왜 우리를 공격한 거지?"

벽우진이 다시 제자리로 돌아왔다. 어떻게 보면 가장 중요할 수 있는 문제로 말이다.

지금 그에게 있어 가장 중요한 점은 곤륜파가 공격을 당했고, 속가제자들이 죽었다는 사실이었다. 벽우진에게 그것보다 중요한 것은 없었다.

"지금부터 알아보겠습니다. 일단 어디인지는 알아냈으니까요."

설향의 두 눈이 형형하게 빛났다. 두 번이나 뚫렸다는 생각에 그녀 역시 자존심에 큰 상처를 입은 상태였다. 그것도 천년 마교의 침공을 대비하고 있는 이 시점에서 말이다.

'굴욕도 이런 굴욕이 없지.'

한 번은 실수라고 할 수 있었다. 그러나 두 번째부터는 실력이었다. 정확하게 말하면 능력 부족이었고.

'어떻게 보면 잘된 일일 수도 있다. 절체절명의 순간이 아니라 미리 알게 되었으니까.'

설향은 그 어느 때보다 조직망이 촘촘하다고 생각했었다. 하지만 그건 너무나 큰 착각이었다. 그걸 이번에 알게 되었다는 점에서 설향은 아예 잃기만 한 건 아니라고 생각했다. 설아린은 다른 모양인지 좀처럼 고개를 들지 못하고 있었지만.

"가능하겠소? 다른 곳도 아니고 대막인데."

"대막이라고 해서 사람이 없는 것은 아니니까요. 조금 시일이 걸릴 뿐 알아낼 수 있습니다."

"부탁드리겠소이다."

"아닙니다. 부탁이 아니더라도 저희가 나설 수밖에 없는 일입니다. 이렇게 자존심에 상처를 입은 적은 정말 처음이거든요. 본문의 자존심과 명예를 회복하기 위해서라도 저희는 무슨 짓이든 할 겁니다."

설향의 노안에 단호한 기세가 서렸다. 망신도 이런 대망신이 없었기에 어떻게든 수습을 해야만 했다. 그래서 그녀는 이번 일에 전력투구할 작정이었다. 사왕성주는 물론이고 그 밑에 있는 예하 부대들까지 전부 다 말이다.

"심문은 어찌 되었소?"

"살인귀들이지만 나름 살수 수업을 받았다고 입을 쉬이 열지 않고 있습니다. 하지만 달리 말하면 아는 게 적을 가능성이 큽니다."

"어차피 칼에 불과하니."

벽우진이 고개를 주억거렸다.

은월단이 대막에서 대단하다고 하나 그래 봤자 우두머리의 도구일 뿐이었다. 그런 만큼 알고 있는 게 많지는 않을 터였다.

"장문인께서 생포하신 은월단주는 제법 많은 걸 알고 있을 겁니다. 은월단주는 사왕성주의 여섯 제자 중 한 명인 월사자(月獅子)이거든요. 비록 말석에 불과하기는 하지만요."

"하긴 무공이 제법이긴 했소이다."

두 자루의 단검으로 이기어검을 펼치던 은월단주를 떠올리며 벽우진이 고개를 주억거렸다.

그러나 이내 장하삼도 자연스레 떠오르자 벽우진의 표정이 침중해졌다. 제대로 피어보기도 전에 죽은 속가제자들이 너무나 안쓰러워서였다. 동시에 사왕성에 대한 분노가 무시무시하게 치솟기 시작했다.

"해서 은월단주를 중점적으로 파볼 생각입니다."

"죽여도 상관없소. 어차피 사왕성에 갈 터이니."

"저도 가겠습니다."

"저도 데려가 주십시오."

벽우진의 말이 끝나기 무섭게 청민과 서진후가 입을 열었다. 이번에는 남으라는 지시를 내려도 반드시 따라가겠다는 듯이 말이다.

"대화 중에 죄송하지만 꼭 해드려야 할 말이 있어서요. 사왕성은 일개 세력이 아닙니다. 사왕성주의 제자들인 육사자(六獅子)는 구파일방의 장문인들과 비견될 정도의 고수들입니다. 하물며 사왕성주는 육사자보다 강하고요."

설향이 조심스럽게 입을 열었다. 최소 구파일방 중 여섯 문파의 전력이 합쳐져 있다는 걸 에둘러 말했다.

하지만 정작 벽우진이나 청민, 서진후의 표정에는 별다른 변화가 없었다.

"그래 봤자 무인일 뿐이오."

“가볍게 생각하시면 안 됩니다. 대막은 그들의 영역입니다. 중원과는 상황이 매우 다릅니다.”

“맞는 말이오. 하지만 그렇다고 참을 생각은 없소이다.”

벽우진의 두 눈이 서늘하게 빛났다.

먼저 공격한 것도 아니고 이유 없이 두들겨 맞았다. 그런데 세력에서 밀리니 참아야 한다? 벽우진은 그럴 수 없었다.

“제 말은 좀 더 신중해질 필요가 있다는 뜻이었습니다. 복수는 당연히 해야 한다고 생각합니다. 곤륜파의 위신을 생각해서라도 말이지요.”

“신중하게라.”

“우선 저희가 먼저 움직이겠습니다. 필요한 모든 정보를 알아내겠습니다. 그때까지만 기다려 주시지요. 사왕성 이후도 생각하셔야 하지 않습니까.”

벽우진의 눈썹이 꿈틀거렸다. 사왕성보다 먼저 복수해야 하는 곳이 있음을 깜빡했던 것이다.

“그리고 알아낸 것이 있습니다. 일단은 심증과 의심뿐이지만요.”

“알아낸 것이라.”

“어쩌면 그 가문이 사왕성과 연관이 있을지도 모릅니다.”

설향의 말에 좌중의 시선이 그녀에게로 쏠렸다. 그 시선들을 느끼며 설향은 천천히 알아낸 바를 풀어내기 시작했다.

뜨거운 열풍이 쉴 새 없이 휘몰아치는 사막을 가로지르며 두 명의 사내가 마을 안으로 진입했다. 중원에서는 보기 힘든 특색의 건축 양식으로 지어진 건물들을 익숙하다는 듯이 살펴보며 두 인영은 마을의 중앙에 우뚝 솟아 있는, 마치 요새처럼 보이는 곳에 들어갔다.

"기다리고 계십니다."

"가지."

모래 폭풍으로 인해 피풍의를 입고 있던 두 명 중 한 명이 머리를 덮고 있는 부분을 내리며 대답했다. 그런 그의 두 눈에는 오만가지 감정이 휘몰아치고 있었다.

끼이익!

이윽고 안내하는 이를 따라 대전에 도착한 장년인의 눈매가 꿈틀거렸다. 대전 가장 안쪽에 자리 잡은 태사의에 앉아 있는 남자에게 거의 헐벗다시피 한 옷차림으로 부채질을 하는 이가 바로 그의 딸이었기 때문이다.

"이제야 왔군."

"……늦어서 죄송합니다."

어떻게 보면 장인과 사위라고 할 수 있었으나 두 사람에게서는 그런 분위기가 전혀 나지 않았다. 오히려 상하 관계처럼 보였다.

"늦은 건 알고 있는 모양이야?"

"모래 폭풍이 좀 거셌습니다."

"하긴. 아직 쉽지 않기는 하겠지. 대막의 사나이가 아니니까."

장년인의 눈썹이 꿈틀거렸다. 묘하게 조롱하는 듯한 억양에 심기가 불편해졌던 것이다.

하지만 그러한 기색은 창졸간에 사라졌다. 지금 그는 을의 처지였기에 한없이 스스로를 낮춰야만 했다.

"자네가 오기 전 아주 충격적인 소식을 들었는데 말이지."

"……은월단이 전멸했습니다. 하지만 저는 분명히 말했습니다. 은월단주의 실력을 의심하는 것은 아니나 십 할의 승산을 장담할 수는 없다고."

"맞아. 그렇게 말했었지. 내 제자의 면전에서."

"패선에 대해 대막에서 가장 잘 알기에 말씀드린 것이었습니다."

장년인은 남자의 시선을 피하지 않았다. 오히려 정면으로 눈을 마주했다.

"그게 지금 내 탓이라는 건가?"

"……아닙니다. 실패할 가능성이 충분한 계획이었다는 말이었습니다."

"확실히 지자로 유명한 가문 출신이라 그런가. 혓바닥이 유려하기 그지없군."

"누구보다 성공을 바란 건 저였습니다."

장년인이 빠르게 말을 이었다. 절대 계획이 실패하길 기원하지 않아서였다. 오히려 누구보다 성공하길 바랐다면 모를까.

"그건 알지. 자네와 패선과의 원한 관계를 내 어찌 모를까.

복수를 위해 나에게 딸까지 바친 사람인데."

"……."

장년인이 입술을 깨물었다. 차마 부채질을 하고 있는 딸의 얼굴을 볼 수가 없어서였다.

하지만 그래서 더더욱 복수를 이루어야 했다. 여기까지 온 이상 무슨 수를 써서라도 말이다.

"그런데 놀랍군. 은월단주가 비록 육사자 중에 말석이라고 해도 만만한 무인이 아닌데."

"……그 정도로 패선은 강합니다. 세력은 보잘것없지만."

"보고 받아 보니 그래 보여. 그래서 호기심도 좀 생기고. 다치지 않고 은월단주를 제압했다는 건 적어도 첫째나 둘째 정도는 되어야 가능하니까."

"두 분을 보내실 생각이십니까?"

장년인이 눈을 빛냈다. 이제야 미끼가 제 역할을 하는 것 같아서였다.

"글쎄. 어떻게 할까나?"

태사의의 손잡이에 팔을 올려 턱을 괸 채로 남자가 히죽 웃었다. 얼굴 가득 장난기가 가득했다.

"은월단주가 살아 있을 가능성은 충분합니다."

"대신 더 이상 쓸모는 없겠지. 숨만 붙어 있는 건 살아 있는 게 아냐. 싸우지 못하는 자는 대막의 전사라 할 수 없지."

"패선이 이곳을 노릴 겁니다."

"그렇겠지. 알려진 성격상 가만히 넘어가지는 않을 테니까."

"먼저 쳐야 합니다. 성주님의 위신을 생각해서라도 말이지요."

장년인이 빠르게 말을 이었다. 아주 자연스럽게 그의 자존심을 건들면서 말이다.

"방어하는 것도 나쁘지 않을 것 같은데. 그보다 과연 여기까지 올까?"

"옵니다. 혼자서라도 올 겁니다."

"호오. 혼자서라."

남자가 눈을 반짝였다. 장년인의 말마따나 혼자서 사왕성을 쳐들어오는 광경을 떠올리자 나름 재미있을 것 같아서였다.

일단 기개와 배짱은 합격이었다. 정말 혼자서만 이곳에 온다면.

"제자인 월사자가 붙잡혔습니다. 그런데도 성주님께서 가만히 계신다면 위명에 흠이 갈 것입니다."

"패선을 죽이고 싶은 게 아니라?"

남자가 속내를 다 알고 있다는 듯이 말했다.

그런데 장년인은 당당했다. 굳이 알고 있는 사실을 숨길 필요는 없어서였다.

"부정하지 않겠습니다. 패선을 죽이고 싶은 건 사실이니까요."

"하지만 능력은 부족하지. 많이 강해지기는 했지만 그래 봤자 기본 실력이 턱없이 부족해."

"맞습니다."

장년인은 순순히 고개를 끄덕였다.

순수하게 무공으로만 본다면 그는 실패하고 사로잡힌 은월단주와도 비교할 수 없었다. 은월단주의 손짓 한 번에 그의 목이 날아갈 정도로 둘의 격차는 어마어마했다. 그러나 전쟁은 꼭 순수한 힘의 대결로만 결판나는 건 아니었다.

"때문에 날 찾아온 것이고. 딸까지 바쳐가면서 말이지."

움찔!

부채질하던 여인이 몸을 떨었다. 이런 말을 들을 때마다 자신의 처지를 다시금 깨닫게 되어서였다.

하지만 부채질을 멈추지는 않았다. 그녀 역시 복수하고자 하는 마음은 부친과 똑같았다.

"성주님에게도 결코 해가 되지 않는 제안이라고 생각합니다."

"확실히 구미가 당기긴 해. 대막은 더 이상 재미가 없어. 또한 변화도 없지. 제자들이 내 권좌를 노리기는 하지만 제대로 날 상대하려면 아직 멀었어."

"패선은 충분한 상대가 되어줄 겁니다. 북해빙궁주를 혼자서 쓰러뜨린 무인이니까요. 패선을 잡으면 중원제일인은 물론이고 북해마저 평정한 것이나 마찬가지입니다."

"그것 때문에 내가 지금 자네의 말을 듣고 있는 것이기도 하지."

"중원으로 가시지요. 제가 앞장서겠습니다. 중원무림이 그토록 좋아하는 명분 역시 저는 만들 수 있습니다."

장년인이 자신 있는 어조로 말했다. 그 정도로 이미 계획은 완벽하게 준비된 상태였다. 사왕성주만 움직인다면 말이다.

"평정이라."

사왕성주가 턱을 쓰다듬었다.

확실히 그의 마음을 흔드는 말이기는 했다. 천하평정, 천하제일이라는 말은 말이다.

"지금의 무료함은 중원에 입성하는 순간 사라질 것입니다."

"겸사겸사 패선도 죽이고 말이지."

"패선은 성주님의 앞길에 있어 가장 큰 장애물 중 하나입니다. 소림무제, 무당권제보다도 더 말이지요."

"소림과 무당이라."

사왕성주가 솔깃한 표정을 지었다.

안 그래도 대막을 평정한 이후 중원의 정황을 예의 주시하고 있었다. 사내대장부로 태어난 만큼 천하제패의 웅심을 품었던 것이다. 때문에 장년인이 가솔들을 모조리 이끌고 자신을 찾아왔을 때 자연스럽게 받아들인 것이기도 하고.

'하지만 믿을 수가 없단 말이지.'

사왕성주의 투명한 두 눈이 장년인에게로 향했다. 다른 이도 아니고 명석하기로 소문난 명문세가의 수장이 바로 장년인이었다. 때문에 그는 선불리 장년인을 믿지 않았다.

"제가 앞장서겠습니다. 누구보다 중원에 대해 잘 알고 있는 이가 저이니까요."

"그건 그렇지."

"성주님께서는 결정만 내려주시면 됩니다."

"일단 들어보지. 자네가 세운 계획을."

사왕성주가 못 이기는 척 넘어가듯이 말했다. 그러자 장년인의 얼굴이 밝아졌다. 은월단주가 패배한 것이 역시 제대로 먹힌 것 같아서였다.

'누구보다 자존심이 센 인물이니까. 다만 내게 이용당하는 것처럼 보이는 게 싫은 것이겠지.'

장년인이 내심 웃었다.

사왕성주가 그를 아는 것처럼 그 역시 사왕성주의 속내를 꿰뚫어 보고 있었다. 어떤 야망을 품고 있는지 알고 있었기에 장년인은 순진하게 웃으며 자신의 계획에 관해서 설명했다. 모든 게 사왕성에게 이득이 되는 것처럼 말이다.

이른 아침부터 곤륜산에 비가 내렸다. 폭우처럼 쏟아지는 비가 아니라 곤륜산을 적시듯이 약하게 내리는 비였다.

벽우진은 그 비를 고스란히 맞으며 걸음을 옮겼다.

"사형."

"사부님."

벽우진이 처소에서 나오자 청민과 서진후 그리고 호법들과 제자들이 고개를 숙였다.

그런데 그들 역시 벽우진과 똑같이 검은 옷을 입고 있었다.

"유가족들은?"

"모두 모여 있습니다."

"가자."

"예."

청민의 대답에 벽우진이 무거운 발걸음을 옮겼다.

그러고는 하늘을 올려다봤다. 마치 오늘 있을 위령제를 알고 있다는 듯이 때맞춰 비를 뿌리는 하늘의 모습에 벽우진은 두 눈을 감았다. 하지만 그럼에도 그의 발걸음은 위령비가 세워져 있는 곳으로 향하고 있었다.

웅성웅성.

벽우진을 위시로 곤륜파를 대표하는 고수들이 모습을 드러내자 먼저 모여 있던 유가족들이 일제히 이쪽을 바라봤다.

그런 유가족들의 두 눈과 얼굴에는 오만가지 감정이 서려 있었다. 대부분은 슬픔이었지만 몇몇은 분노가 가득한 얼굴로 벽우진을 노려봤다. 벽우진 때문에 자신의 자식이 죽었다고 생각한 것이다.

"죄송합니다."

"이……! 이……!"

분노와 슬픔으로 가득한 유가족들이 벽우진을 노려봤다.

하지만 차마 그 울분을 토해내지는 못했다. 그들 역시 알고는 있었다. 무림인이 된 순간 죽음은 늘 곁에 있을 수밖에 없다고. 그러나 그 죽음이 자신의 자식 혹은 형제에게 올 줄은 몰랐기에 다들 원통한 얼굴로 눈물만 쏟아냈다.

스윽.

그런 유가족들을 향해 벽우진은 다시 한번 고개를 숙였다.

벽우진이라고 왜 그들의 마음을 모를까. 아니, 유가족들만큼은 아니더라도 벽우진 역시 비통했다. 속가제자들 역시 곤륜의 제자들이었기 때문이다.

"죄송합니다. 제가 부족하여, 아이들을 지켜내지 못했습니다. 정말, 죄송합니다."

"으흐흐흑!"

"아이고! 아이고, 하삼아!"

깊게 허리 숙여 사과는 벽우진의 모습에 결국 여기저기에서 울음이 터져 나왔다. 몇몇 중년 여인들은 비가 오고 있음에도 땅바닥에 주저앉아서 울부짖었다.

그 모습에 벽우진은 입술을 깨물었다.

"이제 시작하셔야 합니다, 사형."

좀처럼 허리를 펴지 못하는 벽우진의 모습에 청민 역시 해쓱해진 얼굴로 입을 열었다. 언제까지 이렇게 있을 수만은 없어서였다. 유가족들에게 사과해야 하는 건 당연했지만 오늘 이 자리는 죽은 아이들의 혼을 위로하는 자리였다. 그렇기에 청민은 벽우진을 일으켜 세웠다.

"가자."

"예."

걸음마다 올올히 달라붙는 것 같은 유가족들의 처절한 울음소리를 들으며 벽우진이 천천히 제단으로 걸어갔다.

그러자 죽은 속가제자들의 이름이 적혀 있는 위패들을 볼 수 있었다. 바로 청민과 서진후 그리고 당필교가 밤새 만든 것들이었다.

스윽.

벽우진은 그 위패들을 하나하나 확인하면서 향을 피우고 고개를 숙였다. 못나고 부족한 자신으로 인해 죽은 아이들을 진심으로 기리며 넋을 위로했다.

그러면서 벽우진은 다짐했다. 반드시 복수해 주겠다고 말이다.

'마지막 사과는 사왕성을 다 쓸어버린 후 하마.'

슬픔이 가득한 눈으로 벽우진이 한 명, 한 명의 위패에 향을 올리자 청민과 서진후도 뒤이어 향을 피웠다. 곤륜파의 장로로서 예를 다한 것이었다.

"아이고! 아이고!"

"흐흐흐흑!"

그런 세 사람의 귓가로 빗소리와 함께 유가족들의 곡소리가 들려왔다.

검은 옷을 입고 있는 속가제자들 역시 고개를 숙이고서 눈물을 흘렸다. 함께한 시간이 적지 않기에 죽은 이들을 보내기가 쉽지 않았던 것이다. 특히 송찬승과 기혜승은 주저앉은 채로 소리 없이 울고 있었다.

"뭐라고 해야 할까. 잘 풀릴 듯하면서 풀리지 않는구나."

"그러게요. 이제는 그만 고생해도 될 것 같은데."

곤륜파가 공격당했다는 사실에 뒤도 돌아보지 않고 출발해서 어젯밤에 도착한 당민호가 안쓰러운 눈으로 벽우진을 바라봤다. 오늘따라 이상하게 작아 보이는 벽우진을 말이다.

"하늘도 무심하시지."

"이런 곤륜파는 처음이에요."

당소윤이 무거운 얼굴로 곤륜산을 둘러봤다.

민둥산처럼 되어버린 주변의 모습 때문인지 곤륜파의 전경은 더욱더 음침해 보였다. 한낮인데도 비가 내려서 밤처럼 어두웠고 말이다.

하지만 가장 적응이 안 되는 것은 축 처진 분위기였다.

"이럴 수밖에 없지."

"근데 사왕성이라니. 진짜 생뚱맞기는 하네요."

"의외이기는 하지만 가능성이 아예 없는 건 아니지. 북해빙궁과 오독문도 쳐들어오는 마당에."

"그렇게 생각하면 또 그러네요."

북해빙궁과 오독문은 아예 징조도 없이 갑자기 중원을 침공해 왔었다. 그로 인해 피해도 엄청났었고. 두 세력 역시 딱히 은원 관계가 있는 것도 아니었는데 중원을 공격했었다.

그걸 생각하면 사왕성의 공격은 의문이 들기는 하지만 아예 이해가 안 되는 건 아니었다.

"시기적으로 더없이 좋은 상황이기도 하고. 사왕성이 욕심을 낼 만하지."

"어부지리를 노리기에 딱 좋죠. 그렇게 생각한다는 것 자체가 마음에 안 들기는 하지만."

당소윤이 입술을 삐죽거렸다. 세외 세력이 중원 무림을 너무 만만하게 보는 것 같아서였다.

하지만 시기를 이용하는 것 또한 능력이었다. 준비가 되어 있지 않다면 아무리 좋은 시기가 와도 멀뚱히 구경할 수밖에 없었다.

"끝없이 싸워야만 하는 존재. 칼날 위를 걸어가는 존재. 그게 바로 무인이다. 그런 이들이 살아가는 세계가 바로 무림인 것이고."

"여기 계셨군요."

"목진자, 아니, 목 장문인이라고 불러야겠군."

두 조손의 곁으로 목진자가 다가왔다.

어제 비슷한 시간에 곤륜파에 도착했는데 의외로 목진자의 얼굴에 피곤한 기색은 서려 있지 않았다. 장문인인데도 수행원 하나 없이 홀로 곤륜파를 찾아왔음에도 불구하고 말이다.

"편하게 불러주십시오."

"그래도 쓰나. 이제는 일파의 장문인인데. 내 생일 때도 찾아와 주었고."

"당연히 참석해야지요. 사문을 위해서라도."

"허허허허."

넉살 좋게 대답하는 목진자의 모습에 당민호가 묘한 미소를 머금었다.

자리가 사람을 만든다는 말처럼 지금의 목진자는 얼마 전의 그와는 또 다른 느낌이었다. 좀 더 완숙해진 느낌이랄까. 물론 무공도 더 깊어진 상태였다.

"그보다 진짜 놀랐습니다. 뜬금없이 사왕성이 움직일 줄은."

"어제 잠깐 이야기를 나누었는데 우진이도 사왕성이 움직인 이유에 대해서 전혀 모르고 있더라도."

"어쩌면 소문이 사실일지도 모르겠습니다."

"확실히 그놈이라면 앞뒤가 맞기는 하지. 이유도 충분하고. 하지만 아직 확실한 건 아무것도 없어."

당민호가 굳은 얼굴로 말했다. 확실하지 않은 사실을 가지고 단정 짓는 것은 위험했다. 또 다른 오해와 은원을 만들 수도 있었고 말이다.

'가뜩이나 적이 많은 녀석인데.'

빠르게 이름이 알려진 만큼 벽우진은 적대하는 곳 역시 많았다. 산적과 수적들은 물론이고 북해빙궁 역시 언제 다시 침공해 와도 이상할 게 없었다. 거기다 호시탐탐 기회를 노리고 있을 천년마교 역시 신경 써야 했다.

'물론 적이라면 본가 역시 만만치 않지만.'

당민호가 씁쓸히 중얼거렸다. 사실 사돈 남 말 할 처지는 아니어서였다. 오히려 자잘한 적들까지 생각하면 사천당가가 훨씬 더 많았다. 하지만 그럼에도 사천당가가 굳건한 것은 곤륜파와 달리 지지 기반이 굳건하다는 점이었다.

"그래서 지금이 더욱 중요했는데."

"어쩔 수 없는 부분이라고 생각합니다. 예상치 못한 적의 기습을 미리 알 수는 없으니까요. 아직 정보 조직도 제대로 구축되지 않은 상황이니."

"그런데 너는 어쩐 일이야? 수행원도 없이 혼자서."

"사왕성이 있는 대막과는 본 파가 더 가깝지 않습니까. 그리고 사왕성이 곤륜파만으로 만족할 것 같지도 않고요. 또 제갈세가주가 했던 말이 있어 소식을 듣자마자 왔습니다."

목진자가 짐짓 진지한 얼굴로 말했다. 가뜩이나 북해빙궁으로 인해 큰 피해를 입었는데 여기에 사왕성까지 쳐들어온다면 공동파로서는 답이 없었다. 그렇기에 정황도 살필 겸 부리나케 달려왔다.

"점수 좀 따려고 왔구먼."

"하하하. 꼭 그런 것만은 아닙니다. 진짜 걱정이 되기도 했고……."

"꼭 그런 것이 아니라는 건 그런 부분도 있다는 뜻이겠지?"

"그건 부정할 수 없지요."

목진자가 어색하게 웃었다. 그러면서 자연스럽게 그는 시선을 돌렸다. 정확하게는 제단을 향해 쉼 없이 고개를 숙이는 벽우진에게로 말이다.

"우진이답지 않아."

"제가 보기에도요."

"살기가 더 짙어지면 안 되는데 말이지."

목진자가 조용히 고개를 주억거렸다.

분노와 슬픔 그리고 통탄이 가득한 위령제이지만 목진자는 느낄 수 있었다. 고요함 속에서 폭발적으로 솟구치는 살벌한 진노를 말이다.

아마도 벽우진은 속가제자들의 넋을 기리면서 속으로 다짐을 하고 있을 터였다.

'반드시 복수하겠다고 말이지.'

벽우진의 성격을 생각하면 당연한 일이었다. 지금껏 벽우진은 받은 것 이상으로 늘 돌려주었으니까. 그게 은혜이든 원한이든. 때문에 위령제 이후의 움직임을 예상하는 것은 어렵지 않았다.

"주화입마를 걱정하시는 건가요?"

"그래, 원래 심마는 고수에게 더 자주 찾아오니까. 더구나 지금처럼 심적으로 크게 흔들리는 상황이라면 더더욱."

"으음!"

당소윤의 표정이 어두워졌다. 심마에 빠진 벽우진이 날뛸 것을 생각하니까 생각만 해도 끔찍했다.

"잘 이겨내실 거라 생각합니다. 다른 이도 아니고 패선이시지 않습니까."

"절대적인 것은 없으니까."

"그러기에는 아직 남아 있는 사람들이 많습니다."

"다행이기도 하지만 반대로 위험하기도 해. 청민이나 진후가 잘못된다면……."

당민호가 말끝을 흐렸다. 만약 둘이 잘못된다면 진짜 장담할 수 없었다.

"그건 좀 위험하겠네요."

"우리도 가지. 여기까지 왔는데 구경만 할 수 있나."

"예."

당민호가 앞장서서 걸어갔다. 그 뒤를 당소윤과 목진자가 뒤따랐다.

… 제11장 …

복수의 서막(1)

투둑. 투두둑.

활짝 열린 창문으로 비가 추적추적 내리는 소리가 들렸다. 무거운 적막에 빗소리가 더더욱 크게 들렸던 것이다.

"괜찮냐?"

"나름? 아이들이 사과를 받아줘서 그런가."

벽우진이 담담한 신색으로 찻잔을 들었다.

그러나 당민호는 알고 있었다. 지금 벽우진의 속에서 어마어마한 분노가 들끓고 있다는 사실을 말이다.

"어쩌면 위령제를 해서 네 마음이 조금은 편해진 것일 수도 있지."

"그럴지도."

벽우진이 어깨를 으쓱거렸다. 하지만 평소와 달리 분위기가 많이 가라앉아 있었다.

"알아낸 것은 좀 있어? 소문의 진위라든가."

"아직은. 근데 지금은 그게 중요한가 싶기도 해. 진실을 알게 된다고 한들 죽은 아이들이 되돌아오는 건 아니니까."

"혈채는 똑같이 피로 갚아야 하는 법이지."

"근데 목 장문인은 무슨 일로 온 거야? 가깝기는 해도 이렇게 막 올 정도는 아닌데."

"위로의 말도 전할 겸 의논하고 싶은 게 있어서 찾아왔습니다."

벽우진의 시선에 목진자가 들고 있던 찻잔을 내려놓으며 대답했다. 그러자 벽우진의 얼굴에 살짝 의아한 기색이 떠올랐다.

"나와?"

"예, 사왕성이 단순히 곤륜파만 노리지는 않을 것 같아서 말이지요. 야욕을 부리기에 더없이 좋은 상황이지 않습니까."

"그렇긴 하지. 준비만 되어 있다면 어부지리를 노릴 수 있는 상황이니까."

"또 북해빙궁과 같은 일이 반복되지 않는다는 법도 없기에 이번에는 먼저 대처를 하려고 합니다."

목진자가 다부진 얼굴로 말했다. 북해빙궁 때처럼 본산을 포기하는 일을 그는 또다시 겪고 싶지 않았다. 그렇기에 목진자는 진지한 표정으로 벽우진을 마주했다.

"대처라."

"함께 막는 것입니다. 사왕성의 동태를 함께 살피면서요."

"저지선을 만들자는 뜻이로군."

"그렇습니다. 곤륜과 공동뿐만 아니라 섬서성의 화산과 종남파도 함께한다면 피해를 최소화할 수 있을 거라 예상합니다."

"나를 빼면 섭섭하지."

당민호가 끼어들었다. 공동파보다는 사천당가가 곤륜파와 훨씬 더 각별한 사이였다. 그런 만큼 당민호는 본가가 빠지는 걸 좌시할 수 없었다.

"안 뺀다. 사천당가와 곤륜은 여전히 동맹 관계이니까."

"거기에 저희도 끼워주시면 안 되겠습니까?"

목진자가 조심스럽게 말했다.

다른 곳도 아니고 북해빙궁과 오독문을 밀어내는데 혁혁한 전공을 세운 곳이 바로 곤륜파와 사천당가였다. 거리로 따지자면 화산파와 종남파가 훨씬 더 가까웠지만, 현재 지닌바 힘은 곤륜이 위였다. 규모로 보자면 빈약하지만 대신 곤륜파에는 벽우진이라는 절대 고수가 있었다.

"그리 말하지 않아도 된다. 제갈세가주의 말대로 할 생각이니까."

"감사합니다!"

"개인적으로 공동파를 노릴 가능성은 희박하다고 생각해. 단순히 중원의 패권을 노린 거였으면 곤륜산까지 오지 않았겠지."

"그래도 또 모르는 것이니까요. 미리 대비해서 나쁠 것은 없다고 생각합니다."

목진자는 전대 장문인과 달랐다. 명문대파라는 자부심은 갖되 자만심을 가지지는 않았다. 그 어떤 곳도 본산을 노리지 못

할 것이라는 안일함으로 인해 사문이 반파된 것을 직접 봤었기에 목진자는 모든 가능성을 열어두었다. 더구나 지금의 강호 정세는 더없이 혼란했기에 더더욱 귀를 열고 멀리 봐야 했다.

"좋은 마음가짐이야."

"감사합니다."

"일파의 수장으로서 그러기가 쉽지 않을 텐데."

"북해빙궁 사건으로 많은 걸 배웠습니다. 물론 여전히 부족하지만요."

당민호의 칭찬에 목진자가 겸허하게 웃었다. 하늘 위의 하늘이 있음을 봤기에 겸손해질 수밖에 없었다. 폭풍우가 칠 때는 잠시 피해야 한다는 것도 배웠고 말이다.

"화산과 종남에는 직접 갈 건가?"

"예, 아무래도 그게 나을 것 같습니다. 장문인이 찾아왔는데 문전박대는 하지 않겠지요. 허허허."

"문전박대는 무슨. 화산이나 종남의 입장에서는 나쁘지 않을 텐데. 다만 종남파가 좀 걸리긴 하군."

형산파 장문인을 부채질하던 종남파의 장문인을 떠올리며 벽우진이 께름칙한 표정을 지었다. 악인은 아니었지만 그렇다고 선인도 아닌 게 종남파의 장문인이었다.

"어색한 사이이긴 하지만 그래도 일단 만나봐야지요. 종남이나 화산도 어려운 시기이지 않습니까."

"내가 서신을 보내놓으마. 그럼 얘기하기가 편할 거다."

"나도 보내마."

"감사합니다."

벽우진에 이어 당민호도 나서주자 목진자가 한결 가벼워진 표정으로 고개를 숙였다.

말을 하지 못해서 그렇지 종남파가 부담스러웠던 것은 사실이었다. 하지만 벽우진과 당민호가 미리 언질을 해놓는다면 설득이 수월해질 터였다. 이해득실이 빠른 곽자량이니만큼 이 제안이 종남파에도 나쁘지 않다는 걸 알 테니까.

"사왕성에 대해서 아는 게 혹시 있나? 따로 알아보고 있기는 한데 정보는 많으면 많을수록 좋으니까."

"안 그래도 그 부분에 대해서 대외 활동이 많은 속가제자들에게 물어봤습니다. 그런데 딱히 중한 정보라고 할 것은 없었습니다. 아무래도 교류가 많지 않다 보니 대체적으로 알려진 사실들만 알고 있습니다."

"차라리 상인이나 상단을 통해 알아보는 게 나을 거다. 무인들 간의 교류는 거의 없다시피 하지만 상인들은 다르니까."

얼굴 가득 미안한 기색을 띠는 목진자를 돕듯이 당민호가 입을 열었다. 아무래도 무인들보다는 상인들이 더 자주 대막을 오고 갈 것이 분명해서였다. 사막에도 사람은 살았고, 그 말은 상권 역시 존재한다는 뜻이었으니까. 애초에 사왕성의 시작이 거대 마적단이기도 했고.

"안 그래도 청하상단에 얘기해 두었다."

"개방에는 내가 물어보마. 대막에 거지가 있다는 말은 못 들어봤지만, 그래도 명색이 개방인데 주워들은 것들이 꽤 되겠지."

"이미 전서응으로 보내놨다."

"확실히 많이 적응했어. 장문인 자리에."

"그래도 부족해."

벽우진이 그답지 않게 한숨을 내쉬었다. 한 명의 무인으로서는 완벽할지 모르나 일파의 장문인으로서는 요즘 많이 부족하다고 느껴서였다.

"그래도 혼자는 아니잖아? 산불 때도 그렇고, 오늘 위령제도 그렇고."

"맞아. 그것 때문에 버티고 있다."

"수장이라는 자리는 절대 쉽지도, 가볍지도 않은 자리야. 묵묵히 감내해야 하는 것도 많고. 그리고 너무 감정적으로 움직여도 안 되고."

"솔직히 말해. 싸움닭처럼 여기저기서 날뛰지 말라고."

위령제 때문인지 평소답지 않게 순화해서 말하는 당민호를 향해 벽우진이 피식 웃으며 말했다. 그러자 당민호가 헛기침을 했다.

"둘만 있는 것도 아닌데 그럴 수 있나."

"언제부터 내 체면을 생각했다고."

"예전이야 별호도 없는 강호 초출이었지만 지금은 다르지."

"그렇지요."

목진자가 웃으며 맞장구를 쳤다.

처음 모습을 드러냈을 때와 지금의 벽우진은 똑같은 사람이지만 위상은 그야말로 천지 차이였다. 그런 만큼 당연히 위신에 신경 써야 했다.
“목 장문인도 다 아는데 뭘.”
“근데 진짜 쳐들어갈 거는 아니지?”
“왜? 그럼 안 되나?”
당민호의 동공이 순간 흔들렸다. 그가 아는 벽우진이라면 충분히 그러고도 남았다.
“신중하게 생각해. 사왕성의 전력은 생각보다 강해. 그냥 쳐들어가서 때려잡을 수 있는 수준이 아니야. 좀 더 상황을 정확히 알아낸 후에 움직여도 늦지 않아.”
“같이 가자고 하지 않을 테니까 긴장하지 마라. 우리 애들 복수를 다른 사람 손에 맡길 생각 없으니까.”
“또 말 서운하게 하네. 우리가 남이냐? 곤륜이 공격당했는데 어떻게 우리가 가만히 있을 수 있어? 강호에서 은원 관계에 철저하기로 따지자면 첫 손에 꼽히는 곳이 본가인데!”
당민호가 자기도 모르게 흥분해서 소리쳤다.
다른 곳도 아니고 곤륜파가 공격을 당했다. 그것도 곤륜파가 먼저 공격한 것도 아닌데 말이다.
“왜 네가 흥분해. 정작 피해자인 나는 가만히 있는데. 네 말이 무슨 말인지 알아. 일단은 알아보고 있으니 보다 정확해지면 결정을 내릴 거야. 우리도 나름의 준비가 필요하고.”
“나도 알아보고 있으니 조금만 기다려. 그리 오래 걸리지는 않을 테니까.”
“저도 화산과 종남에 다녀올 시간이 필요합니다.”

자신의 일도 아닌데 선뜻 나서주는 두 사람의 모습에 벽우진이 고맙다는 미소를 지어 보였다.

조부가 벽우진을 만나는 사이 당소윤은 서예지를 찾았다.

처음에는 어색한 사이였지만 이제는 달랐다. 잦은 대련으로 남매 정도까지는 아니더라도 많이 친해졌던 것이다.

채앵! 챙!

익숙하게 본산제자들이 자주 사용하는 연무장 중 한 곳으로 걸어가던 당소윤의 귓가에 금속음이 들려왔다. 위령제를 치르느라 피곤할 텐데도 쉬지 않고 수련을 하는 모습에 당소윤은 자기도 모르게 입가에 미소를 지었다. 역시라는 생각이 들어서였다.

"다 모여 있네."

골목을 지나 연무장에 도착하자 한 명도 빠짐없이 모여서 둘씩 대련을 하고 있는 아이들의 모습이 눈에 들어왔다.

그런데 당소윤의 눈에 처음 보는 아이가 들어왔다.

"소윤 언니."

"여전하네. 오늘 같은 날에도 수련을 하고."

"하루도 빼먹지 않아야 한다고 생각해서요. 언제까지나 슬픔에 잠겨 있길 바라지 않을 것도 같고."

당소윤의 곁으로 얼굴이 촉촉이 젖은 서예지가 다가왔다.

이슬비로 인해 땀방울인지 빗방울인지 구분이 가지 않았던 것이다.

“맞아. 예를 다했으면 되었어. 그리고 진짜 바라는 건 따로 있을 거고. 근데 다들 대단하네. 위령제 치르느라 많이 지쳤을 텐데.”

“더 열심히 해야죠. 우리가 약해서 속가제자들이 죽은 것이니까요.”

“마음먹고 달려드는 암살자들을 모조리 막는 건 불가능해.”

자책하는 서예지를 바라보며 당소윤이 고개를 저었다. 작심하고 달려드는 살수들만큼 까다로운 상대도 없어서였다. 그나마 벽우진이 빠르게 알아차리고 대처했기에 이만한 선에서 끝났지 만약 은월단의 기척을 느끼지 못했다면 피해는 몇 배나 더 컸을 터였다.

“하지만 피해는 줄일 수 있었겠죠.”

대답을 못 하는 당소윤을 일별한 서예지가 심소천과 대련하는 심소혜를 쳐다봤다. 늘 방긋방긋 웃던 심소혜가 지금은 웃음기 하나 없이 차가운 얼굴로 검을 휘두르고 있었다. 어린 심소혜도 알고 있는 것이었다. 지금의 실력으로는 턱없이 부족하다는 것을.

“저 아이가 청민 장로님의 제자인가 보네.”

“예. 새로이 막내로 들어왔어요.”

“똘똘하게 생겼다. 몸도 다부지고.”

“그래서 사숙의 기대가 커요. 저희도 마찬가지고요.”

배혁문을 보는 서예지의 눈빛은 부드러웠다. 익히는 게 조금 늦기는 하지만 대신 부지런했고, 나이를 생각하면 오히려 잘 따라오는 편이었다. 오히려 심소혜나 심소천이 남다른 것이지.

"그래 보여. 그래서 부럽기도 하고, 부끄럽기도 해. 나도 나름 열심히 수련했는데 너희들이랑 비교하면 정말 아무것도 아니라는 생각이 들어서."

당소윤의 얼굴에 언뜻 씁쓸한 기색이 서렸다.

처음에는 운 좋게 벽우진의 눈에 들어서 제자가 되었다고 생각했다. 거기에 비천단이라는 행운까지 받았기에 당연히 빠르게 성장할 수밖에 없다고 여겼다. 하지만 그건 말 그대로 착각이고 오만이었다.

'질투에 눈이 멀었었지. 내가 보고 싶은 것만 보고.'

운으로 따지자면 그녀가 오히려 더 했다. 다른 곳도 아니고 오대세가의 한 곳인 사천당가에서 태어났으니까. 기본적인 환경 자체가 비교 불가였다. 그런데도 그녀는 자신의 환경은 생각지도 못하고 곤륜파의 제자들을 부러워했었다.

"다들 늦게 시작했으니까요. 그리고 사문에 보탬이 되고 싶기도 하고."

"그게 대단하다는 거야. 보통은 저 나이에 절정에 오르면 거들먹거리게 마련인데."

"후기지수들이요?"

서예지가 옅게 웃었다. 사천당가에서 후기지수들이 모여 있을 때가 자연스레 떠올랐다.

"맞아. 별것도 아닌 놈들이 얼마나 으스대던지. 나이가 어리면 또 몰라. 너나 양 공자 정도도 안 되는 것들이 얼마나 어깨에 힘이 들어가 있던지."

당소윤이 몸서리쳤다. 그때의 기억을 떠올리는 것만으로도 전신에 소름이 돋았던 것이다.

"눈높이가 달라서 그런 거겠죠. 아무래도 저희는 목표치가 다들 높으니까요."

"하긴. 장문인을 매일 보는데 절정이 대단하게 느껴지겠어? 사부가 다름 아닌 패선인데."

"후후."

부러움이 잔뜩 담긴 당소윤의 말에 서예지가 옅게 웃었다. 누가 뭐라고 해도 그녀에게 있어 가장 자랑스러운 사람은 조부와 벽우진이었다.

"아, 내가 번데기 앞에서 주름 잡았네. 나보다 더 시달린 게 너인데."

"나름 좋은 경험이었어요. 무인들에게서 그렇게 관심을 받아보는 건 처음이었거든요. 비슷한 일이 많기는 했지만, 보통은 상단이나 상가 출신의 자제들이었으니까요."

"네 미모면야."

"언니도 아름다우세요."

"난 표독한 쪽이고. 아름다운 건 너지."

당소윤이 씁쓸한 얼굴로 고개를 저었다. 미모도 미모지만 성격적인 부분에서도 그녀는 서예지에게 이길 수 없었다. 천성적으로 부드러운 성품을 가진 서예지는 남자들이 싫어할 수가 없는 여자였다. 반면에 그녀는 부드럽다기보다는 괄괄한 쪽이었고.

"제 눈에는 언니도 아름다우세요."

"그리 말해주니 고맙네. 근데 비도 오는데 다들 너무 무리하는 거 아냐? 아무리 이슬비라지만 무인도 사람이야. 감기가 잘 안 걸리는 것뿐이지 아예 안 걸리는 건 아냐."

당소윤의 시선이 가장 어린 축에 들어가는 심소혜와 배혁문에게로 향했다. 내공이야 충만할지 모르나 그래도 아직은 어린아이들이었다.

"다 신경 쓰고 있어요."

"연공실 같은 곳은 없어? 실내에서 할 수 있는."

"있기는 한데 저희는 늘 이렇게 다 모여서 수련해요. 개인 수련이야 방에서도 할 수 있고, 혹시 위험할 때 서로 도와줄 수 있으니까요. 검진이나 합격진 연습도 틈틈이 하고요."

"진짜 대단하다니까."

노력도 노력이지만 웬만한 열정이 없이는 불가능했다. 그리고 이런 열정은 현재 사천당가에서는 보기 드문 것이었기에 당소윤이 진심으로 부러운 표정을 지었다.

"오셨는데 한번 하셔야죠?"

"안 그래도 눈치 보고 있었어. 다들 비까지 맞으면서 수련을 하고 있어서."

"괜찮아요. 일단 저는 다 컸으니까요."

"시집가도 될 나이이기는 하지. 듣자 하니 혼담도 많이 들어

온다던데?"

당소윤이 거절하지 않으며 싱긋 웃었다. 만약 그녀가 남자였어도 일단 찔러나 보자는 식으로 혼담을 넣었을 터였다. 집안도 나쁘지 않고 일단 배경이 아주 훌륭하니까.

'다른 이도 아니고 패선의 제자이니까.'

소속도 명문이라고 할 수 있는 곤륜파였고, 더구나 패선의 제자였다. 그런 만큼 서예지의 가치는 무림오화보다도 더 높다고 볼 수 있었다.

"아직은 관심 없어요."

"성에 차는 남자가 없구나?"

"그런 것도 있고요."

"나도 그 마음 알지. 지금 내 심정도 딱 그러거든. 더구나 나는 데릴사위가 필요한 입장이라."

사천당가는 무공이나 기술의 유출을 극히 꺼렸다. 그렇기에 가문의 무공을 익힌 그녀는 다른 곳으로 갈 수 없었다.

"인연이 나타날 거예요."

"너에게도 똑같이 돌려줄게."

"그럼 시작할까요?"

서예지가 검을 뽑았다. 그러자 당소윤의 입가에도 미소가 맺혔다.

위령제가 끝난 지 벌써 삼 일이 지났지만 송찬승은 여전히 정신을 차리지 못했다. 하루 일과를 성실히 이행하기는 했지만 숙소에만 들어오면 멍하니 창밖만 응시했다. 장하삼이 죽었다는 사실이 아직도 믿기지 않았다. 아니, 믿고 싶지 않았다.

"형님……."

늘 든든하게 곁을 지켜주던 장하삼을 떠올리며 송찬승은 눈가를 붉혔다.

나이 차이가 컸지만 그렇기에 송찬승은 장하삼이 너무나 편했다. 의외로 통하는 것도 많았고. 또한 배울 점도 많았다.

하지만 이제 그는 없었다. 그게 송찬승은 너무나 싫었다.

"왜, 왜 형님이……."

지금도 부르면 방문을 열고 장하삼이 나올 것만 같았다. 그래서 며칠은 미친놈처럼 장하삼을 찾았다. 하지만 아무리 불러 장하삼의 너털웃음은, 목소리는 들리지 않았다.

"크흑!"

마지막으로 자신을 밀면서 방문을 닫던 그 모습이 떠오르자 결국 송찬승의 눈에서 눈물이 쏟아져 나왔다.

송창승은 그때가 마지막이라는 사실이, 더 이상 장하삼을 볼 수 없다는 사실이 너무나 견디기 힘들었다.

크흥! 킁!

그건 다른 아이들도 마찬가지인 듯 여기저기에서 훌쩍거리는 소리가 들려왔다. 다들 남몰래 죽은 사형제들을 떠올리며 눈물을 흘렸던 것이다.

"보고 싶어요, 형님."

손으로 눈가를 슥슥 비빈 송찬승이 하늘을 올려다봤다.

그러자 달빛에 장하삼의 얼굴이 떠올랐다. 마치 자신은 괜찮다는 듯이 환하게 웃고 있는 장하삼의 얼굴이 말이다.

"조금만 더, 아주 조금만 더 그리워할게요. 그리고 절대 잊지 않을게요. 내가 죽을 때까지 형님을 기릴게요. 딱 오늘까지만 울고……."

송찬승의 눈동자에 다시 습기가 차기 시작했다. 자신의 검과 나란히 놓인 장하삼의 검을 보자 참혹했던 그의 시신이 함께 떠올라서였다.

물론 저 검을 가지고 벽우진이 제대로 복수했다는 사실을 알지만 그럼에도 그는 너무나 가슴 아팠다.

"하삼이는 네가 그러는 걸 바라지 않을 거다."

"어?"

"질질 짜는 녀석을 동생으로 두지 않았다고 할걸?"

"자, 장문인!"

장하삼의 검을 조심스레 쓰다듬던 송찬승이 퍼뜩 놀라며 소리쳤다. 왜냐면 방금까지 그가 있던 창문에 벽우진이 비스듬히 앉아 있었던 것이다.

"하삼이의 복수, 네가 해야 하지 않겠어? 내가 한 건 복수가 아냐. 그저 화풀이일 뿐이지. 진짜 복수해야 할 상대는 아직 남아 있다. 그것도 두 다리를 쫙 편 채로 말이지."

꾸욱!

슬픔으로 가득했던 송찬승의 얼굴에 독기가 떠올랐다. 은월단이 다가 아니라는 사실을 다시 한번 깨달은 것이다.

“적어도 너와 혜정이에게는 아직 빚이 남아 있어. 오로지 너희 둘만이 갚을 수 있는 빚이.”

“맞습니다.”

“또한 너에게는 짐도 있다.”

“짐이요?”

송찬승이 두 눈을 끔뻑거렸다. 무슨 말인지 전혀 이해하지 못한 얼굴이었다. 그런 송찬승의 모습에 벽우진이 빙그레 웃으며 머리를 쓰다듬었다.

“달리 표현하자면 꿈이랄까.”

“꿈이라면, 설마?”

송찬승의 두 눈이 반짝거렸다. 이제야 벽우진이 무엇을 말하려고 한 것인지 알아차린 것이었다.

“그래, 하삼이가 꾸던 꿈. 네가 이어받아야지. 물론 하삼이의 꿈에만 매달릴 필요는 없고. 네 꿈도 이루면서 하삼이의 꿈도 같이 이루면 조금은 하삼이가 좋아하지 않겠어?”

“그러…… 겠죠?”

“내가 생각하기에는. 그리고 네가 그 꿈을 이뤄주면 하삼이가 더 기뻐할 것 같아. 일단 나는 이뤄줄 수가 없는 꿈이니까.”

“장문인은 너무 멀리, 높이 계시니까요.”

장하삼의 꿈이 아무리 원대하다고 한들 그 목표보다 벽우진이 있는 곳이 아득히 높을 것이다. 거기다 장하삼이 속가제자이기는 하지만 벽우진과 함께한 시간은 그리 많지 않았고.

그렇다면 적임자는 누가 뭐래도 자신뿐이었다.

"아무래도 그러니까."

"제가 이어받을게요. 그래서 꼭 형님의 꿈을 이뤄 드릴 거예요. 형님의 집안도 제가 보살필 거고요."

"호오. 거기까지 생각했단 말이야?"

"저도 더는 꼬맹이가 아니니까요. 머리도 다 컸어요."

장하삼과 늘 하던 농담을 말하며 송찬승이 처연하게 웃었다.

그래도 장하삼을 위해 해줄 게 있다고 생각하자 마음이 조금은 가벼워졌다. 없던 의욕도 무럭무럭 생기기 시작했고.

"그러려면 앞으로 열심히 수련해야겠지? 하삼이의 몫까지."

"예!"

"그렇다고 지금 당장 하지는 말고. 시간이 늦었으니까. 몸 관리는 무인의 기본이야. 그 기본을 잊으면 안 된다."

"넵!"

벽우진이 씩 웃으며 송찬승의 어깨를 두드려 주었다. 그러고는 나타났을 때와 마찬가지로 바람처럼 사라졌다. 물론 다른 방으로 말이다.

to be continued

Wish Books
만렙 플레이어
비츄 게임 판타지 장편소설
가상현실 게임 올림푸스에 드디어 입성했다.
그런데…… 납치라고!?
강제로시작된 20년간의 지옥 같은 수련 끝에
마침내 레벨 99가 되었다.
그렇게 자유를 만끽하려던 순간.
정상적인 경로를 통한 레벨 업이 아닙니다.
시스템 오류로 레벨이 초기화됐다.
"이게 무슨 개 같은 소리야!!"
그런데, 스탯은 그대로다?!
게다가 SSS급 퀘스트까지!
한주혁의 플레이어 생활은
이제부터가 시작이다!

Wish Books
우진 현대 판타지 장편소설
WISHBOOKS MODERN FANTASY STORY
다시 태어난 베토벤
1827년 한 남자의 죽음으로 고전 시대가 저물었다.
그러나
그가 지핀 낭만의 불씨가 타오르니
비로소 새로운 시대가 열렸다.
긴 시간이 흘러 찬란했던 불꽃도 저물어 갈 즈음.
스스로 지핀 불씨를 지키기 위해
불멸의 천재가 다시 태어났다.
<다시 태어난 베토벤>
마치 운명이 문을 두드리듯
힘차게 손을 뻗어 외친다.
"아우아!"

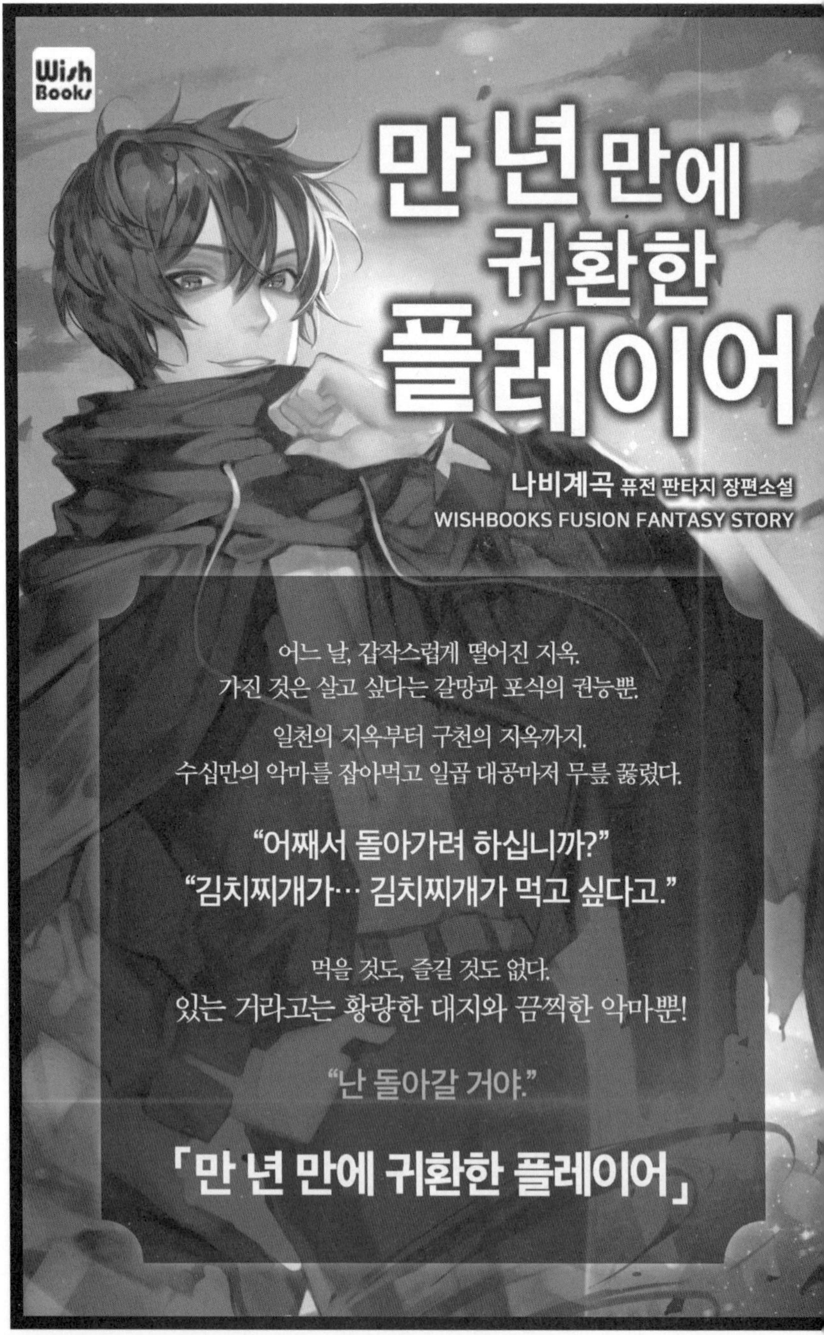
Wish Books
만 년 만에 귀환한 플레이어
나비계곡 퓨전 판타지 장편소설
WISHBOOKS FUSION FANTASY STORY
어느 날, 갑작스럽게 떨어진 지옥.
가진 것은 살고 싶다는 갈망과 포식의 권능뿐.
일천의 지옥부터 구천의 지옥까지.
수십만의 악마를 잡아먹고 일곱 대공마저 무릎 꿇렸다.
"어째서 돌아가려 하십니까?"
"김치찌개가… 김치찌개가 먹고 싶다고."
먹을 것도, 즐길 것도 없다.
있는 거라고는 황량한 대지와 끔찍한 악마뿐!
"난 돌아갈 거야."
「만 년 만에 귀환한 플레이어」

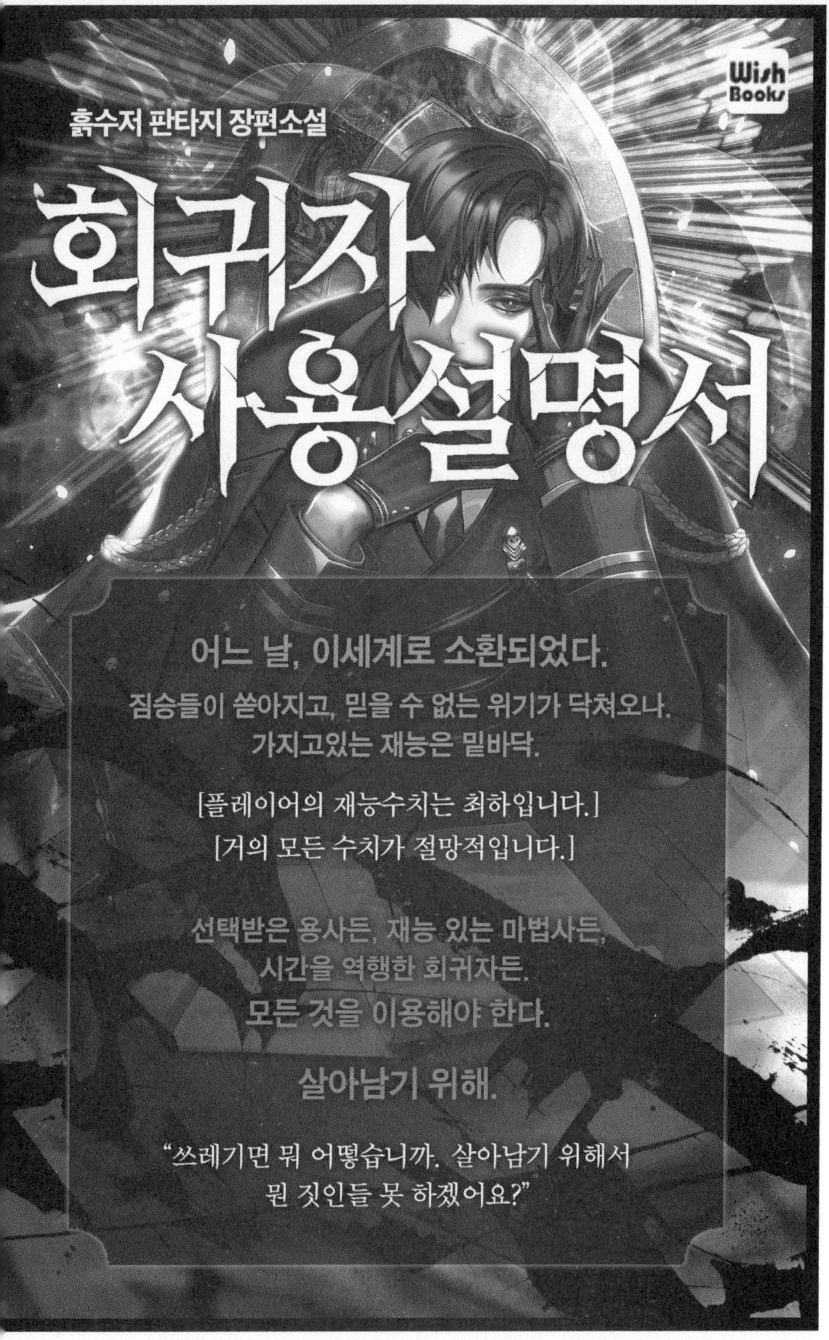
Wish Books
흙수저 판타지 장편소설
회귀자 사용설명서
어느 날, 이세계로 소환되었다.
짐승들이 쏟아지고, 믿을 수 없는 위기가 닥쳐오나.
가지고있는 재능은 밑바닥.
[플레이어의 재능수치는 최하입니다.]
[거의 모든 수치가 절망적입니다.]
선택받은 용사든, 재능 있는 마법사든,
시간을 역행한 회귀자든.
모든 것을 이용해야 한다.
살아남기 위해.
"쓰레기면 뭐 어떻습니까. 살아남기 위해서
뭔 짓인들 못 하겠어요?"

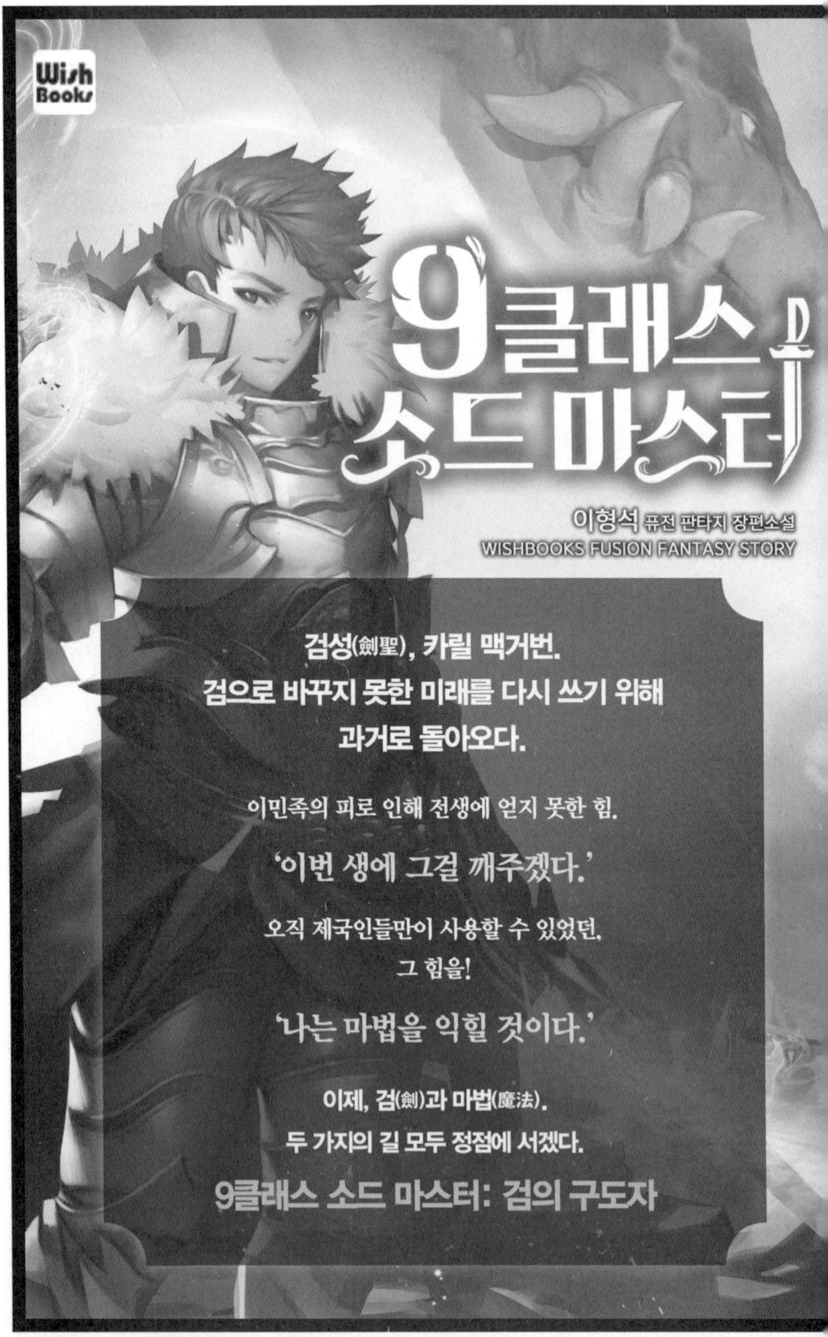
Wish Books
9클래스 소드 마스터
이형석 퓨전 판타지 장편소설
WISHBOOKS FUSION FANTASY STORY
검성(劍聖), 카릴 맥거번.
검으로 바꾸지 못한 미래를 다시 쓰기 위해
과거로 돌아오다.
이민족의 피로 인해 전생에 얻지 못한 힘.
'이번 생에 그걸 깨주겠다.'
오직 제국인들만이 사용할 수 있었던,
그 힘을!
'나는 마법을 익힐 것이다.'
이제, 검(劍)과 마법(魔法).
두 가지의 길 모두 정점에 서겠다.
9클래스 소드 마스터: 검의 구도자